JULIA™

AF274838

KELLY HUNTER
UN SUEÑO PROHIBIDO

Una división de HarperCollins Ibérica, S.A.
Avenida de Burgos, 8B - Planta 18
28036 Madrid

© 2024 Harlequin Ibérica, una división de HarperCollins Ibérica, S.A.
N.º 475 - 6.12.24

© 2009 Kelly Hunter
Un sueño prohibido
Título original: Exposed: Misbehaving with the Magnate

© 2011 Leanne Banks
Cuento de hadas
Título original: The Doctor Takes a Princess
Publicadas originalmente por Harlequin Enterprises, Ltd.
Estos títulos fueron publicados originalmente en español en 2012

I.S.B.N.: 978-84-1074-009-9
Depósito legal: M-20500-2024
Impreso en España por: BLACK PRINT
Fecha impresión Argentina: 4.6.25
Distribuidor exclusivo para España: LOGISTA
Distribuidor para México: Distibuidora Intermex, S.A. de C.V.
Distribuidores para Argentina: Interior, DGP, S.A. Alvarado 2118. Cap. Fed./Buenos Aires y Gran Buenos Aires, VACCARO HNOS.

Capítulo 1

RESPIRA, respira —murmuró Gabrielle Alexander, incorporándose y mirando hacia la impresionante puerta de madera que llevaba a las habitaciones de los sirvientes de Chateau des Caverness. Conocía muy bien esa puerta, conocía el tacto áspero de la madera bajo la yema de los dedos, el sonido hueco del llamador... La última vez que había atravesado aquella puerta tenía dieciséis años, y lo había hecho para no volver durante mucho tiempo, dejando atrás todo aquello que conocía y amaba. Aquellos tiempos turbulentos...

Gabrielle sonrió con nostalgia, recordando a la niña que una vez había sido. Cuánto le había suplicado a su madre para que la dejara quedarse... Cuánto había llorado... Pero la gente a la que ella quería no la quería. Con un corazón de piedra, tan frío como un iceberg, Josien Alexander la había desterrado a Australia sin contemplaciones, sin piedad. Y todo por un beso.

—Ni siquiera fue bueno —dijo para sí, mirando hacia la puerta y buscando el coraje para llamar.

Habían pasado siete años. Y ya había aprendido muchas cosas sobre los besos. Sabía cómo era dar un beso ardiente, dulce, en los labios… besos golosos, sedientos, sobre la piel…

—Fue un beso muy normal.

«Mentirosa…», dijo una vocecita que no quería callarse.

—Un beso de práctica, que no significó nada.

«Mentirosa… mentirosa…».

—Bueno, pues piensa lo que quieras —se dijo a sí misma—. Yo lo recuerdo a mi manera y tú a la tuya —agarró el llamador y lo levantó—. O mejor. Prefiero no recordarlo en absoluto.

Pero era mucho más difícil hacerlo que decirlo; sobre todo allí, rodeada por el veraniego aroma de las uvas, sintiendo el calor del sol en los hombros… Aquel lugar, aquella casa situada en el rincón más idílico de la Champaña francesa, era el único sitio al que podía llamar hogar. Y había pasado siete largos años alejada de él.

Y todo por un beso.

Agarró el llamador de hojalata y llamó con fuerza.

Bum, bum…

Aquel sonido la llevaba de vuelta a la infancia. Su corazón empezó a latir con más fuerza. Se le pusieron los pelos de punta.

Bum, bum, bum…

Pero la puerta no se abría. No se oían pasos provenientes del largo y oscuro corredor. Se volvió hacia el patio interior, dándole la espalda a los aposentos de su madre. Al otro lado estaba el edificio principal del castillo. No quería tener que llamar a todas esas puertas…

Josien tenía neumonía. Eso le había dicho Simone Duvalier en un mensaje. Su vieja amiga de la infancia se había convertido en la señora de Caverness. ¿Y si Josien estaba demasiado enferma como para levantarse de la cama? ¿Y si trataba de levantarse y se caía?

Mascullando un rezo dirigido a un Dios en el que apenas creía, metió la mano en el bolso y agarró una llave. Suave y fría… Ya no tenía derecho a abrir aquella puerta con llave. Esa ya no era su casa. La Gabrielle más prudente le decía que no debía abrir con la llave, pero ese nunca había sido su punto fuerte.

Caprichosa… Sí.

Eso solía decirle su madre.

Testaruda.

Alocada.

La llave giró con facilidad y bastó con un «clic» y un pequeño empujón para abrirla.

—¿*Maman*? —Gabrielle avanzó lentamente hacia el oscuro pasillo—. ¿*Maman*?

De pronto vio algo rojo que no debía estar ahí. Era una fila de lucecitas rojas que parpadeaban sin cesar en un cuadro de luces, un sistema de alarma de lo más moderno.

—¿*Maman*?

En ese momento se empezó a oír un ruido ensordecedor y discordante. Nada de pitidos discretos para aquella alarma… Sonaba como una sirena de aviso de bomba y seguramente se podía oír a varios kilómetros a la redonda.

«Oh, oh…».

Gabrielle corrió hacia las luces parpadeantes y abrió la caja. El teclado contenía tantos números como letras. Metió su fecha de nacimiento, pero el ruido continuó. Introdujo el nombre de Rafael, y después su fecha de nacimiento… Nada. Josien no era de las sentimentales. Probó a teclear la fecha en que había sido construido Chateau des Caverness; el nombre y el año de la mejor cosecha de champán, el número de tilos que flanqueaba el camino que conducía a la mansión… La alarma seguía sonando.

Gabrielle empezó a apretar botones de cualquier manera.

—Maldita sea. *Merde*. ¡Cállate!

—Me alegra saber que todavía sigues siendo bilingüe —dijo una voz profunda y aterciopelada desde muy cerca.

Gabrielle cerró los ojos y trató de serenar los latidos de su corazón. Conocía esa voz, ese timbre delicioso y cálido… Era una voz de Champaña, una voz de Rheims, una voz que desenterraba pensamientos prohibidos, ardientes… Llevaba muchos años oyéndola en sueños.

—Oh, hola, Luc.

Se dio la vuelta y… Ahí estaba él, la viva imagen del cabeza de familia de una de las dinastías más importantes de Champaña, con unos pantalones grises hechos a medida y una camisa blanca. Gabrielle podría haberse pasado todo el día observando a Luc Duvalier y clasificando los cambios que el paso del tiempo había obrado en él, pero las circunstancias eran apremiantes.

—Cuánto tiempo. ¿Por casualidad sabes cómo apagar esto?

Él pasó por su lado y tecleó algo rápidamente.

—*Cinq, six, six deux, quatre, cinq, un.*

La alarma dejó de sonar bruscamente y se hizo el silencio, un silencio ruidoso…

—*Merci* —dijo ella finalmente.

—De nada —le dijo él.

Los labios perfectos de Lucien Duvalier se tensaron ligeramente.

—¿Qué estás haciendo aquí, Gabrielle?

—Antes vivía aquí, ¿recuerdas?

—Pero no desde hace siete años.

—Cierto —dijo ella.

Miró atentamente a aquel hombre alto, moreno, de ojos oscuros… Quería creer que le era indiferente, pero era imposible. Tenía veintidós años la última vez que le había visto, pero entonces ya tenía aquella sexualidad poderosa y escandalosa que envolvía como un manto de terciopelo.

Para los empleados de la mansión siempre había sido «la noche». Rafael, en cambio, su cómplice de travesuras durante la infancia, era «el día», con sus ojos azules y el pelo rubio.

—Siento lo de la alarma —le dijo, encogiéndose de hombros—. No debería haber usado la llave.

Luc no dijo nada. Nunca había sido muy hablador.

Pero Gabrielle lo intentó de nuevo. Respiró hondo.

—Te veo bien, Lucien.

Como seguía sin decirle nada, Gabrielle miró más allá del patio, hacia el castillo acurrucado en la empinada colina.

—Caverness se ve de maravilla. Se ve cuidada, próspera. Me enteré de la muerte de tu padre hace unos años.

No quería decir nada más el tema. Si hubiera querido mentir, podría haberle dicho que lo había sentido mucho.

—Supongo que ahora eres el rey de la casa —añadió en un tono un tanto temerario.

Le miró a los ojos sin vacilar.

—¿Debería ponerme de rodillas?

—Has cambiado —le dijo él de repente.

Gabrielle guardó silencio.

—Te veo más dura.

—Gracias.

—Más guapa.

—Gracias de nuevo —Gabrielle contuvo un suspiro.

Ya que tenía tantas ganas de saber cómo había cambiado, podía hacerle un resumen rápido con los cambios más importantes. Ya no era una adolescente tonta. Y él ya no era el centro de su existencia.

—Míranos —le dijo—. Amigos de la infancia y te he saludado como si fueras un completo extraño. Tres besos, ¿no? Uno en cada mejilla y otro más, ¿verdad? —se acercó un poco y le rozó la mejilla izquierda con los labios.

Un aroma a madera, sutil y embriagador, invadió los sentidos de Gabrielle de repente.

—Uno —dijo ella, retrocediendo para besarle en la otra mejilla.

Él parecía haberse vuelto de piedra.

—Dos —esa vez se detuvo un poco más.

—Déjalo —la voz de Luc sonó grave y peligrosa. La acarició un momento en la barbilla y deslizó la mano hasta agarrarla de la nuca—. Por tu propio bien si no quieres hacerlo por el mío.

Una advertencia… Lo más sabio era hacerle caso, pero Gabrielle se sentía obstinada. De repente sintió un escalofrío a lo largo de la espalda. Cerró los ojos. Él todavía tenía ese efecto en ella. Pero no había nada de qué preocuparse porque ella ya no era una chiquilla ingenua. El tiempo le había dado unas cuantas lecciones y ya sabía que perder la cabeza por un miembro del clan Duvalier era una locura.

—¿Te has casado, Luc?

—No.

—¿No sales con nadie?

—No.

—¿Estás seguro? —le preguntó ella, rozándole el lóbulo de la oreja con los labios—. Te veo un poco… Tenso. Solo es un beso inocente a modo de saludo.

Los dedos que la sujetaban de la nuca se tensaron.

—Tú no eres inocente.

—Te has dado cuenta —ella retrocedió suavemente, obligándole a retirar la mano.

Le dedicó una sonrisa indiferente.

—Siempre fuiste muy observador. A lo mejor a ti te basta con dos besos. ¿Dejamos el tercero para otro momento?

—¿Por qué estás aquí, Gabrielle?

Allí donde nadie la quería… Luc no podría habérselo dejado más claro.

—Simone me llamó y me dejó un mensaje. Decía

que mi madre había estado enferma. Decía que... —titubeó un momento. No quería revelarle más debilidades—. Decía que Josien llamaba a los ángeles.

Era difícil saber si Josien realmente llamaba a sus hijos, que llevaban nombres de esas criaturas aladas. Rafe, por su parte, creía que no. De hecho, opinaba que la decisión de Gabrielle de atravesar medio mundo por una súplica desesperada era un error colosal, pero aun así... Aunque Josien no quisiera verla...

Algunos errores eran inevitables.

Gabrielle trató de encogerse de hombros con indiferencia.

—Así que aquí estoy.

—¿Sabe Josien que venías? —le preguntó Luc con tranquilidad.

—Yo... —nerviosa, Gabrielle empezó a juguetear con el puño de su elegante chaqueta color crema—. No.

La mirada de Luc se oscureció. De repente Gabrielle creyó ver en sus ojos algo que parecía empatía...

—Siempre fuiste demasiado impetuosa —le dijo él—. Imagino que tu hermano se negó a acompañarte.

—Rafe está muy ocupado —le dijo ella en un tono cauto—. Y supongo que tú también lo estás. Luc, si me dices dónde puedo encontrar a mi madre...

—Ven —le dijo él, dándose la vuelta bruscamente y dirigiéndose hacia la puerta—. Josien se está quedando en una de las suites del ala oeste hasta que se recupere. Un enfermero se ocupa de ella. Instrucciones del médico. O eso o de vuelta al hospital.

Gabrielle cerró la puerta detrás de ellos, se guardó las llaves en el bolsillo y trató de seguir las zancadas largas de Luc.

—¿Está muy mal?

—Un poco débil. Pensamos que la habíamos perdido dos veces.

—¿Crees que querrá verme?

Los rasgos de Luc se endurecieron.

—No tengo ni idea. Deberías haber llamado antes, Gabrielle. Deberías haberlo hecho.

Los miedos de Gabrielle se le clavaron en el corazón nada más acceder a la mansión por la puerta oeste. Josien Alexander siempre había sido un misterio para sus hijos. Siempre dura y seca, crítica, exigente... Gabrielle se había pasado toda la infancia intentando complacer a su madre, pero era imposible. No obstante, aunque ya nada fuera lo mismo, aunque hubieran pasado siete largos años sin contacto alguno con la mujer que les había dado la vida, ella seguía intentando satisfacerla, estar a la altura. El enfermero que los recibió en el salón de la suite era un hombre de unos cincuenta años de edad. Hans la recibió con un apretón de manos, una sonrisa y una mirada clara.

—Es la paciente más testaruda que he tenido —dijo—. Acaba de tomarse su medicación, así que tenéis unos cinco minutos antes de que empiece a dormirse. Aunque seguro que intenta mantenerse despierta. Siempre lo hace —Hans señaló una puerta cerrada—. Está ahí.

—Gracias —Gabrielle tenía los nervios tensos como las cuerdas de una guitarra y el cuerpo exhausto, después de un vuelo de veintitrés horas desde Sídney.

No obstante, aquel era el camino que había elegido y lo seguiría, sin importar lo que Rafe o Luc pensaran. Había ido hasta allí para ver a su madre.

Algunos errores eran inevitables.

—¿Quieres que te acompañe? —le preguntó Luc en un tono calmo.

—No.

Su ofrecimiento hacía mella en ella, la avergonzaba. Algunas humillaciones debían afrontarse en privado. No obstante, quizá el reencuentro fuera mejor con la presencia de otra persona. Si Luc estaba presente, a lo mejor Josien veía que ya había pagado por los errores del pasado, por lo menos en lo que a él se refería. Y había pagado, ¿no?

Había pagado.

—Sí.

Luc hizo una pequeña mueca.

—Bueno, ¿te decides?

Gabrielle le miró un instante y apartó la vista de inmediato.

—Sí.

—Cuatro minutos —dijo Hans.

—Gracias.

Armándose de valor, Gabrielle agarró el picaporte, abrió la puerta y entró. Hacía más calor dentro, y estaba más oscuro. La luz de la tarde se colaba a través de las cortinas de gasa en forma de rayos mortecinos. Una enorme cama con dosel dominaba la estancia y la persona que estaba arropada debajo de las mantas blancas parecía muy pequeña. Siete años antes, el cabello de Josien Alexander era de color negro azabache y le llegaba casi hasta la cintura. Pero ya no. La mujer que tenía delante tenía el pelo corto y cubierto de vetas plateadas. No obstante, seguía siendo la mujer más hermosa que Gabrielle había visto jamás. Los ojos de Josien, aquellos ojos azul violeta que observaban y juzgaban, pero que jamás sonreían, estaban cerrados. Gabrielle lo agradeció. Necesitaba ese momento para atar bien corto las emociones.

—Josien —dijo Luc suavemente—. *Pardonnez-moi* por la hora, pero tienes una visita.

Josien volvió la cabeza y abrió los ojos muy lentamente. Primero miró a Luc y después a Gabrielle. Nada más ver a su hija, tomó aliento con dificultad, volvió a cerrar los ojos y apartó la cara.

Gabrielle sintió el picor de las lágrimas más amargas en los ojos, pero logró contenerlas. Se obligó a hablar, aunque las palabras apenas le salieran.

—Hola, *maman.*

—No deberías haber venido —Josien mantenía la cara volteada.

—Eso me dice la gente —Gabrielle miró a Luc.

Él tenía una expresión dura, impenetrable, como si estuviera hecho de las mismas piedras que Chateau des Caverness.

—He oído que no te encuentras bien.

—*Ce ne'est rien* —dijo Josien—. No es nada.

Gabrielle no opinaba lo mismo. Luc tenía razón. Su madre parecía muy débil.

—Te he traído un regalo —Gabrielle metió la mano en el bolso y sacó el álbum de fotos que tanto trabajo le había costado confeccionar.

Rafe la hubiera matado de haber sabido todas las fotos de él que había incluido en la selección. Pero no lo sabía, y ella no iba a decírselo.

—Pensé que te gustaría saber qué hemos estado haciendo Rafe y yo durante todos estos años. Compramos unos viñedos en ruinas, *maman*, y los hemos devuelto a la vida. Lo hemos hecho muy bien. Rafe es un hombre de negocios brillante. Deberías estar orgullosa de él.

Josien no dijo nada y Gabrielle sintió una tensión en los labios. ¿Y qué si Rafael se había alejado todo lo que podía tanto de Josien como de aquel lugar? Eso era lo que pasaba cuando la gente crecía en un ambiente de críticas incisivas combinadas con la indiferencia más cruel. Rafe jamás se había merecido el trato que le había dado Josien. Jamás.

—Lo dejaré aquí al pie de la cama, por si quieres verlo en algún momento.

—Recógelo y vete.

—Me voy a quedar en el pueblo, *maman*. Me quedaré unas cuantas semanas. Sé que estás muy cansada ahora, pero a lo mejor cuando te sientas mejor, me puedes llamar. Toma —sacó una tarjeta de negocios del bolso—. Te dejaré mi número.

Las palabras de Gabrielle fueron recibidas con silencio una vez más. La joven se mordió el labio. Esperaba que el dolor físico aplacara ese otro dolor, pero el rechazo de Josien le había hecho mucho daño. Nunca debería haber ido allí. Debería haber escuchado a Rafe y a Luc, en lugar de escuchar lo que le decía el corazón.

—Bueno… —Gabrielle sintió que el mundo se movía a su alrededor y entonces notó la mano de Luc, justo debajo del codo.

—Jet lag —murmuró.

No era el jet lag lo que la hacía tambalearse, y

ambos lo sabían, pero él le había ofrecido una buena excusa y tenía que aprovecharla.

—Sí. Ha sido un día muy largo.

—Espérame fuera —le dijo, conduciéndola hacia la puerta con suavidad—. Me parece que aún no ha terminado.

Luc esperó hasta que la puerta se cerró y entonces se volvió hacia la mujer que estaba en la cama. Josien Alexander era una mujer exquisitamente hermosa y siempre lo había sido. Siempre fría e imperturbable, estaba al frente del servicio de la mansión y desempeñaba su trabajo con mano de hierro. Con ella nunca había segundas oportunidades y había criado a sus hijos de esa manera.

Siete años atrás, Luc se había sometido a la voluntad de Josien porque su decisión de mandar lejos a Gabrielle tenía sentido para él. Sin embargo, su indiferencia ya no estaba justificada. Todo lo que quedaba era un profundo dolor.

Los ojos de Josien seguían cerrados. Luc volvió junto a la cama.

—Mi padre me habló de nuestro deber para contigo antes de morir —le dijo con solemnidad—. He hecho todo lo que he podido para seguir sus deseos. Me he esforzado mucho para justificar lo que haces, Josien, pero si no hablas con tu hija, entonces haz la maleta y vete en cuanto te recuperes. ¿Me oyes, Josien?

Josien asintió. Lágrimas de dolor corrían por sus mejillas. Luc trató de contener la rabia y la frustración.

—Nunca has sido capaz de verlo, ¿verdad? No importa el daño que les hagas o lo mucho que intentes apartarlos de ti… Simplemente no lo entiendes… —miró el álbum de fotos.

Las emociones más arrolladoras hicieron una bola en su estómago; una bola de furia dirigida contra la mujer que yacía en aquella cama, por muy frágil o hermosa que fuera.

—Nunca has podido ver lo mucho que te quieren tus hijos.

Luc alcanzó a Gabrielle a mitad del pasillo. Necesitaba una copa. Y, según podía ver, Gabrielle también.

—Por aquí —le dijo, conduciéndola hacia la biblioteca que solía usar a modo de despacho cuando quería entretener e impresionar a algún cliente.

—¿Dónde te hospedas? —le preguntó. Fue hacia la barra y sirvió dos copas generosas de brandy.

—En el pueblo —contestó ella, intentando no rozarle los dedos al tomar la copa en la mano.

Se bebió el brandy de un trago.

—Gracias —le dijo.

De repente reparó en la etiqueta de la botella. Sus ojos se volvieron enormes.

—¿Qué…? Por Dios, ¡Luc! Este licor debe de tener cien años por lo menos y no tiene precio. Deberías avisar antes de dar una copa de esta botella. La próxima vez me gustaría saborearlo un poco si se puede.

—¿Dónde te quedas en el pueblo? —le sirvió otra copa.

Esa vez sí podría saborear aquella exquisitez un poco.

—He alquilado una habitación encima del viejo molino.

—Mandaré a alguien para que recoja tus cosas —le dijo él, directo y parco en palabras. Se bebió el brandy de un trago y puso la copa sobre el mostrador con un golpe seco.

Gabrielle se sobresaltó al oír el ruido. Parecía nerviosa, ansiosa… Parecía sentirse igual que él.

—Puedes quedarte aquí —añadió—. Hay mucho sitio.

Gabrielle sacudió la cabeza.

—No puedo —le dijo, haciendo ese gesto testarudo que tan bien recordaba Luc—. Ya la has oído —Gabrielle sonrió con amargura y agitó la copa—. No me quiere aquí.

—La última vez que lo comprobé… —le dijo Luc, en un tono persuasivo y paciente—. El señor de Caverness era Luc Duvalier, no Josien. Hay mucho sitio aquí para ti. No tienes que quedarte en el pueblo. Seguro que Simone estará encantada de tenerte aquí.

—¿Y tú? —le preguntó ella —Gabrielle bajó la copa y le miró fijamente con aquellos ojos grises que parecían vibrar de dolor—. ¿También te alegrarás de tenerme aquí? En otra época estabas deseando que me fuera.

—Entonces tenías dieciséis años, Gabrielle. Y si no entiendes las razones por las que quería que te fueras, entonces no eres tan lista como yo pensaba. Una semana más, y hubieras terminado desnuda debajo de mí. En tu cama, en la mía, o en las escaleras… Me hubiera dado igual… Y a ti también.

La había sorprendido. La había avergonzado. Podía verlo en su mirada.

—Bueno, entonces… Me alegro de que lo hayamos aclarado —Gabrielle bebió otro sorbo de brandy y puso la copa sobre el mostrador con sumo cuidado, como si ese movimiento tan simple le robara la poca energía que le quedaba—. Supongo que debería darte las gracias.

Pero no lo hizo.

—Perdí mi virginidad con un muchacho australiano guapísimo cuando tenía diecinueve años —le dijo en un susurro ronco y cómplice—. Era encantador, divertido… Me aceleraba el corazón y me volvía loca —le dijo en un tono dramático—. Era todo lo que una chica podía desear para una primera vez, y todavía me quedé con ganas de más —se dirigió hacia la puerta.

Luc se quedó clavado en el lugar.

—Me quedaré en el molino durante las próximas tres semanas. Si pudieras avisarme si mi madre empeora, te lo agradecería mucho.

—¿Por qué te quedaste con ganas de más? —Luc sentía un nudo en la garganta y las palabras le salían ásperas y cortantes. Pero tenía que saberlo—. Gabrielle, ¿por qué no fue suficiente?

No pensaba que ella fuera a contestar, pero, justo en el último momento, al llegar junto a la puerta, ella se volvió y lo atravesó con una mirada burlona y sarcástica.

—No lo sé. A lo mejor era porque no eras tú —dijo y salió por la puerta.

Luc masculló un juramento. Siempre había estado muy orgulloso de su gran capacidad de autocontrol. Había luchado duro para conseguirla y aún más duro para conservarla. Solo una mujer le había hecho perder la cabeza en una ocasión... Y los resultados habían sido desastrosos... Josien se había puesto furiosa, su padre se había vuelto loco, y Gabrielle... La inocente Gabrielle había terminado exiliada.

Había perdido la virginidad con un australiano guapísimo...

Una flecha de furia lo atravesó de la cabeza a los pies. Agarró el vaso de brandy y lo arrojó contra la chimenea. El cristal explotó en un millar de pedacitos brillantes...

Capítulo 2

NO deberías haber dicho eso.
Gabrielle tenía la manía de hablar consigo
misma cuando estaba estresada. Desde su llegada a Francia no había hecho otra cosa que hablar consigo misma. Sus pasos resonaban sobre el suelo de gravilla del patio mientras avanzaba hacia el coche de alquiler. Con cada zancada se alejaba un poco más de Caverness y de la gente que vivía en ella. Tenía que irse antes de romperse en pedazos. Tenía que salir de aquel lugar.

Consiguió llegar al pueblo sin contratiempos. Logró mantenerse pegada al lado derecho de la carretera y no se perdió ni por un segundo. Incluso estuvo pendiente del límite de velocidad. Y cuando llegó a la vieja casa del molino, se encerró en su habitación y se tumbó en la cama, dejando que el cansancio se apoderara de ella. Se tapó los ojos con el antebrazo y trató de borrar de su memoria la conversación que había tenido con Lucien.

—No deberías haberlo dicho.

Habían pasado siete años desde la última vez que le había visto; siete años de completa indiferencia por parte de él. Ni llamadas de teléfono, ni cartas, ni mensajes... Ni siquiera una vez. Aquella chica de diecisiete años que se había marchado a Australia había llegado a creer que simplemente había jugado con ella cuando la había besado en aquella ocasión. Había llegado a creer que la hija del ama de llaves jamás podría significar nada para él.

Jamás, jamás se le había ocurrido pensar que Luc hubiera querido protegerla de una relación para la que no estaba preparada. En realidad, tampoco lo estaba en ese momento, a juzgar por la reacción que había tenido un rato antes.

El tiempo había pasado. Tenía dinero, autoestima y mucha más riqueza intelectual que ofrecerle a un hombre. Sin embargo, eso no era suficiente para lidiar con alguien como Luc Duvalier. Luc, ese hombre cuyos ojos negros e insondables la hacían perder el instinto de autoprotección, el sentido común...

¿Cuánto tiempo a su lado había necesitado para poner a prueba la fuerza de la atracción que sentía por él? ¿Dos minutos? ¿O quizá tres? ¿Cuánto tiempo había tardado en descubrirse ante él? ¿Cómo había podido decirle que su primer amor había sido una decepción? Gabrielle gruñó y rodó sobre sí misma, cambiando de postura. Escondió la cara contra la almohada y se tapó con la manta de seda azul. ¿Qué clase de mujer le decía algo así a un hombre?

Una mujer que jamás había olvidado la gloria y la agonía de un beso robado...

Era imposible hacer callar a la vocecita que hablaba desde un rincón de su cabeza.

Una mujer que había sabido desde el principio que no sería bienvenida en Caverness.

Una mujer enloquecida...

Normalmente Luc no esperaba con tanta impaciencia la llegada de su hermana del trabajo. Pero ese no era un día cualquiera. Nada más oírla se fue a buscarla a la cocina. Ni siquiera la dejó apoyar en la mesa la caja de fruta fresca que llevaba en las manos antes de abordarla.

—*Bonjour*, hermanito —le dijo ella con entusiasmo—. Traigo comidita rica y muy buenas noticias. Las ventas han despegado por fin —le dijo, poniendo las bolsas sobre la encimera—. Y no nos va nada mal.

—Enhorabuena —dijo Luc.

No obstante, algo en su voz debió de poner en alerta a Simone. Dejó la caja de fruta y le miró fijamente.

—Pasa algo, ¿no? ¿Qué pasa?

—Josien ha tenido una visita esta tarde.

—¿Quién?

—Gabrielle.

Luc vio cómo se iluminaba la cara de su hermana. Simone y Gabrielle habían sido muy buenas amigas durante la infancia, las mejores. Eran como hermanas, sin importar la diferencia de clases.

—¿Gaby está aquí? —le preguntó Simone—. ¿Está aquí en la casa? ¿Dónde?

—Está en el pueblo, y antes de que me sueltes un sermón, sí. Le ofrecí una habitación aquí, pero ella no aceptó. ¡Maldita sea, Simone! ¿Por qué no me dijiste que te habías comunicado con ella? ¿Y por qué demonios no se lo dijiste a Josien?

La expresión de Simone se volvió cauta.

—Le dejé un mensaje de voz en el contestador automático. Le dije que su madre estaba enferma. Eso es todo. ¿Qué más iba a decirle?

—Sabías que vendría —murmuró Luc en un tono de pocos amigos.

—Pensé que llamaría primero.

—Bueno, pues no lo hizo.

—¿Y qué pasó? —preguntó Simone, perdiendo la paciencia.

Luc se lo dijo tal y como ocurrió.

—Josien no ha querido hablar con ella. Ni siquiera ha querido mirarla.

Simone masculló una sarta de juramentos, nada propios de una señorita de su categoría.

—¿Y después qué pasó? —le preguntó a su hermano?

—¿Le diste una buena bienvenida?

—Bueno, digamos que sí.

—¿Digamos que sí? ¡Por Dios, Luc! ¡Eres un hombre hecho y derecho! ¿Es que era tan difícil comportarse como tal?

—Sí que me comporté como tal —le dijo él en un tono serio.

Simone se detuvo a medio camino entre el frigorífico y la encimera.

—Oh, seguro que sí. Todavía la quieres.

Luc no lo negó. Pero lo que no le dijo a su herma-

na fue lo intenso que había sido su deseo por ella entonces. Apenas había podido controlarlo. Pero tenía
que hacerlo.

—Gabrielle necesita un amigo ahora, Simone, y
no puedo ser yo —le dijo en un tono cascarrabias—.
No quiero volver a hacerle daño.

La mirada de Simone se suavizó.

—Cariño, tal y como yo lo recuerdo, tú nunca les
has hecho daño. Otros sí, pero tú no.

—Creo que tu perspectiva está un poco sesgada.

Simone sonrió.

—Un poquito, nada más.

—Se hospeda en la casa del molino.

Simone puso una cesta llena de naranjas sobre la
encimera y empezó a llenarla aún más con otros comestibles.

—¿Vas a ir a buscarla?

—Claro —le dijo ella—. ¿No es eso lo que quieres? Alguien tiene que hacerla sentir bienvenida.

Gabrielle se despertó con el ruido de alguien que
llamaba a la puerta con mucha energía. Se incorporó
con un quejido, bajó las piernas por un lado de la
cama, se apartó el cabello negro y rizado de la cara y
miró el reloj.

Eran las ocho en punto. Hora de Francia. En Australia debía de ser muy pronto. Había dormido durante casi tres horas. Pero ya no volvería a ser capaz de
dormirse.

—¿Quién es?

—Simone… —dijo otra voz del pasado, una voz
impaciente.

Gabrielle fue hacia la puerta, quitó el pestillo y la abrió de par en par. No sabía si sería capaz de enfrentarse a más recuerdos del pasado ese día. Con Luc y con Josien bastaba. Se quedó mirando durante unos segundos a la belleza que tenía delante, una joven elegante con el pelo negro azabache, vestida con un traje azul oscuro. Aquella joven no tenía nada que ver con la chiquilla alborotadora que una vez había sido Simone Duvalier. Y entonces vio la botella de champán que sostenía en la mano, y la cesta llena de comida que estaba a sus pies… La chiquilla alegre y entusiasta seguía ahí, viva y escondida debajo de aquella ropa de firma, cara y sofisticada.

—Mírate, dormilona —dijo Simone, dándole un abrazo—. No me lo podía creer cuando Luc me lo dijo. ¿Por qué no me llamaste? Te hubiera recogido en el aeropuerto. Habría hecho todos los preparativos. ¡Oh, mírate! —los preciosos ojos marrones de Simone se llenaron de lágrimas—. Siempre supe que serías más guapa que tu madre. Siempre lo vi claro. En tus ojos, y en tu corazón —Simone retrocedió un poco—. Luc me dijo lo que pasó con Josien. Gaby, me dan ganas de agarrarla por el cuello —dijo, exagerando el gesto—. Josien sí que te llamó. Juro que sí. Yo pensaba que quería hacer las paces. Jamás te hubiera dejado ese mensaje si hubiera creído otra cosa. Jamás.

—Lo sé —dijo Gabrielle—. Sabía que mi recibimiento sería un poco… frío. Pero vine de todos modos. Debes de creer que estoy loca.

—No —dijo Simone en un tono dulce—. No estás loca. Tienes esperanza. He traído unas cositas —dijo, echándose atrás para recoger la cesta—. Y me da igual dónde comamos —levantó la botella para enseñarle la etiqueta—. El día que te fuiste robé dos botellas de nuestro champán más añejo y exclusivo y las escondí en las cuevas. Juré sobre la tumba de mi madre que nos tomaríamos una el día que volvieras. Claro que nunca imaginé que estarías lejos durante tanto tiempo. ¿Por qué has tardado tanto en volver?

Gabrielle sintió que una sonrisa le tiraba de los labios. No podía evitarlo.

Por fin le daban la bienvenida entusiasta que tanto necesitaba.

—He estado muy ocupada creciendo y buscándome la vida en Australia —le dijo a su amiga de la infancia—. Y quiero saber para qué guardas la segunda botella.

—Ya lo verás —dijo Simone—. En cuanto a esta pequeña fiesta de bienvenida... ¿Comemos aquí en la cama o nos vamos a algún sitio fuera? Podríamos ir a nuestro viejo escondite.

—Sí, podríamos —Gabrielle miró a Simone con ojos escépticos—. Te veo convertida en esa mujer de negocios de éxito, esa que siempre quisiste ser. ¿Pero estás segura de que podrás caminar por el campo con esos zapatos sin romperte el cuello?

Simone miró los tacones de aguja que llevaba puestos y frunció el ceño.

—Tienes razón. No lo había pensado. Luc me echó de la casa tan rápidamente que olvidé cambiarme —miró la pequeña cama de matrimonio y después miró a su alrededor—. No vamos a comer aquí, ¿no? Volvamos a Caverness, me cambio de ropa y nos vamos.

—No —se apresuró a decir Gabrielle—. Ni hablar. Lo siento, Simone. Te veré en el sitio si quieres, pero ya no quiero volver a Caverness por hoy.

—Solo es una casa —dijo Simone.

Gabrielle la miró con ojos escépticos.

—Muy bien. Un castillo. Es un castillo.

—No.

—Te colaré y te sacaré sin que te vea nadie —dijo Simone—. Como en los viejos tiempos. Nadie se enterará.

—Luc se enterará.

—De acuerdo —dijo Simone—. Analicemos la situación como mujeres adultas e inteligentes que somos. Me prestas algo de ropa y me cambio aquí.

—Esa idea me gusta más —dijo Gabrielle—. Pero debo advertirte que me compré ropa en Singapur durante el viaje y tuve que sentarme encima de la maleta para cerrarla. No me responsabilizo de los destrozos.

—Venga, ábrela ya —dijo Simone.

Sacó el corcho del champán sin derramar ni una gota.

—Me encantan los destrozos —dejó la botella en la mesita de noche y empezó a rebuscar en la cesta—. Hubiera jurado que había metido unas copas de champán aquí dentro. Unas especiales para picnic.

—¿De plástico? —preguntó Gabrielle.

—No seas tonta —le dijo Simone—. Hereje. ¿Dónde has estado viviendo en los últimos siete años? Ah, aquí están —las sacó haciendo un gesto pomposo—. No son de plástico. Son de cristal pulido, con una forma perfecta y exquisita. Copas de champán de plástico —masculló Simone, estremeciéndose. Llenó dos copas y le dio una a Gabrielle—. Que Dios nos proteja. Bienvenida a casa.

Comieron en lo alto de una colina, rodeadas de viñedos. Los techos de Caverness asomaban entre la vegetación y, a lo lejos, se divisaban las torres de la iglesia del pueblo.

—¿Qué vas a hacer mientras estés aquí? —le preguntó Simone después de terminarse los últimos pedacitos de queso y paté—. Luc me ha dicho que tenías pensado quedarte unas semanas.

Gabrielle asintió.

—Vine por negocios y también para ver a *Maman*. Rafe y yo hacemos vinos.

—¿En serio? —dijo Simone, sorprendida—. ¿Qué clase de vino?

—Cabernet sauvignon, sobre todo, y también cabernet merlot. Para el sector más exigente del mercado. Vale su peso en oro. Estamos intentando aumentar las exportaciones por Europa y crear una infraestructura de distribución. Pensamos buscar ayuda en el sitio que mejor conocemos.

—¿Rafael quiere volver? —preguntó Simone.

—No. No Rafe. Solo yo.

—Oh.

—No te pongas tan triste —Gabrielle miró a su amiga de reojo.

—No estoy triste —dijo Simone, dando un golpe de melena—. En absoluto. Solo siento… curiosidad. ¿En qué estabas pensando exactamente? ¿Quieres tener instalaciones aquí o quieres establecerte?

—Las dos cosas.

—¿Con o sin tierras?

—Depende de la tierra —dijo Gabrielle—. ¿Por qué?

—Los viejos viñedos de los Hammerschmidt están en el mercado —le informó Simone—. Las vides están en un estado lamentable. La infraestructura tiene más de cincuenta años y la casa necesita muchas reformas, pero las bodegas son excelentes y el lugar es inmejorable. Luc estaba detrás de la propiedad.

—¿En serio? —dijo Gabrielle en un tono seco—. ¿Y por qué me cuentas esto?

—Porque creo que te vendrá bien saberlo.

—Pero si así fuera, entonces entraría en una competición directa con Luc.

—¿En serio? —dijo Simone en un tono malicioso—. Podría ser divertido.

—¿Para quién? —dijo Gabrielle—. En serio, Simone, te agradezco tu ayuda, pero… ¿Dónde está tu sentido de la lealtad familiar? ¿Dónde está tu fidelidad hacia Luc y hacia el negocio de tu familia? En otra época anteponías la lealtad hacia tu familia a tu propia felicidad. ¿Qué fue de aquella Simone?

La expresión de Simone se transformó.

—Esa Simone creció y se arrepintió mucho de no haberse aferrado a su felicidad con uñas y dientes. Ahora soy más vieja, más sabia.

—Y más lista —murmuró Gabrielle.

—Eso también —Simone bebió un sorbo de champán y miró hacia el valle que se extendía a sus pies. Casi la totalidad del terreno era de su propiedad—. Bueno, ¿cómo está? —preguntó en un tono inseguro—. Rafael.

—Un tanto obsesionado —dijo Gabrielle, haciendo una mueca amarga.

—¿Es feliz?

—No lo sé.

—¿Está casado?

—No —Gabrielle sintió pena por su amiga de la infancia y le dio la información que buscaba—. Ha tenido unas cuantas relaciones a lo largo de los años, muchas menos de las que podría haber tenido. Pero nada ha estado nunca por delante de su trabajo —Gabrielle bebió un poco de champán—. Está construyendo un imperio —añadió en un tono suave—. Demostrándoles todo lo que vale, una y otra vez, a una madre que nunca lo quiso, a una heredera que no creyó en él, y a una buena amiga que no le apoyó lo suficiente.

—Eso no es justo, Gabrielle —la voz de Simone sonaba tirante y grave—. No fueron así las cosas.

—Lo sé —dijo Gabrielle—. Y, pensándolo de forma racional, Rafe estaría de acuerdo contigo. Él sabe que Luc tenía las manos atadas en lo que se refería a montar un negocio con él. Puede comprender perfectamente que tanto él como tú erais demasiado jóvenes para pensar en el matrimonio, y no digamos ya para fugarse a Australia. Me dice que trabaja como un esclavo porque le gusta. Pero, si quieres saber mi opinión, y sé que es así, la verdadera razón por la que trabaja tanto es que los fantasmas del pasado no le dejan parar.

—Creo que necesito más vino —dijo Simone.

Gabrielle le dio su propia copa de champán al tiempo que Simone intentaba alcanzar la botella.

—Pégame.

—No me tientes —le dijo Simone mientras rellenaba las copas—. Creo que no deberíamos hablar de nuestros hermanos.

—No. No deberíamos —Gabrielle sonrió suavemente—. Por cierto, vi al tuyo hoy. Pensé que podría lidiar con la situación, lidiar con él. Pero no pude.

—No me extraña —dijo Simone—. Todavía no he conocido a la mujer que pueda hacerlo. Déjame que te dé un consejo, Gaby, de corazón. Luc cambió mucho cuando te fuiste. Creció, se volvió un tipo duro, demasiado, siempre precavido, en guardia. Ya no es una persona fácil de tratar, y tampoco es fácil quererle. Créeme. Muchas lo han intentado.

—¿Eso es una advertencia?

—Más bien es una petición, un ruego. Ten cuidado. Antes le hacías volverse hacia ti con solo pasar por su lado y echarle una mirada, y no creo que hayas perdido eso, pero lo de ganarse su corazón es algo muy distinto. Solo… ten cuidado.

Gabrielle se puso a juguetear con la hierba que estaba a sus pies.

—No volví por él, Simone. Ni siquiera sé si todavía le quiero. No he olvidado lo que pasó por quererle tanto.

—Creo que él tampoco lo ha olvidado —murmuró Simone—. Mi consejo era por si seguías interesada en él. Si no es así, entonces a lo mejor lo único que tienes que hacer es hablar con él sobre lo que pasó y tratar de dejarlo atrás de una vez. A lo mejor esa es la mejor manera de acercarse a este asunto.

—Quieres decir que seamos civilizados —dijo Gabrielle—. Luc y yo.

Simone esbozó una sonrisa pícara.

—Sí.

—Eso suena fenomenal —dijo Gabrielle con tristeza—. Pero lo de desenterrar el pasado… ¿Sabes si hay alguna forma de comportarse de forma civilizada y cordial sin tener que sacar el pasado a colación?

—Bueno, podrías intentarlo —dijo Simone, pensativa—. ¿Por qué no vienes a Caverness mañana por la tarde y damos un paseo por los jardines? Podrías quedarte a comer. Puedes volver a intentarlo con Josien, si quieres, aunque no te lo recomiendo. Podrías intentar hablar civilizadamente con Luc, a ver si podéis encontrar un punto de encuentro que no esté anclado en el pasado. Pregúntale qué le parece la idea de exportar vuestros tintos a Europa. Hazle sentir útil. Eso es lo que más les gusta a los hombres.

—¿Y después qué? —dijo Gabrielle en un tono escéptico.

—Y después mencionas a tu prometido.

—No tengo.

—No sé si necesitas mencionarlo —Simone sonrió y no fue por las burbujas—. Muy bien. Olvida lo del prometido ficticio. Intenta poner barreras a tu relación con Luc de otra forma, pero no dejes de ponerlas. A lo mejor Luc hace lo mismo.

—¿Y si no es así?

—Corre —le dijo Simone y siguió sonriendo—. Maldita sea, te he echado mucho de menos. Por los reencuentros y los picnics —dijo, levantando su copa—. Por las mujeres dignas y prudentes que saben tratar con hombres problemáticos, y por aquellas que dejan atrás los fantasmas del pasado.

—Chin-chin —dijo Gabrielle y se llevó la copa, casi vacía ya, a los labios—. ¿Prudencia has dicho? —le preguntó a Simone.

¿Adónde había ido a parar todo el champán?

—Prudencia y dignidad —añadió Simone—. No es tan difícil. ¿Más champán?

Gabrielle titubeó.

—¿Pero no me acabas de llenar la copa?

—Son muy pequeñas —dijo Simone en un tono de complicidad—. ¿Tengo que recordarte que nos estamos tomando una botella de Chateau Caverness de 1955? No se trata de un champán cualquiera.

Y desde luego no era así.

—Muy bien —dijo Gabrielle.

Agarró la copa y Simone se echó a reír.

—Solo una más.

Capítulo 3

A LAS cinco de la tarde del día siguiente, después de una noche de fiesta con Simone seguida de medio día de sueño, Gabrielle volvió a Chateau des Caverness y aparcó su coche sobre la gravilla del patio cercano a los dormitorios del servicio. Ignorando la puerta que tantas veces había cruzado de niña, encendió el teléfono móvil y encontró el número que Simone le había grabado la noche anterior.

—¿Dónde estás? —preguntó cuando Simone le contestó.

—En el jardín, esperándote —dijo Simone—. Y si has esperado hasta ahora para decirme que no vienes, entonces me enfadaré mucho.

—Estoy aquí —dijo Gabrielle—. Pero no quería atravesar varias hectáreas de jardín, buscándote. Eso es todo. No llevo unos zapatos cómodos que digamos.

—Bueno, me tienes intrigada —dijo Simone—. Pensaba que ibas a ponerte algo más «civilizado».

—Llevo algo muy civilizado —dijo Gabrielle.

Llevaba un vestido color ciruela hasta la rodilla y se había hecho un moño alto, al estilo de las princesas. Se había puesto un maquillaje muy sutil y muy caro y unas gotitas de perfume. Era la viva imagen de la compostura y el decoro.

—Excepto los zapatos.

Aquellas sandalias de cuero, con todas aquellas tiras entrelazadas y los tacones de aguja, eran toda una provocación; una idiotez tan grande como haber aceptado la invitación a cenar de Simone. La dignidad y la compostura estaban muy bien en la teoría, pero no perderlas en la práctica era bastante difícil.

—Quítate los zapatos entonces y ven por el camino de delante, por encima de la hierba —sugirió Simone.

—Eso es no muy civilizado que digamos —dijo Gabrielle—. Es un poquito atrevido, ¿no?

—Hazlo de todos modos —le dijo Simone con una risita—. Desinhíbete y saca a la Gabrielle más desenfrenada. Así, cuando te cruces con Luc, ya no te quedará nada para él.

—Tiene mucho sentido todo lo que dices —murmuró Gabrielle.

—Como siempre —dijo Simone al tiempo que Gabrielle llegaba a la pared de piedra.

Se quitó los zapatos y atravesó el arco, entrando así en los jardines de la casa. Años antes había un laberinto de setos en aquel jardín; las paredes de plantas parecían muy altas por aquella época… Aquel había sido el lugar de juegos favorito de todos los niños de la casa. Simone, Rafe, Luc, ella misma…

Gabrielle se llevó una grata sorpresa al descubrir que el laberinto seguía en su sitio, aunque ya no parecía tan alto. En realidad solo le llegaba hasta el pecho y desde fuera de él se divisaba la glorieta de verano que estaba en su centro.

—Todavía está el laberinto —dijo por el teléfono.

—Todavía está el laberinto —dijo Simone—. ¿Tienes pensado dar el paseo por teléfono o quieres que sigamos charlando cara a cara?

—De acuerdo. No te pongas así —dijo Gabrielle—. He traído unas cuantas cosas para la cena. Las dejaré en la terraza de camino. Te veo enseguida.

Con las sandalias en una mano y la bolsa de comestibles en la otra, Gabrielle rodeó el laberinto, atravesó el jardín de estatuas y se dirigió a la gran entrada de la mansión castillo. Al ver que había gente en la terraza, se detuvo un instante. Se puso erguida y siguió adelante. Los escalones de piedra estaban duros y fríos bajo sus pies, después de haber sentido la suave calidez de la hierba. Pero no iba a quedarse mucho tiempo, así que no se puso los zapatos de nuevo.

—Buenos días, *maman*, Hans —le dijo a la pareja que estaba sentada en la terraza.

Entonces le lanzó una mirada seria a la otra persona que estaba allí. Luc estaba de pie y no daba la impresión de haberse sentado en ningún momento. Parecía que simplemente pasaba por allí.

—Luc.

Hans la recibió con efusividad. El recibimiento de Josien, en cambio, fue mucho más sobrio, pero por lo menos se dignó a saludarla. Luc guardó silencio.

—He quedado con Simone —dijo Gabrielle, sintiéndose como una intrusa, fuera de lugar—. Quiere llevarme a dar un paseo por los jardines.

Josien miró a Gabrielle de arriba abajo, examinando su ropa, su pelo, las sandalias que le colgaban de las puntas de los dedos… Gabrielle tuvo que contener las ganas de mirarse bien, por si se había manchado con algo. Sí. Quería recuperar a su madre, pero no si eso significaba volver a ser la prisionera de Josien. Se había convertido en una mujer hecha y derecha, y si a Josien no le satisfacía su apariencia o su comportamiento, no había nada que hacer.

Gabrielle respiró hondo, dejó la bolsa de compras encima de la mesa, junto a su madre, y se irguió un poquito más. Luc seguía sin decir ni una palabra. Sin duda el último encuentro que habían tenido había sido un poco… tenso, y a lo mejor él tampoco la quería allí. ¿Pero ni siquiera podía decirle «Hola»? ¿Cómo iba a comportarse civilizadamente si él ni siquiera se dignaba a saludarla?

—Simone se ocupa de los jardines desde hace años —dijo Luc, rompiendo el incómodo silencio—. Últimamente ha estado arreglando esa zona de los árboles. La mayoría de ellos ya no están. Ha puesto rosales en su lugar. Pero todavía quedan algunos.

Gabrielle se sujetó un mechón de pelo detrás de la oreja con dedos temblorosos. Por fin, una conversación. Podía conversar un poco.

—Qué bien —sacó un ramito de violetas de la bolsa. Su delicado aroma flotaba a su alrededor.

Las puso sobre la mesa.

—Para ti, *maman*. Iba a dejárselas a Hans, pero ya que estás aquí…

Gabrielle dio media vuelta antes de que Josien le dijera algo desagradable.

—Gracias —la respuesta de Josien le llegó con una ráfaga de viento. Era una respuesta tensa y formal, pero por lo menos era algo.

Gabrielle se volvió hacia su madre un momento. Josien le sostuvo la mirada un instante y entonces apartó la vista. Tenía las manos cruzadas sobre su regazo. Luc parecía más serio que nunca. Hans miraba a Josien con curiosidad.

De repente el cuidador se levantó de su silla lenta y pausadamente, fue hacia la mesa y recogió el ramito.

—A mi madre también le gustaban mucho las violetas —dijo con su voz grave y ronca. Se las puso en la mano a Josien.

Gabrielle no se quedó para ver el resultado. Atenazada por el miedo a ser rechazada, huyó de allí.

Luc la alcanzó al pie de las escaleras que conducían al jardín.

—¿Te importa si te acompaño?

—No —ella le miró con recelo.

—Te dejaste la bolsa en la mesa —le dijo él—. No sabía si lo habías hecho a propósito. La dejé allí.

No lo había hecho a propósito. Pero ya no podía volver a buscarla.

—Ya la recogeré más tarde.

Cuando Josien se marchara.

¿Qué era lo que Simone le había sugerido como tema de conversación civilizada? No lo recordaba. Su mente estaba demasiado ocupada tratando de reprimir la atracción imparable que sentía por el hombre que caminaba a su lado.

El día anterior Luc llevaba ropa de trabajo; un traje elegante propio del jefe del clan Duvalier. Pero en ese momento iba vestido de manera informal. Llevaba una camisa azul con una raya en relieve a lo largo de la espalda que le acentuaba la anchura de los hombros. La prenda tenía pequeños botones de carey que eran toda una invitación. Gabrielle quería soltarlos uno a uno; tanto así, que sentía cosquillas en las yemas de los dedos.

Apartó la vista de su potente pectoral y miró todo lo demás.

Un gran error.

Los pantalones que llevaba y las botas de trabajo eran más adecuados para un día en el campo que para la sala de juntas, pero a él todo le quedaba bien, en cualquier circunstancia u ocasión. El look le daba un toque peligroso a su arrebatadora sexualidad. Luc podía dejarse llevar tanto como ella. De eso estaba segura.

—¿Qué tal es vivir en Australia? —le preguntó él cuando echaron a andar por el jardín, con sus setos cuidados y perfectos.

Era una pregunta que cualquiera podría haberle hecho, una pregunta civilizada, una pregunta que alejaba sus pensamientos del rumbo que habían tomado inicialmente.

«Gracias a Dios…», pensó.

—Está muy bien —le dijo, esbozando una sonrisa—. Australia es un país muy grande. Hay muchas oportunidades, y las clases sociales no son tan importantes —su sonrisa se tornó triste—. Cuando llegué a Australia dejé de ser la hija del ama de llaves y me convertí en la chica francesa y sofisticada con un padre australiano y un hermano que compró unas viejas bodegas y las llamó Angels Winery. Podía ser lo que quisiera en Australia. Podía ser yo misma. Fue muy liberador.

—Me lo imagino —murmuró Luc con una sonrisa fugaz—. ¿Te desmelenaste mucho?

—Bueno, por extraño que parezca, no —Gabrielle movió el brazo mientras hablaba. Las sandalias empezaron a mecerse en el aire como un péndulo—. Cuando ya no tuve nada contra lo que rebelarme, dejé de hacerlo.

—Apuesto a que fue un gran alivio para Rafe.

—A lo mejor —dijo Gabrielle—. Y a lo mejor siempre supe que en cuanto saliera de este lugar, encontraría mi camino.

—Hablas como si odiaras este lugar.

—No lo odiaba —Gabrielle sacudió la cabeza y miró a su alrededor, contemplando la mansión y los vastos terrenos que la rodeaban—. Y no lo odio. ¿Cómo podrías odiar algo tan hermoso? No. Solo odiaba mi papel, el sitio que me tocaba ocupar. No es que quisiera haber sido la dueña de Caverness, ¿entiendes? Pero no quería que Caverness se apoderara de mí.

—Entiendo —le dijo él. Sus ojos se oscurecieron—. ¿Y qué tal ha sido volver?

—Bueno, ha sido una experiencia un tanto confusa —le dijo Gabrielle con sinceridad—. Una parte de mí siente que ha vuelto a casa. Pero la otra trata de huir desesperadamente. Sé que no hay lugar para mí aquí, Luc. Ni en la mente de Josien, ni en la tuya, ni en la de Simone, aunque os agradezco que hayáis sido tan amables conmigo.

—Te equivocas —le dijo Luc—. Siempre habrá sitio aquí para ti, Gabrielle.

—Bueno, ya veremos.

—Gabrielle, si alguna vez necesitas mi ayuda con algo, solo dímelo —le dijo él—. Y la tendrás.

—¿Por qué?

—Porque fuisteis expulsados de vuestra casa por mi culpa.

—Hasta donde yo recuerdo —dijo Gabrielle, admirando su perfil grave y serio— aquella noche estábamos los dos en aquella cueva. Además, puede que haya perdido un hogar, pero enseguida encontré otro y me encontré a mí misma en el camino. Sé que al principio no quería irme, Luc —hizo una mueca al recordar la escena, las súplicas, las lágrimas, la profunda tristeza que todos habían presenciado—. Pero me ayudó a crecer. Me hizo más fuerte.

—¿Y tu distanciamiento de tu madre?

—Eso hubiera ocurrido de todas formas —dijo ella, encogiéndose de hombros—. No te sientas culpable, Luc. No es propio de ti.

Los ojos de Luc echaron chispas.

—Cuidado, Gabrielle.

—Así está mucho mejor —murmuró ella—. Todo ese fuego contenido… Eso sí que es muy propio de ti.

De repente, Luc la agarró del brazo y la acorraló contra las paredes de la mansión. La fulminó con la mirada, sin decir ni una palabra.

—¿Por qué haces eso? —le preguntó por fin—. Me provocas y me provocas. Te lo he advertido, pero no parece que me escuches.

—Ahora te estoy escuchando —le dijo ella.

De pronto tenía los labios muy secos. Dio un paso atrás y se topó con la sólida pared de piedra.

—Te estoy escuchando con mucha atención.

—Bien, porque voy a escoger muy bien mis palabras. ¿Recuerdas cómo fue cuando perdí el control contigo, Gabrielle? ¿Lo recuerdas? ¿Es eso lo que quieres de mí?

—No.

«Sí…», dijo una vocecita maliciosa desde un rincón de su mente.

—No —repitió, esa vez con más firmeza—. Quiero que nos llevemos bien, civilizadamente. Eso es todo.

—Civilizadamente —repitió él sin entusiasmo—. ¿Tú y yo?

—Sí.

—Que Dios me ayude.

—Por lo menos podrías intentarlo —dijo ella—. Ni siquiera eres capaz de saludarme como debe ser.

—¿Alguna vez te has preguntado por qué? —le dijo él.

Gabrielle nunca lo había hecho. Lo único que veía era la falta de algo que él les daba muy fácilmente a todos los demás.

—Recuerda que esto ha sido idea tuya, no mía —murmuró Luc. Su voz oscura y profunda era deliciosa.

Apoyó las manos sobre la pared a ambos lados de ella y se acercó peligrosamente.

—Ya que quieres mi saludo, aquí está. *Bonjour*, Gabrielle.

Ella sintió el calor de sus labios en la mejilla durante un instante fugaz, y después, ya no estaban.

Un fuego abrasador empezó a propagarse por su piel… Lo mejor era ignorarlo. Retrocedió un poco. Él la miraba fijamente, con una expresión feroz.

—¿Lo ves? —le dijo ella sin estar muy segura—. No ha sido tan malo.

—Pero no he terminado todavía —murmuró él.

Le dio un beso en la otra mejilla. Esa vez empezó más arriba del pómulo y se detuvo durante más tiempo, trazando un camino sinuoso desde su mejilla hasta su boca. Al llegar a la comisura de los labios, se la humedeció sutilmente con la punta de la lengua.

Gabrielle contuvo el aliento. No podía evitarlo. Un cosquilleo la quemaba por dentro.

—Dime «*Bonjour,* Lucien» —le susurró él al oído, a un milímetro de sus labios—. Dime «*Comment ça va?*» y controla tus impulsos, porque me deseas. Aprieta los puños todo lo que quieras, cariño, pero más tarde o más temprano alguien se va a dar cuenta de que no estás enfadada. Solo estás excitada. En circunstancias normales, habría mucha gente a nuestro alrededor, observándonos, esperando a ver qué pasa entre nosotros. ¿De verdad quieres que vean qué pasa entre nosotros, Gabrielle? ¿De verdad?

—No —susurró ella—. Esto no va a ser nada civilizado, ¿verdad?

Luc sonrió fugazmente.

—No —le dijo, y entonces le rozó los labios sin ejercer apenas presión. Solo fue un leve roce, un cosquilleo, pero fue suficiente para que Gabrielle cerrara los ojos y buscara más de él.

Al ver la respuesta de ella, Luc apretó los labios contra los suyos con mucha más fuerza y la sujetó de la barbilla con una mano.

Unos dedos fríos le rozaron las mejillas momentá-
neamente y entonces se deslizaron a lo largo de su
mandíbula hasta llegar a su cabello. Los labios de
Luc se movían sin cesar, todavía civilizados, pero no
mucho. No era un simple beso de bienvenida; nada
más lejos… Había una pregunta en ese beso. Y para
Gabrielle solo existía una respuesta. Con un suspiro
tembloroso, abrió la boca y le dejó entrar.

Luc sabía que besar a Gabrielle era un error. Siempre lo había sabido. Ella se entregaba sin reservas,
como siempre había hecho. Se abría a él y le hacía
flotar en el olvido.

El beso pasó de ser un mero roce a convertirse en
una batalla amorosa en un abrir y cerrar de ojos. Ella
invadía sus sentidos; su sabor, rico e intenso, era
como el mejor de los vinos. Su aroma era cautivador,
algo de lo que nunca se cansaría. Y el tacto de su
piel… Necesitaba sentir sus caricias más que respirar.

—Tócame —murmuró él, colmándola de besos
frenéticos—. Por Dios, Gabrielle, tócame.

Con un suspiro roto, entrecortado, Gabrielle soltó
las sandalias, le rodeó el cuello con ambos brazos e
hizo lo que él le pedía.

La lluvia llegó de repente, golpeándoles con fuerza, aplacando su ardor con frías gotas pesadas. Gabrielle se apartó bruscamente y recuperó el aliento.
Se tapó la cabeza con las manos, en un gesto instinti-
vo. Luc parpadeó y sacudió la cabeza. También levantó la mano para protegerse del repentino chapa-
rrón que no parecía venir de arriba.

—¿Qué demonios…?

—Lo siento —dijo Simone de repente, como si

estuviera a mucha distancia de ellos, aunque en realidad estuviera a unos pocos metros, con una manguera en la mano y una expresión angelical en la cara—.
Abrí el grifo y la presión hizo que el agua saliera dis-
parada. La manguera se me escapó de las manos y lo
he mojado todo. No podía controlarla —Simone los
atravesó a los dos con una mirada burlona—. Ya sa-
béis cómo es esto.

Gabrielle se sonrojó.

Luc se limpió el agua de la cara con la manga y se
metió las manos en los bolsillos para no volver a tocar a Gabrielle.

—La próxima vez que nos veamos en público, te
diré «Hola» y ya está —le dijo a la joven en un tono
sombrío.

—Buena idea —dijo ella, agachándose para recoger las sandalias.

Luc clavó la mirada en la pared.

—Y después me iré a la otra punta de la habitación —añadió él, sin dirigirse a nadie en particular—.
O a la otra punta del mundo.

—La otra punta del mundo es Australia —dijo Simone—. Y la última vez os funcionó muy bien. ¿Más
agua?

—No —dijo Luc rápidamente.

—Para mí tampoco, gracias —dijo Gabrielle en
un tono irónico. Le sonrió a Luc y terminó de sacu-
dirse las gotas de agua del vestido—. ¿Dónde estábamos?

—¿A punto de dar un paseo por los jardines? —
dijo Simone, levantando una ceja—. ¿Vas a venir con
nosotras, hermanito?

No era eso lo que Luc tenía en mente precisamente.

—Si me dejas sola con esta mujer, eres hombre muerto —murmuró Gabrielle.

—Más tarde o más temprano conseguirá quedarse a solas contigo —argumentó Luc—. ¿Para qué retrasar lo inevitable?

—Nada es inevitable, aunque nosotros tenemos que hacernos a la idea —Gabrielle pasó por su lado—. Por lo menos ya está hecho. Terminado. Lección aprendida. No hace falta repetir. ¿Me estás escuchando?

—Tienes toda mi atención —le dijo él en un tono hosco—. ¿De verdad crees que no podemos seguir siendo civilizados después de esto?

—Claro que sí —Gabrielle levantó la barbilla y echó a andar hacia el sendero más próximo—. Yo soy una persona muy civilizada.

—Ya me he dado cuenta —dijo Simone con una sonrisa burlona.

Le guiñó un ojo a Luc y fue detrás de Gabrielle.

—Cuánto lío por un beso de nada. De verdad, Luc, hazle caso a Gabrielle y olvídalo todo. Deja ya el tema de los besos. Hay cosas mucho más importantes en las que pensar en un día como hoy.

—¿Como qué? ¿Qué podría ser más importante que preocuparse por no perder la cabeza?

—Los jardines —dijo Simone con contundencia—. Los jardines son mucho más importantes que los besos. ¿No estás de acuerdo, Gabrielle?

Gabrielle sí que estaba de acuerdo. Por supuesto que sí.

«Mujeres…».

Capítulo 4

La cena de esa noche podría haber sido agradable y relajante… si Luc no hubiera decidido acompañarlas.

Gabrielle fulminó a Simone con la mirada. Recordaba vagamente haberle dicho a Luc que no la dejara sola con su hermana. También recordaba haber mencionado el vino tinto, y después Simone había sugerido preparar una comida para acompañar el exquisito vino. Sin embargo, por mucho que repasaba la conversación, no recordaba ningún momento en que Simone o ella misma le hubieran invitado a cenar. De todos modos, él tampoco necesitaba invitación. Caverness era su casa.

Sin embargo, después de haber recuperado el sentido común, sentía que compartir una deliciosa comida casera con Simone y Luc no era una buena idea. Si sabía lo que le convenía, debía mantenerse lo más alejada posible de Luc. Si no lo tenía delante, no lo desearía, y si no lo deseaba, no se sentiría tentada de tocarle. Y si nunca le tocaba, nunca se perdería por el camino equivocado.

Problema resuelto.

El obstáculo más inmediato era escabullirse de allí sin hacerles un desaire a los anfitriones. Simone lo entendería, sin duda.

—Esta cena tan civilizada… Creo que no me apetece mucho —le dijo a Simone mientras esta metía el relleno dentro del pato y cerraba el agujero con una brocheta de naranja cocida.

—Estoy segura de que al pato tampoco le apetece mucho —murmuró Simone—. ¿Pero acaso me ves parar? —empezó a exprimir el zumo de otras dos naranjas—. Es culpa tuya. No deberías haber dicho que habías traído dos botellas del vino de Rafael. Deberías haber sabido que no podrías librarte de Luc después de eso.

—¿Culpa mía? —dijo Gabrielle, resoplando—. ¿Culpa mía? ¿Quién le dijo que haría pato asado a la naranja? Bueno, en este caso sería más bien naranja con pato. Ese era su plato favorito de niño, y viendo la cara que puso cuando dijiste que lo prepararías, creo que lo sigue siendo. Lo tenías todo planeado. Para que no pudiera resistirse.

—Claro que sí —le dijo Simone con desparpajo—. Todo es parte del plan de cordialidad civilizada que ideamos la otra noche, ¿recuerdas? Que no seas capaz de ceñirte a él durante más de dos minutos no es culpa mía.

Que Simone tuviera razón no era muy tranquilizador.

—Si sales corriendo, me voy a enfadar mucho —le dijo Simone, mirándola severamente—. Puedes irte cuando hayamos terminado de comer. Antes no.

Gabrielle se rindió. Lo único que podía hacer era agilizar la cena lo más posible. Miró a lo largo de la enorme encimera. Todos los ingredientes estaban alineados en una larga hilera.

—¿Cómo puedo ayudarte? Dame algo que hacer.

—Abre el vino —le dijo Simone con una sonrisa—. Así me ayudarías mucho.

—Luc va a abrir el vino —Gabrielle miró de reojo hacia el otro lado de la cocina. Él estaba allí—. Bueno, en realidad parece que está leyendo la etiqueta —Gabrielle sintió un revoloteo en el estómago.

Ella era la encargada del etiquetado y estaba muy orgullosa de su trabajo. La etiqueta de Angels Landing, con su pequeño dibujo de una criatura alada y el texto en relieve, había ganado muchos premios en Australia, pero Australia no era Francia. ¿Le gustaría a Luc?

Él levantó la vista e interceptó su mirada.

—Contundente —dijo de repente.

—Y el vino también —Gabrielle trató de tomárselo con indiferencia, pero no pudo. En aquella etiqueta estaban años de trabajo y mucho corazón.

—Adelante —dijo Simone, mirando a Luc y asintiendo con la cabeza.

Gabrielle cruzó la cocina rápidamente y se quedó al otro lado de la mesa, del lado opuesto a Luc.

—¿Quieres contarme algo antes de la cata? —preguntó él.

—Si quieres… —Gabrielle siguió haciendo un esfuerzo por parecer serena.

Sin embargo, a juzgar por la expresión de Luc, no lo estaba consiguiendo.

—Sí —le dijo él con una formalidad desmesurada—. *Merci.*

Los ojos de Gabrielle se hicieron enormes de repente.

—Siempre se te dio bien venderles los caldos a los clientes. ¿Recuerdas cuando Simone y tú os ocupasteis de la venta directa aquella tarde cuando Marciel se puso enfermo? ¿Cuántas botellas de nuestro vino más caro y añejo vendisteis? ¿Veintiocho?

—Veintinueve —puntualizó Gabrielle—. Y definitivamente le sacábamos una ventaja importante a Marciel. Nosotras éramos mucho más simpáticas.

Marciel siempre había tenido cara de pocos amigos. Por aquel entonces ella tenía siete años y Simone nueve. Nadie había podido resistirse a dos niñitas encantadoras con sus vestiditos pichi.

A Simone la habían felicitado mucho por el gran esfuerzo que había hecho… La sonrisa de Gabrielle se resquebrajó ante aquel recuerdo. A ella le habían dado una paliza por tomarse atribuciones que no le correspondían.

Le habían pegado con una fusta.

Rafe se había vuelto loco al ver las marcas en su espalda y en sus piernas. Tenía trece años, pero no podía defenderla de Josien todavía. Con el tiempo, no obstante, su tamaño y su fuerza física habían hecho que Josien se lo pensara dos veces antes de pegarle.

—¿Qué pasa? —le preguntó Luc de repente. Su voz profunda y deliciosa le llegaba muy adentro y la devolvía al presente.

Él siempre había sabido leerle la mente, desde que eran niños, pero con el tiempo, esa habilidad se había vuelto peligrosa a medida que se enamoraba más de él.

—¿Gabrielle? ¿Qué pasa?

—Nada —dijo ella, dejando a un lado los recuerdos amargos y esbozando una sonrisa.

De niños, Rafe y ella se habían hecho expertos en esconder la crueldad de Josien del resto del mundo, y no tenía ganas de sacarla a la luz en ese momento. Muchos podían pensar que era cobardía, pero a Gabrielle le gustaba pensar que esa era la mejor forma de sobrevivir. Rafael y ella eran supervivientes, y ambos estaban muy orgullosos de ello.

—Ese es uno de nuestros vinos más añejos —le dijo, señalando la botella que Luc tenía en la mano—. Habiendo dicho eso, no obstante, también hay que decir que solo tiene cinco años. Rafe quería darle otro año antes de sacarlo al mercado, pero la economía no nos lo permitió. Necesitábamos algo de líquido, nunca mejor dicho —añadió—. Este vino tiene un año menos y solo hemos embotellado una pequeña cantidad. La mayor parte de la cosecha sigue en los barriles —dijo, señalando la botella que estaba sobre la encimera—. Ambos son vinos muy equilibrados, pero el de cuatro años es mi favorito. De hecho es mi favorito de entre todos los vinos que hemos producido hasta ahora.

—¿Por qué vino tinto? —le preguntó Luc—. ¿Por qué Rafe no se quedó en lo que mejor conocía? Cuando se marchó de aquí se llevó consigo muchos conocimientos sobre la elaboración de espumosos.

Y era cierto. Tanto Luc como Rafe habían aprendido mucho del señor Duvalier acerca de la elaboración del champán. Luc siempre lo llevaba todo a la práctica con éxito, mientras que Rafe era más dado a experimentar. La mayoría de las veces, sus experimentos fallaban, pero algunas veces… Algunas veces sus raras combinaciones se ganaban un halago del señor Duvalier.

—No sé por qué le dio por hacer vino tinto, si te digo la verdad —dijo Gabrielle—. Acababa de comprar las vides cuando yo llegué. Lo que a mí me parece es que vio esas viejas bodegas y se enamoró de ellas. Las vides eran de vino tinto, así que se dedicó a hacer vino tinto.

—¿Y por qué le llamó Angels Landing? —le preguntó Luc.

—Porque encajaba muy bien —dijo Gabrielle con una pequeña sonrisa.

Angels Tears no les había convencido mucho desde el primer momento, pero eso no tenía que decírselo. Ni tampoco tenía que decirle que ese había sido el nombre que le había dado al primer barril embotellado de su cosecha privada; sin duda el mejor tinto que tenían. No obstante, no era para el consumo público, ni el vino ni el nombre.

—Ábrelas.

Aunque no se las tomaran las dos, sin duda Luc querría compararlas.

—¿Qué te hizo decantarte por corchos en vez de tapones de rosca? —le preguntó él.

—La tradición —dijo ella—. Rafe sabe exactamente cuál es el mercado al que se dirige, y nos tapones de rosca no son muy adecuados. Todavía.

Abrieron las botellas y dejaron respirar un poco

los caldos. Luc se tomó su tiempo seleccionando las copas. Gabrielle le observaba con exasperación e incertidumbre. La opinión de Luc era importante para ella. Si no le gustaba, sería un buen golpe.

—El color es bueno —murmuró él después de servir tres muestras de cata.

—Sí.

El color era soberbio. Esperó a que Luc agarrara su copa, cada vez más impaciente.

—Simone, ¿quieres un poco?

Simone fue hacia ellos con un gesto contradictorio en la cara.

—Me sentiría mucho mejor si pudiera separar al fabricante del vino.

—Y yo me sentiría mucho mejor si termináramos con esto de una vez —dijo Gabrielle—. Solo probadlo y ya está. Decidme: «Mmm, muy bueno, muy interesante», y terminad con mi sufrimiento.

Pero la cata de vinos no funcionaba así en Caverness.

—El aroma es un poco… —empezó a decir Luc, poniendo la nariz cerca del borde de la copa.

—¿Un poco qué? —preguntó Gabrielle, ansiosa.

—Interesante —dijo él.

Gabrielle creyó verle esbozar una leve sonrisa cínica. No podía verle la boca, pero sus ojos se reían sin duda alguna.

—Hay unos toques de frutas del bosque —dijo Simone.

—Y de albaricoque también —añadió Luc—. Qué inusual. Mmm.

—Por Dios, Luc, ¿cuándo vas a llegar a lo de «muy bien»? —dijo Gabrielle, cada vez más nerviosa.

Luc sonrió fugazmente y sus ojos tomaron un brillo sarcástico.

—Paciencia —murmuró—. La cata de vinos es un ritual muy civilizado. Pensaba que ya lo sabías, como eres una persona tan civilizada y comedida…

Normalmente sí lo era, pero no cuando él estaba delante.

—Luc… —le dijo, intentando sonar lo más comedida posible—. No me hagas hacerte daño —tomó el aliento, se calmó un poco y se fijó en las hermosas vetas del mármol de la encimera.

Eran marcas irregulares que corrían por la superficie de forma caprichosa, como ríos de color que se ensanchaban y se estrechaban, que se unían y se separaban. Gabrielle deseaba separarse del camino de Luc lo antes posible, pero cuanto más tiempo pasaba a su lado, más difícil se hacía. Quería saber qué opinaba sobre su vino. Quería saber qué pensaba del beso que se habían dado. Quería volver a besarle… ¿Y qué pasaría si Luc y ella se embarcaban en una aventura? ¿Un romance tórrido, ardiente, desenfrenado? ¿Sería eso suficiente para olvidarle de una vez y por todas? ¿Quedaría así satisfecha y lista para seguir adelante, o ya no podría pensar en nadie más que no fuera él?

Esa última opción no sonaba nada bien. No. No.

—¿Qué piensas? —le preguntó él de repente.

Gabrielle levantó la vista y esbozó una sonrisa prudente.

—En nada que te importe —esperó unos segundos a que él dejara de examinar el vino—. ¿Y bien? —le preguntó con impaciencia—. ¿Podemos pasar a la parte civilizada ahora?

—Bueno, me gusta —dijo Simone—. Es un vino con mucho cuerpo, con una profundidad y una suavidad dignas del mejor de los añejos —Simone sonrió brevemente y bebió otro sorbo—. No sé lo que tienen estos vinos australianos... Tienen una riqueza de sabor...

—Rafe cree que reflejan muy bien la juventud del negocio del vino allí —dijo Gabrielle—. Todo el mundo está experimentando todavía. No ha habido tiempo de desarrollar rituales sofisticados y sutiles.

—Pero aquí hay sutileza —dijo Luc, catando el caldo y levantando la copa una vez más para examinar el color.

—¿Eso crees? —le preguntó Gabrielle, dejándose invadir por el placer producido por las palabras que acababa de oír—. Yo también lo creo. Prueba la otra botella.

Luc probó el otro vino y su sonrisa se secó un poco.

—Este tiene unas cualidades extraordinarias, pero el otro es excepcional.

Simone suspiró. A Gabrielle se le iluminó la cara.

—¿Qué clase de distribución tienes en mente? —le preguntó Luc. La expresión de sus ojos era profesional, la de un hombre de negocios.

Gabrielle nunca había visto esa faceta de él hasta ese momento, pero le gustaba. Le gustaba ver que él se tomaba en serio sus planes de expansión.

—Me gustaría conseguir una distribución bastante exclusiva. No tenemos en mente inundar el mercado con nuestros productos. Solo queremos tener una presencia.

—¿Y qué necesitas?

—Para empezar, necesitamos almacenar el producto en bodegas.

—¿En cuevas?

—Si puede ser, sí.

—Eso te va a costar.

—Lo sé —Gabrielle suspiró—. Y, hablando realistamente, no creo que sea muy factible almacenar en bodegas bajo tierra por aquí. Estoy barajando todas las posibilidades disponibles.

—¿Y qué más necesitas?

—Necesito estrategias de desarrollo de mercado, fijar un precio de entrada en el mercado que funcione, puntos de venta…

—¿Y quién se va a ocupar de eso último?

—Yo.

Luc hubiera tenido todo un grupo trabajando en ese sector, pero ella no podía permitírselo. Esperó a que él le dijera que no se podía hacer. Esperó a que sus labios esbozaran la sonrisa más indulgente… Pero él no hizo ninguna de esas dos cosas.

—Vamos a tener mucho lío de ahora en adelante.

—Sí.

—Si necesitas que te presente a los distribuidores más importantes de la zona, házmelo saber. Te prepararé algo. Una cata, quizá… Podrías utilizar las instalaciones de Caverness. Eso podría funcionar.

Gabrielle trató de mantener la boca cerrada. Una cata en Caverness era una experiencia que nadie quería perderse, ni siquiera los grandes nombres de la enología. Entrar en las bodegas situadas detrás del castillo era como hacer un viaje por el pasado, por la historia. Había muchas cavernas llenas del champán más añejo. Grutas diminutas con huecos en las paredes donde descansaban pequeñas velas. Pirámides de botellas de champán colocadas sobre repisas esculpidas en la misma piedra de las paredes. Mesas rústicas preparadas para catas improvisadas. Pasadizos y callejones protegidos por puertas de hierro oxidado, cuadros de más de cien años y la piedra fresca y gris bajo las yemas de los dedos… Sensuales y seductoras, las cuevas de Caverness existían para dar el placer más absoluto a los compradores más exigentes y conocedores.

—Claro que… Si voy a poner en peligro la reputación de la Casa Duvalier, tendré que saber algo más sobre tus planes de producción y qué clase de plazos y contratos estás en posición de cumplir.

Luc, el hombre de negocios…

¿Y qué le iba a decir Gabrielle, la mujer de negocios, a modo de contestación? La oferta era generosa, y completamente inesperada. El mecenazgo de la Casa Duvalier sin duda le aseguraba pedidos importantes por parte de la clase de compradores que Rafe y ella esperaban conseguir. Debería haber estado dando saltos de alegría en ese momento.

Pero no lo estaba.

A Rafe no le gustaría. No le gustaría tener esa clase de vínculo con Simone. Y ella tampoco quería estar tan cerca de Luc, haciendo negocios con él. Sus sentimientos hacia él ya eran de por sí lo bastante complicados. Dejar el crecimiento de su negocio en manos de un hombre con quien había pensado tener un tórrido romance tan solo unos minutos antes, no era una buena idea.

—Bueno, podemos discutir el tema —le dijo ella en un tono cauto—. O mejor hablo con Rafe primero.

A lo mejor al final no necesitas saber nada de las previsiones y estimaciones de producción.

—¿Crees que le gustará la idea? —le preguntó Luc.

—No sé qué va a pensar —dijo Gabrielle—. A él nunca le ha gustado aceptar la caridad ajena. No le gusta deberles favores a la gente —escogió sus palabras con sumo cuidado—. Es una oferta generosa, Lucien, y te doy las gracias por ello, pero no sé si podemos aceptarlo —sonrió con seriedad—. Tu padre se revolvería en su tumba.

—Mi padre, por muchas habilidades que tuviera y… Sí. Tenía unas cuantas… No tenía mucha visión de futuro. Debería haber apoyado a Rafe cuando tuvo ocasión.

Pero no lo había hecho. Las palabras se quedaron colgando en el silencio.

—Llamaré a Rafe y se lo diré todo —dijo Luc.

Gabrielle abrió la boca y puso una cara de estupefacción.

—¿Qué? —le preguntó Luc.

—¿No crees que te vendría bien un intermediario? —le dijo ella—. Quiero decir que… Llevas siete años sin hablar con él y ahora, de repente, ¿esto?

—¿Y qué te hace pensar que no le he llamado en estos siete años? —le preguntó Luc con curiosidad.

—Yo, ah… ¿Lo has hecho?

—Muchas veces —dijo él.

Gabrielle seguía mirándole con un gesto de perplejidad.

—¿Qué te sorprende más? ¿Que Rafe y yo hayamos seguido en contacto o que no lo hayas sabido hasta ahora?

—Ambas cosas —admitió ella.

Rafael se había ido a Australia tan desilusionado... Jamás se le hubiera ocurrido pensar que su hermano quisiera seguir manteniendo el contacto con Caverness; ni con Lucien, ni con Josien y mucho menos con Simone.

—¿De qué habláis?

Esa vez fue Luc quien se puso serio.

—De todo, excepto de hermanas.

La comida transcurrió con tranquilidad. De mutuo acuerdo, esquivaron cualquier tema familiar nada más sentarse a la mesa y se concentraron en el presente y en el futuro. Simone les habló de los planes que tenía para el jardín. Luc habló de las variedades de champán con las que tenía pensado experimentar en cuanto consiguiera más terrenos. Hablaron de todos los cambios que se habían producido en el pueblo a lo largo de los años. El nuevo sacerdote, el coro masculino, que estaba recién formado, la diva de la ópera, que se había comprado un castillo en ruinas a un precio irrisorio y había pasado años reformándolo, dando así trabajo a muchos hombres del pueblo. Al parecer, tenía muchísimo dinero. Su cara juvenil y fresca era un homenaje viviente a los avances de la cirugía estética moderna o, por lo menos, eso pensaba Simone. Tenía a sus pies a muchos magnates de grandes dinastías productoras de champán, pero había conseguido hacer callar a las malas lenguas casándose con un techador viudo al que le llevaba diez años. Según decían en el pueblo, el hombre, con sus tres hijos y su calvicie incipiente, tenía un corazón de oro.

—¿Pero eso no le acarreará el rechazo de la alta sociedad de la zona? —preguntó Gabrielle, muy interesada en la historia—. ¿Y qué piensan sus amigos de ella? ¿En qué lugar quedan ellos?

—Bueno, según ellos mismos, no tienen ningún problema —dijo Simone—. El pueblo se está haciendo a la idea poco a poco.

Gabrielle sonrió.

—Bien por ellos.

—¿Por la gente del pueblo o por la feliz pareja? —preguntó Luc con acritud.

—Por todos.

—El pueblo está cambiando —dijo Simone—. Hay sangre joven, una nueva generación sin tantos atavismos y apegos. Ya no hay tanta consciencia de clases sociales.

Gabrielle miró a Simone con curiosidad.

—No digo que estés equivocada, pero, Simone, tú siempre has tenido abiertas todas las puertas. ¿Cómo sabes que la gente no es tan clasista como antes? La gente se acordó de mí en cuanto puse un pie en el pueblo. Todos sabían que era la hija de Josien y me juzgaron en consecuencia. En ese momento no me pareció que las cosas hubieran cambiado mucho.

—¿Y cómo te juzgaron? —le preguntó Luc con una mirada aguda.

—Cuando pedí una habitación me dieron la más pequeña y barata. La clase social de la servidumbre… —dijo con una sonrisa tensa—. Estaba demasiado cansada como para ponerme a discutir.

Luc se puso tenso.

—Quédate aquí entonces.

Gabrielle sacudió la cabeza.

—Hoy no estaba tan casada como para no discutir. Ahora tengo una habitación más grande con baño propio. La dueña insinuó muy sutilmente que ese debía de ser un lujo al que no estaba acostumbrada y me dijo que le pagara las tres semanas por adelantado, en efectivo.

—Vieja arpía —dijo Simone—. Nunca me gustó esa mujer. ¿Y qué hiciste?

—Le pagué una semana y le dije que seguiría buscando algo más grande y espacioso.

—Caverness es muy grande —dijo Luc con un gesto sombrío—. Muy grande.

—Algo grande para comprar —dijo Gabrielle, terminando la frase.

—Ojalá hubiera estado yo ahí para ver la cara que puso cuando dijiste que ibas a comprar una casa —dijo Simone.

—¿Vas a comprar una propiedad por aquí? —exclamó Luc, anonadado.

—Hoy es tu día de suerte —murmuró Gabrielle, dirigiéndose a su amiga—. La cara de Luc es igual de increíble.

—No es tan increíble —dijo él—. Me has tomado por sorpresa. Teniendo en cuenta tus sentimientos hacia este lugar, lo último que pensé es que querrías comprar una propiedad aquí.

Rafe pensaba lo mismo, pero tampoco tenía que decírselo.

—Bueno, creo que todos tendremos que esperar un poco.

—¿Has ido a ver la finca de los Hammerschmidt, como te dije? —le preguntó Simone.

—Todavía no.

—Esta no es mi cara de incredulidad —dijo Luc entre dientes—. No, espera. Sí que lo es. Pero no tengo esta cara porque puedas o no permitirte una compra así —se volvió hacia su hermana y la fulminó con la mirada—. Tengo esta cara por ella.

—A mí no te me pongas así —le dijo Simone—. Quieres la tierra, pero no sabes qué hacer con el resto. Gabrielle necesita bodegas e instalaciones para la distribución, y un sitio donde vivir. Mmm. Déjame pensar… —Simone se llevó la mano a la cara y cerró los ojos—. Creo que podríamos sacar una solución beneficiosa para todos.

—No —dijo Luc.

—No —repitió Gabrielle—. Eso no va a pasar, Simone. Luc no busca una sociedad, ni yo tampoco.

—Solo era una sugerencia.

—Sí, bueno, no ha sido una de las mejores que has hecho —dijo Gabrielle en un tono divertido—. Claro que podrías llamar a Rafael tú misma y hacerle esa misma sugerencia. Podríais comprar las vides entre los dos, ¿no? —añadió con picardía—. Seguro que tú también te has mantenido en contacto con él todos estos años.

—Pues te equivocas —dijo Simone—. Yo no soy de esas de «quedamos como amigos», al igual que tú. ¿Cambiamos de tema, por favor?

—Claro —dijo Luc y agarró su copa de vino.

Capítulo 5

GABRIELLE no se entretuvo en la sobremesa. Se bebió el café a toda prisa, casi humeante, ayudó a Luc y a Simone a recoger la cocina, recogió sus cosas y fue un momento al cuarto de baño antes de regresar al pueblo.

No necesitaba que nadie le dijera dónde estaba el aseo. Estaba en el gran corredor central, girando a la derecha, pasando las escaleras, la primera puerta a la derecha... Al pasar por delante de las escaleras no se percató de la presencia de Josien hasta tenerla justo delante. Estaba tan quieta, tan silenciosa... Era como una estatua de mármol, fría y mayestática.

—*Maman* —le dijo.

¿Acaso la estaba esperando allí? Un rato antes Hans les había dicho que se había retirado a sus aposentos, y Simone decía que eso era lo que solía hacer, que no tenía nada que ver con su presencia en la casa. Simone le había dicho que se olvidara del tema y Gabrielle casi lo había conseguido.

—Yo… Hola —trató de esbozar una sonrisa—. ¿Querías verme?

—Supongo que ahora te crees que eres uno de ellos —dijo Josien en un tono sombrío—. Mezclándote con ellos, cenando…

Gabrielle sintió que la sonrisa le bailaba en los labios.

—Nunca supiste cuál era tu sitio.

—Al contrario, madre, tú nunca me has dejado olvidarlo —Gabrielle se puso erguida. Esa vez ya no sería la hija asustada de Josien. Nunca volvería a serlo en realidad—. Pero sí tienes razón en algo. Ya no voy a dejar que tú me digas cuál es mi lugar. Esta vez soy yo quien decide cuál es ese lugar, no tú. Y si quiero compartir una comida con mis amigos de la infancia, lo haré.

—Nunca se casará contigo. Lo sabes —dijo Josien.

La preciosa cara de su madre era tan distinta de aquellas palabras crueles.

—Tú no juegas en su liga.

Josien solo se podía referir a un hombre.

—A lo mejor soy yo quien no quiere casarse con él, *maman*. ¿Nunca se te ha ocurrido?

—Si es así, ¿por qué has vuelto? Haciendo alarde de viñedos y ropa cara… ¿Crees que un poquito de riqueza y ostentación suponen alguna diferencia para un hombre como Lucien? Sigues siendo la hija del ama de llaves, Gabrielle.

—Me estás infravalorando, madre. Siempre lo has hecho. Y, para tu información, no he vuelto por Lucien. He vuelto por ti. Pero ahora veo que ha sido un error.

—¿De dónde sacó Rafael el dinero para comprar los viñedos? —preguntó Josien, cambiando de tema abruptamente—. ¿Quién le avaló?

—Harrison —dijo Gabrielle.

Harrison era el padre al que solo había conocido a través de tarjetas de felicitación de cumpleaños y de Navidad hasta unirse a Rafael en su exilio. Siempre había vivido en Australia, el hombre cuyo apellido llevaban tanto Rafael como ella.

—Harrison Alexander. ¿Lo recuerdas? ¿El hombre con el que te casaste? ¿El padre de tus hijos? Rafe le buscó. Te equivocaste con él. Sí que nos quería.

—¿Harrison le avaló? —la voz de Josien temblaba ligeramente—. ¿Pero por qué?

—A lo mejor eso es lo que hacen los padres —dijo Gabrielle en un tono de exasperación.

No quería seguir hablando con su madre, no sobre ese tema, ni sobre ningún otro.

—¿Por qué no aceptas de una vez que Rafael ha encontrado a alguien que confía en él? ¿Por qué tienes que mancharlo todo con tus sospechas y tu amargura?

Josien guardó silencio.

—Me voy al cuarto de baño —dijo Gabrielle—. Y después regreso al pueblo. No tienes que acompañarme. Sé dónde está la salida.

Josien se volvió. Levantó la barbilla.

Gabrielle conocía muy bien esa cara. La adoraba; le temía…

—Siempre fue un debilucho, Harrison —las palabras de Josien fueron como un susurro.

Gabrielle ni siquiera sabía si estaban dirigidas a ella.

—Demasiado debilucho para mí. Nunca debí casarme con él, pero estaba desesperada. Desesperada por escapar de este sitio, desesperada por ser alguien que no era. Y Harrison estaba enamorado de mí, enamorado de mí cara. No supo ver lo que había debajo hasta que fue demasiado tarde. Yo nunca le dejé verlo —Josien se volvió y miró a su hija fijamente.

La desolación que había en su mirada casi desarmó a Gabrielle.

—Harrison Alexander es tu padre, pero no es el de Rafael —dio media vuelta y empezó a subir las escaleras, apoyándose en el pasamanos con dificultad—. Y él lo sabe.

—No —susurró Gabrielle.

Harrison siempre los había querido mucho. Les había dado cariño y había hecho todo lo posible por ayudarlos durante esos siete años. Jamás hubieran conseguido lo que habían conseguido de no haber sido por su ayuda.

—No te creo.

Su madre siguió subiendo sin decir ni una palabra.

—¡Estás mintiendo! —gritó Gabrielle, apretando los puños. Los ojos se le estaban llenando de lágrimas.

Luc Duvalier era la viva imagen del éxito más arrollador. Lo tenía todo. Dinero, familia, juventud… Tenía veintinueve años. Estaba al frente de una dinastía productora de champán y cerraba acuerdos de millones de euros todos los días; siempre impasible y relajado, en cualquier situación.

Sin embargo, esa noche, había tenido que hacer acopio de toda su fuerza de voluntad para ser ese hombre al que todos conocían. Casi había logrado olvidar el beso que había compartido con Gabrielle un rato antes, pero no lo había logrado del todo. Por suerte, las cualidades de Simone como anfitriona y la exquisita comida le habían ayudado bastante a mantener la compostura. Lo único que tenía que hacer a partir de ese momento era acompañar a Gabrielle al coche sin olvidar la confianza relajada que habían conseguido durante la cena. Si lograba hacer las cosas de esa manera, pondría un broche de oro a la velada. Todo sería civilizado y distendido, propio de alguien como Lucien Duvalier.

Simone había desaparecido. Se había ido a sacar la basura, aunque él se había ofrecido a sacarla antes.

—Ahora es cuando tienes que demostrarle a Gabrielle que se puede fiar de ti al final de la noche —le había dicho Simone en un tono engañosamente sutil—. Yo tengo fe en ti —había añadido a modo de advertencia.

Luc conocía muy bien esa voz. Él no era el único Duvalier al que le gustaban las cosas claras.

Y después Gabrielle había regresado a la cocina con la cara blanca y los ojos brillantes, como si hubiera estado a punto de llorar. Trató de esbozar una sonrisa, pero el esfuerzo fue en vano.

—Es hora de irse —dijo. Recogió sus cosas de la mesa con manos temblorosas—. ¿Dónde está Simone?

—Fuera. Pronto volverá.

Gabrielle fue hacia la puerta de la cocina.

—La veré al salir. Gracias, Lucien, por una velada tan agradable —vaciló un momento y entonces le extendió la mano, como si esperara que él se la estrechara.

Pero él no la tocó. No se atrevía.

—¿Qué pasa? —le preguntó él en un tono prudente.

—Nada —ella retiró la mano y agarró el bolso como si le fuera la vida en ello.

—No te voy a tocar, si es eso lo que te preocupa. Puedo comportarme delante de ti, Gabrielle. Creo que nunca te he demostrado otra cosa.

—Lo sé —ella parecía profundamente turbada—. He disfrutado mucho de vuestra compañía, Lucien. De verdad. Y en cuanto a nuestro beso… bueno… También lo disfruté —añadió sin más prolegómenos—. Probablemente lo disfruté demasiado, así que prefiero olvidarlo e ignorar las ganas de besarte hasta que desaparezcan.

—Han pasado siete años, Gabrielle —dijo él en un tono serio—. Y no han desaparecido.

—También podríamos mantenernos alejados el uno del otro. Cortar por lo sano —añadió ella con otra sonrisa que no le llegó a los ojos—. Yo prefiero esa última opción. Funciona. Está demostrado.

—Podríamos intentarlo —dijo él—. Tú y yo. Y esto. Ya no tienes dieciséis años, Gabrielle. Y no estoy obligado a mantenerme lejos de ti. No hay nada que nos impida explorar esta atracción que hay entre nosotros.

—No —dijo ella y su mirada se oscureció.

Un relámpago de dolor cruzó sus pupilas. ¿Qué le estaba ocurriendo?

—No. Supongo que no lo hay.

—Entonces te llamaré —dijo él—. Tenemos que organizar esa cata.

—Sí.

—O llámame tú. Mañana a cualquier hora. Podemos quedar para cenar.

—Sí.

Luc sintió que una inquietud profunda se apoderaba de él. Ella le estaba diciendo lo que él quería oír. Le estaba diciendo lo que fuera que quisiera oír para después salir huyendo.

—Gabrielle, ¿qué pasa? ¿Qué ha pasado?

—Nada. De verdad, Luc. No es nada. Te has portado como un caballero toda la tarde —sacó fuerzas para esbozar una sonrisa radiante—. Un caballero encantador y seductor. Lo he pasado muy bien contigo. Pero no quiero arriesgarme a darte un beso de buenas noches sin tener a mano una manguera de agua. Eso es todo.

Él la dejó ir hacia la puerta al oír esas palabras. Ella agarró el picaporte, lo hizo girar, se volvió hacia él y le miró con ojos turbulentos. Algo estaba ocurriendo; algo que él no sabía, que no comprendía. Pero la dejó marchar, la dejó refugiarse en el humor. Si ella no confiaba en él, entonces no había nada que pudiera hacer.

—Buenas noches, Gabrielle —murmuró—. Dulces sueños, y solo para que lo sepas... Yo tampoco me arriesgo a darte un beso de buenas noches.

Luc esperó a oír la voz de Simone y el susurro de Gabrielle, y entonces se dirigió hacia el pasillo principal, rumbo al cuarto de baño. Miró a su alrededor, confuso, sin saber lo que buscaba. Se detuvo junto a la gran escalinata, pensativo. No había nada, nada que pudiera haber causado semejante reacción en ella. Floreros, adornos varios… Un retrato de un antepasado… Eso era todo. Miró hacia lo alto de la escalera. ¿Acaso había subido?

¿Había bajado alguna otra persona?

Las únicas dos personas que estaban en la mansión eran Hans y Josien, y ambos se habían retirado a sus habitaciones mucho tiempo antes. ¿O quizá no?

Se quedó allí, pensando, escuchando el sonido del motor del coche de Gabrielle al encenderse, el ruido de los neumáticos sobre la gravilla del patio… La puerta de la cocina se cerró y entonces se oyeron unos pasos rápidos. Debía de ser Simone.

No se oía nada arriba. No llegaba ningún sonido de las habitaciones del piso superior, excepto… En ese momento lo oyó; un ligero crujido de las tablas del parqué, lento y cuidadoso… Y después… el clic sutil y metálico de una puerta al cerrarse.

El día siguiente fue muy agitado para Gabrielle. El recuerdo del beso de Luc le inundaba los sentidos, la cena pendiente, el ofrecimiento de dejarla usar las cuevas de Caverness para celebrar una cata de vinos… Todas esas cosas, y muchas más, retumbaban dentro de su cabeza. Tenía que prestar atención a todas ellas, no obstante. Era importante saber qué rumbo había tomado con respecto a Luc, pues no era un hombre fácil de ignorar para una mujer. Sin embargo, Luc no era el único que ocupaba sus pensamientos ese día. También estaba pensando en Rafe, en lo que le había dicho su madre. Le había dicho que Harrison no era su padre... Por primera vez en toda su vida, Gabrielle tuvo miedo de llamar a su hermano. Sentía un nudo en el estómago cada vez que pasaba cerca del teléfono; un miedo atroz que la corroía por dentro. Jamás había pedido conocer ese secreto y deseaba no tener que guardarlo. Rafe era su punto de apoyo, la única constante de su vida, y tenía miedo de pensar que le estaba traicionando al ocultarle algo así. No obstante, lo que más temía de todo era dañar la relación que tenía con aquel al que creía su padre, Harrison.

Gabrielle masculló un juramento y ahuyentó todos los pensamientos nocivos.

No eran más que palabras envenenadas, destinadas a destruir la relación entre un padre y un hijo; una maniobra maligna diseñada para separarla de su hermano. Eran palabras crueles y despiadadas que venían de una madre que no se merecía el cariño de sus hijos.

Pero no podía decírselo a nadie; ni a Luc ni a Rafael. Lo mejor era olvidarse por completo y hablarle de otros asuntos a su hermano; asuntos que desenterrarían viejos fantasmas del pasado a los que, por una vez, no les tenía tanto miedo. Siempre había habido fantasmas peores y siempre los habría.

¿Quién? ¿Quién podía ser el padre de Rafe? No podía ser Phillips Duvalier. Eso hubiera sido terrible para Simone... Phillips siempre se había mostrado marcadamente parcial hacia Rafe y había animado a Luc a cultivar su amistad. Además, había intentando iniciarle en el negocio de la vitivinicultura al ver que mostraba interés. Siempre había sido muy amable con él, pero no como lo hubiera sido un padre. No.

Rafe no se parecía a los Duvalier. Pero tampoco se parecía a Josien, exceptuando la perfección de sus rasgos. Rafe tenía el tono de piel de Harrison, cabello rubio y ojos azules, más azules que los de Harrison, de hecho. Azules y muy profundos.

¿Y si no era Phillips Duvalier, quién podía haber sido?

Si no era Harrison...

—No tiene importancia —se dijo con contundencia—. No me importa. Cómo la odio.

Masculló otro juramento y agarró el teléfono. Rafe tenía por costumbre gritar su nombre y después contestar con un simple «hola». Esa vez no iba a ser una excepción.

—¿Es buen momento para llamar? —le preguntó.

—¿Gabrielle? —su voz se llenó de calor igual que un rayo de sol tiñe de oro un día gris y tormentoso—. Ya era hora de que llamaras. Acabo de hablar con Luc.

—¿Entonces sabes lo de su oferta?

—Sí.

—¿Y?

—Ya sabes lo que pienso de mezclarnos con los Duvalier, Gabrielle. En todos los sentidos de la palabra.

—Pensaba que sí lo sabía. Pero entonces Luc me dijo que llevabais tiempo en contacto. ¿Cómo es eso?

—Fue por ti... —dijo Rafael en un tono seco—. La primera vez que me llamó, tú todavía estabas en el avión, de camino a Australia. Quería asegurarse de que yo iba a ir a recibirte. Si hay algo que a Luc no le falta, es sentido de la responsabilidad. Quería que le llamara en cuanto llegaras. Y después quiso saber cómo te iba. Me llamaba de vez en cuando. No vi nada de malo en hablar con él.

—¿Le dijiste que estaba hecha un desastre? —Gabrielle cerró los ojos, mortificada—. Vaya, muchas gracias.

—Le dije que estabas bien —dijo Rafe en un tono seco—. Ya sabes que jamás te traicionaría.

Gabrielle cerró los ojos y se frotó la frente. No quería decir nada por miedo a las palabras que pudieran salir de su boca.

—¿Cómo está Josien? —le preguntó Rafe—. ¿Quiso verte?

—Sobrevivirá.

De eso sí podía hablar, aunque su voz estuviera llena de amargura.

—Y no. No quiso verme.

Rafe no le dijo que ya se lo había dicho. No le hacía falta.

—¿Estás bien? —le preguntó con sutileza.

—¿A qué te refieres exactamente? —le preguntó Gabrielle en un tono de protesta.

Rafe se rio y ella dejó escapar una carcajada.

—En serio, Rafe, estoy bien.

—¿Cómo de bien? ¿Hecha un desastre o bien de verdad?

—Bien, bien. He aprendido la lección y puedo pasar página por fin —le dijo a su hermano con vehemencia—. Josien ya no puede hacerme daño. No la voy a dejar.

—Me gusta —dijo Rafe—. Hay algo en tu voz que me hace creérmelo. Algunas veces hay que darse por vencido con la gente, Gabrielle. Por tu propio bien.

—Lo sé —Gabrielle respiró hondo.

«No vayas por ese camino», susurró una vocecita dentro de su cabeza.

«No vuelvas a ese lugar donde los padres no son padres y Rafe solo es tu medio hermano…».

—He estado mirando algunas posibilidades de distribución por aquí —le dijo con una voz más fuerte—. He mirado mucho. No es fácil, Rafe. Es un sistema muy cerrado y yo no tengo el nombre, ni tampoco los contactos y la influencia que hacen falta para que se abran las puertas. Lo de celebrar una cata de vinos en Caverness nos podría ayudar a abrir esas puertas. Podría marcar la diferencia a la hora de entrar en el mercado. Si no tuviera que considerar el aspecto personal, estaría dando saltos de alegría con su ofrecimiento. Es justo lo que necesitamos para poner en marcha el negocio aquí.

Rafe guardó silencio.

—No he dicho que sí —dijo Gabrielle—. Sabía que la oferta de Luc no te haría mucha gracia. No sé si yo me sentiría cómoda haciendo negocios con él, pero me gustaría que pensaras en ello, al igual que lo estoy haciendo yo.

—No quiero su ayuda —la voz de Rafe se volvió más dura de repente—. No quiero que nuestro negocio se mezcle con el de la Casa Duvalier.

—¿Ni siquiera si nosotros sacamos más beneficio que ellos?

—Sobre todo si parece que nosotros sacamos el mayor partido. No son la dinastía productora de champán más grande toda Francia por casualidad,

Gabrielle. Luc nos está ofreciendo este trato porque quiere algo.

—¿Enmendar errores? —sugirió Gabrielle.

—A ti —dijo Rafael sin más rodeos—. Eres una mujer adulta, Gabrielle, y sé que puedes ocuparte muy bien de todo. Pero no sé si tienes lo que hace falta para lidiar con Luc. Debajo de esa fachada de hierro se esconde una fiera. Siempre ha sido así y siempre lo será. No sé por qué… Pero tú siempre te las has arreglado para sacarla a la luz, y él siempre ha intentado protegerte. Yo le he observado mucho, Gabrielle. Siempre fue cuidadoso y comedido en tu presencia. Siempre trató de protegerte.

—¿Protegerme de qué?

—De sí mismo.

—Bueno, entonces tiene un lado salvaje al que nunca da rienda suelta. ¿Y qué? Él tendrá cuidado, yo también, y no pasará nada —dijo Gabrielle en un tono ligero—. Ten un poco de fe y no dejes que tu preocupación por mí condicione tu decisión. Si la respuesta sigue siendo negativa una vez lo hayas pensado un poco, ya está. Solo quiero que lo medites un poco.

—No puedo —dijo él con reticencia—. Sé que es una buena oportunidad de negocio, pero no puedo, Gabrielle.

Ella se mordió el labio y asintió con la cabeza, aunque su hermano no pudiera verla.

—Muy bien. Eso es todo lo que necesitaba saber.

Era hora de seguir adelante.

—Te voy a mandar todos los detalles de unos viejos viñedos que están a la venta a unos cuantos kilómetros de Caverness. Es la vieja finca de los Hammerschmidt. ¿Lo recuerdas?

—¿La que estaba abandonada?

—Sí que la recuerdas —dijo Gabrielle—. Creo que tiene mucho potencial.

—¿Para comprarla o para alquilarla?

—Comprar.

—¿Entonces sigues queriendo vivir allí? ¿Aunque Josien esté como está?

—Sí —dijo Gabrielle con firmeza—. Josien no tiene nada que ver con mi decisión de volver. Me gusta este lugar, Rafe. Sé que tú y Angels Landing siempre estaréis ahí para mí, pero Australia no me llama de la misma forma que a ti. Nunca ha sido así y nunca lo será. No quiero que pienses que te estoy abandonando. Yo nunca haría eso. Te quiero en mi vida. Te necesito en ella. Lo sabes, ¿verdad?

—Aquí viene el «pero».

—No hay «peros» —dijo ella—. Quiero que nuestros vinos se vendan bien por estos lares. Quiero quedarme, trabajar duro y hacer ese sueño realidad, pero sobre todo… Sobre todo… —cerró los ojos y dejó que su corazón hablara por ella—. Quiero volver a casa.

Capítulo 6

ME has estado evitando —dijo Luc, sentándose en la silla de mimbre que estaba delante de Gabrielle.

Ella levantó la vista y trató de convencerse de que él solo era uno más entre los hombres arrebatadoramente guapos. Estaba sentada en la terraza de una cafetería, con una taza de café solo y dulce a su lado. Delante tenía una carpeta abierta que contenía información sobre las fincas que estaban a la venta por la zona. Había pasado una semana desde la cena en Caverness; una semana larga y frustrante de trabajo duro que no había dado ningún fruto.

—¿Por qué? —le preguntó él a continuación, poniéndose cómodo en la silla. Su pose era toda elegancia y sofisticación.

—A lo mejor he tenido mucho trabajo —dijo ella, cerrando la carpeta y recostándose en su silla. Por suerte llevaba las gafas de sol puestas y el rubor no se le notaba tanto—. A lo mejor no he tenido tiempo de pensar en tu oferta.

—A lo mejor —dijo él con una sonrisa encantadora—. Y eso sería una pena, teniendo en cuenta lo mucho que yo he pensado en ti —jugueteó un poco con el menú y entonces lo echó a un lado—. He preparado una visita por la finca de los Hammerschmidt. Quiero echarle un buen vistazo al suelo y a los viñedos. ¿Quieres acompañarme?

—¿Para qué? —preguntó ella en un tono de cansancio.

Sí quería visitar la finca antes de que saliera a subasta, pero no era una buena idea ir con Luc.

—No me estarás sugiriendo que hagamos lo que decía Simone, ¿no? Lo de formar una sociedad. No me parece que vaya a funcionar.

—A mí tampoco. No se debe mezclar el placer con los negocios. Y yo prefiero dedicarme a lo del placer.

—¿Entonces por qué quieres que vayamos a ver el sitio juntos?

—Porque así tendríamos una buena ventaja sobre el resto de postores el día de la subasta. Están pidiendo veintidós millones de euros por la propiedad, Gabrielle. Para mí solo vale unos trece millones, pero quisiera saber lo que valdría para alguien que tenga otros planes para el terreno.

—Entonces… Sería como una reunión de negocios, ¿no? Nada que ver con un evento social.

—Desde luego —dijo Luc—. Aunque no me importaría disfrutar después de un rato de ocio. Cena conmigo esta noche.

—¿Por qué?

—¿Porque quieres?

—No. Lo que yo quiero es crear una red de distribución para nuestros vinos.

Luc aguzó la mirada.

—Solo tienes que pedirlo.

—Ojalá fuera así de sencillo —murmuró ella—. He hablado con Rafe. Le he dicho lo de la cata de vinos en Caverness.

—Yo también se lo he dicho —dijo Luc—. Y no se opuso. Yo lo interpreté como un buen síntoma.

—No dijo que sí —apuntó Gabrielle—. Creo que no me equivoco si digo que es bastante poco probable que diga que «sí» en un futuro cercano. Solo es una opinión de hermana. Le preocupa un poco no saber qué sacas tú de todo esto.

—Me siento ofendido ante tanto cinismo —dijo Luc—. Aunque también me impresiona. Mi padre solía decir que un buen hombre de negocios sabe hacer buen uso de su cinismo. Según él, ¿qué es lo que estoy buscando?

—Cree que me buscas a mí.

—Ah.

—¿Se equivoca?

Luc se encogió de hombros y sus ojos relampaguearon.

—No puedo negarlo. La idea de tenerte se me ha pasado por la cabeza. Es un pensamiento muy agradable. Pero las razones que me han movido a ayudarte a situar tus vinos en el mercado son un poco más sencillas que todo eso —los ojos de Luc quedaron en sombras—. Hace años, tenía las manos atadas, cuando Rafe nos pidió ayuda. Yo quería que fuéramos socios, quería que tuviera el apoyo de la Casa Duvalier. Pero Phillipe no. Mi padre me puso contra la espada y la pared. O Rafe o Caverness. Yo elegí Caverness.

—Bastardo —murmuró Gabrielle.

Luc sonrió con tristeza.

—¿Mi padre o yo?

—Tu padre.

—Para él solo se trataba de hacer buenos negocios. ¿Por qué iba a arriesgar una reputación labrada a lo largo de muchas generaciones para apoyar a un desconocido? ¿Por qué iba a mantener ocupado a su hijo con otro negocio que lo iba a distraer de sus obligaciones principales en Caverness?

—¿Estás defendiendo a tu padre?

—Hasta cierto punto, sí. Rafe y yo le pusimos en una situación muy incómoda, Gabrielle. Ahora que tengo más edad, mirando retrospectivamente, veo que Phillipe no quería acabar con los sueños de Rafael de forma deliberada. Le hicimos una propuesta que él rechazó. Tomó una decisión de negocios. Una decisión segura. Yo no soy tan conservador como mi padre, Gabrielle, pero no te equivoques. Mi decisión no se basa solo en sentimientos. Sí. Una parte de mí quiere hacer por Rafael lo que no pude hacer antes. Pero la otra parte piensa que sacar al mercado los vinos Angels Landing es un buen negocio. Los vinos son excelentes. La reputación de la Casa Duvalier se verá favorecida y así entraremos en un nuevo mercado. Si los compradores quisieran adquirir Angels Landing a través de la Casa Duvalier, me gustaría asumir el papel de distribuidor.

Gabrielle no pudo sino creerle.

—Y después estás tú —añadió él, con un suspiro de frustración—. Me gusta pensar que la atracción que siento por ti es un problema completamente distinto. Me siento atraído por ti y no veo por qué tendría que negarlo. El beso que nos dimos en el jardín me dice que no te soy del todo indiferente. Y la solución al problema es bastante fácil.

—¿Quieres que me convierta en la amante de conveniencia del *comte*?

—Yo no soy *comte*. Lo único que tengo es un castillo.

—De acuerdo. Entonces digamos el juguete del millonario.

—Tampoco soy millonario. Todavía —le dijo, esbozando una sonrisa perezosa—. No. En realidad quiero que te conviertas en mi amante rica y arrebatadoramente hermosa.

—¿Pero eso no es lo mismo?

—No. Las palabras son ligeramente distintas.

—Solo son palabras, Luc. El resultado es el mismo.

—Solo es cuestión de actitud —la miró y su sonrisa se volvió maliciosa—. ¿Qué me dices?

—¿Digo que es peligroso. Para los dos.

Los ojos de Luc brillaron.

—Eso también.

—Por no decir que es una locura.

—Probablemente. ¿Eso es un «sí»?

Realmente Gabrielle no sabía qué decir. Quería volver al pueblo siendo una mujer de éxito, sofisticada y segura de sí misma, y Luc la trataba exactamente como tal. Pero ella se sentía como si fuera un fraude.

—¿Pero cómo vamos a empezar esto? Si aceptara, lo cual no he hecho todavía…

—Empezaríamos con una cena. Esta noche. No habría ninguna expectativa más allá de una velada agradable con buena comida, el mejor vino y buena compañía. Y ya veremos qué pasa.

—No sé… —dijo ella, agarrando su taza de café—. Me parece un poco…

—¿Sencillo? —sugirió él—. ¿Civilizado?

—Para nosotros, sí —dijo ella—. ¿Dónde comeríamos? ¿En un lugar público o en privado?

—En un lugar público —le dijo él con firmeza—. El restaurante en el que estoy pensando en un sitio exquisito; buena comida, un lugar acogedor, y siempre muy concurrido. Un hombre llevaría a su amante allí si quisiera quitarle las manos de encima.

—¿Nos vemos allí?

—Yo te recogeré —dijo, haciéndose el autócrata, y haciéndolo bien—. «¿Nos vemos allí?» —murmuró con incredulidad—. ¿Qué clase de pregunta es esa?

—Vaya. Has hablado un francés moderno, de la nueva generación. Liberal, igualitario, nada sexista…

—Atento, servicial, caballeroso… —añadió con una sonrisa autosuficiente—. Y muy apetecible.

—De acuerdo. Te daré un día, y una noche, para demostrarme que podemos tener una aventura civilizada, placentera y sosegada. Si me lo demuestras bien, haré el amor contigo. Pero si las cosas se nos van de las manos…

—¿Sí? —dijo él con una voz seductora—. ¿Qué sugieres?

Ella se inclinó adelante y apoyó los codos en la mesa. Él hizo lo propio.

—Bueno, no sé tú, pero yo soy una chica rica y arrebatadoramente hermosa, así que saldré corriendo.

El agente inmobiliario no los estaba esperando cuando llegaron a la verja de la finca Hammerschmidt una hora más tarde. Gabrielle miró a Luc con ojos de sospecha, y sus sospechas se convirtieron en resignación en cuanto él apagó el motor del rugiente deportivo. Sacó un enorme juego de llaves de la guantera.

—Estaba ocupado con otra venta cuando le vi esta mañana. Me dijo que igual llegaba un poco tarde.

—¿Entonces le esperamos? —preguntó Gabrielle.

—No —dijo Luc. Evidentemente, el dueño de Caverness no esperaba a nadie—. Empezamos sin él.

Los viñedos Hammerschmidt estaban compuestos de ochenta hectáreas de suelo de la mejor calidad para el cultivo de la uva, pero solo había menos de la mitad en explotación. También había bodegas subterráneas, unos cien barriles de madera en un estado lamentable, utensilios de vitivinicultura antiguos y una enorme casa de dos pisos construida siguiendo el estilo napoleónico. Los Hammerschmidt se habían dedicado a la industria del vino durante muchos años, según contaba Luc, impulsados por un constante flujo de capital procedente del negocio de los bancos, algo que se le daba muy bien a la familia. Sin embargo, según decía Luc, no eran especialmente buenos haciendo champán.

—Entonces no hay buena reputación que comprar —dijo Gabrielle, decepcionada.

—No. No la hay —dijo Luc—. La finca tiene un valor, pero no tiene nombre. Si la compras, tendrías que cambiárselo.

—¿Y tú cómo la llamarías?

—Bueno, yo lo llamaría una locura. Porque cualquier que la compre tiene que estar un poco loco.

—¿La Maldición de los Ángeles? —dijo ella—. No, demasiado siniestro. ¿Ángeles Caídos? —frunció el ceño—. A lo mejor es un poquito triste. ¿Alas de Ángel? ¿Vuelo de Ángel? Ese sí. Podría funcionar. Es un buen vínculo con el negocio. Bastante positivo —miró hacia los viejos viñedos—. Porque esto necesita mucho espíritu positivo.

—Si alguna vez necesitas un buen trabajo de marketing, llámame —dijo Luc—. Me gustaría verte trabajar con Simone en una campaña de marketing de Casa Duvalier.

—Vaya, cuánta confianza ciega —dijo Gabrielle en un tono ligero.

Sin embargo, el cumplido la llenó de orgullo y dibujó una sonrisa en sus labios.

—Bueno, ¿cuánto tiempo lleva este sitio en el mercado?

—Seis meses —dijo Luc—. Pero lleva más de diez años vacío. Está lleno de bichos. Es un desastre.

Según le había contado, los lugareños estaban deseando que alguien revitalizara el negocio en la finca Hammerschmidt; alguien que supiera lo que hacía.

Y esa persona era él mismo.

Si ella hubiera vivido en la zona, hubiera sido de la misma opinión. Tener a la Casa Duvalier en el vecindario, con todo su dinero, prestigio y potencial, era lo mejor que podía pasarles.

Gabrielle se llevó una gran sorpresa al ver la casa.

—Es preciosa.

—Solo es fachada —dijo Luc—. Espera a entrar. Está inhabitable.

Luc giró la llave en la cerradura y empujó la puerta con el hombro. Las bisagras giraron con un quejido, pero la puerta no se abrió mucho. Parecía que había un montón de escombros y restos de maleza justo detrás. Gabrielle retrocedió y contempló el montón de maleza desde una distancia prudencial. Australia le había enseñado a ser prudente y a tener cuidado con las cosas que reptaban por debajo de las plantas; cosas normalmente peligrosas y letales…

De repente apareció una nariz estrecha y negra, seguida de una carita dulce y pequeña, unos ojitos de miel y enormes espinas por todas partes. Con toda la tranquilidad del mundo, el erizo se abrió camino hasta la puerta de entrada, miró fuera, dio media vuelta y desapareció por el corredor en penumbra. Se volvió a oír otro ruido entre la maleza y entonces apareció una versión en miniatura del erizo anterior.

—Bueno, a lo mejor no está del todo inhabitable —dijo Gabrielle y sonrió.

Luc la miró con cara de incredulidad.

—Después de ti —le dijo, siempre tan caballeroso.

Gabrielle se miró los zapatos y entonces miró el nido de los erizos.

—¿Seguro que no quieres llevarme en brazos? No te cohíbas, por favor.

—Si lo hiciera, tendría que tocarte —le dijo él—. Y los dos sabemos que eso nunca es buena idea.

—Siento curiosidad —dijo Gabrielle, abriéndose camino por la casa—. ¿Cómo tienes pensado llevar a cabo esta aventura civilizada sin tocarme?

—Yo no he dicho que no fuera a tocarte —le dijo él—. Sí que tengo pensado hacerlo. Y no pasará mucho tiempo entre ese primer contacto y el momento en que estaré encima de ti. Simplemente trato de dosificarme. Estoy esperando el momento adecuado.

Gabrielle pisó algo resbaladizo y se tambaleó un poco. Apoyó una mano en la pared para recuperar el equilibrio. Luc la agarró de la cintura.

Ella se apartó bruscamente. Luc la soltó con rapidez, como si se hubiera quemado.

—No era el momento. Un hombre civilizado no le haría el amor a una mujer en una finca en ruinas.

—Vaya. Qué considerado.

—Lo sé. Lo que tengo pensado requiere el uso de una cama.

Gabrielle cerró los ojos y reprimió un suspiro. Si él seguía hablándole con esa voz seductora, a lo mejor no necesitarían la cama al final.

—¿Qué has pensado? —susurró ella.

—He pensado en cosas perversas —dijo él en un tono ronco que reverberó por todo el cuerpo de Gabrielle—. Cosas lujuriosas.

Ella se mordió el labio. Sus pechos respondían a las caricias de sus palabras, tensándose, endureciéndose…

—Para —le suplicó—. Lucien, por favor. Aquí no —añadió y abrió los ojos.

Él la observaba con una sonrisa juguetona y los ojos llenos del deseo más oscuro.

—Eso es algo que no vamos a hacer. Te lo garantizo. Estoy considerando muy seriamente la posibilidad de comprar víveres para una semana.

¿Solo una semana? Gabrielle llevaba siete años soñando con él. Sin duda haría falta más de una semana para saciar la sed.

—Nosotros, eh, deberíamos evitar las interrupciones todo lo posible.

La sonrisa de Luc se volvió endiablada.

—Me gusta que seas tan previsora.

—Tienes que rematar los negocios pendientes.

—Desde luego. ¿Seguimos con la visita?

Gabrielle ya casi lo había olvidado.

No necesitó más de diez pasos para darse cuenta de que Luc no exageraba cuando decía que la casa estaba hecha un desastre. Había moho en el techo, humedades en las paredes, goteras, cortinas que deberían haber sido quemadas un siglo antes para evitar el contagio de la peste. La hiedra más obstinada se había apoderado de los hermosos ventanales, colándose por las grietas y fisuras… El suelo era de mármol, pero había que pulirlo para sacarle todo el brillo que una vez debió de tener. El parqué del piso superior parecía estremecerse en algunas zonas, allí donde la podredumbre había hecho estragos. Las escaleras no eran muy seguras y la balaustrada de hierro forjado se tambaleaba un poco. En cuanto a la cocina… Su estado era para ponerse a llorar.

—A lo mejor después de limpiar a fondo… —dijo Gabrielle.

Luc la miró con ojos escépticos y ella hizo una mueca de dolor.

—Muy bien. Necesita algo más que una buena limpieza.

—No. Lo que hace falta es echarla abajo y rehacerla completa.

—Pero la fachada…

Esa preciosa fachada de estilo napoleónico…

—De acuerdo. No la echamos abajo, pero sí hay que hacer unas cuantas reformas. Esa fachada que tanto te gusta necesita mucha restauración y hay que construir de nuevo el interior de la casa. ¿Tengo razón o no? Porque… —abrió los brazos y gesticuló, señalando la enorme habitación en la que se encontraban en ese momento, situada en el piso superior—. Yo creo que no me equivoco.

—Tienes razón —dijo ella—. Tienes toda la razón. Es que…

Las habitaciones eran tan espaciosas, con un puntal alto y grandes ventanales… Sin esas cortinas largas y gruesas, la luz natural le daría una nueva vida a la casa. Las vistas que se veían desde esa estancia dejaban sin aliento.

Gabrielle admiró la panorámica y suspiró de placer. Luc, en cambio, suspiró por otro motivo completamente distinto.

—Necesita mucho trabajo —dijo él—. Y mucho dinero —añadió.

—Lo sé —remarcó ella, suspirando de nuevo con desánimo—. No parece que sea una buena idea comprar la propiedad, ¿no? Quitando los erizos, todo son inconvenientes, ¿no? Pero los erizos eran bonitos, ¿verdad?

El hedor a ratones y a otras criaturas con muchas patas indicaba que los erizos no eran los únicos habitantes de Hammerschmidt Manoir.

—Por otro lado, no obstante, el estado tan lamentable de la casa debería bajar mucho el precio. Creo que incluso un constructor se lo pensaría dos veces antes de hacerse cargo de un proyecto tan grande como la reconstrucción de esta casa. Quienquiera que compre la finca, lo hará por los terrenos, como tú. La casa no vale gran cosa.

—¿Eso quiere decir que no estás interesada?

Gabrielle le lanzó una sonrisa relámpago.

—Yo no he dicho eso. Sigo queriendo ver los utensilios de viticultura y las bodegas subterráneas.

Al igual que el resto de la casa, las bodegas tampoco tenían luz, pero Luc llevaba una linterna.

—Boy scout.

—Jamás —le dijo él—. Y tú lo sabes muy bien.

De niño había sido bastante travieso, como todos los demás. Todos los niños que vivían cerca de las tierras de Caverness eran iguales, agrestes y pillos. Pero él había crecido en las cuevas de Caverness; de ahí la linterna. Probablemente tuviera pilas de repuesto, y otra linterna más en algún bolsillo.

—¿Nos vamos a adentrar mucho en las cuevas? —le preguntó él, apuntando la linterna hacia el túnel de entrada después de abrir la puerta de hierro forjado.

—No mucho.

Aquellas cuevas no tenían nada que ver con las bodegas subterráneas de Caverness, bien iluminadas y mapeadas. Un laberinto oscuro y abandonado de túneles subterráneos no era lugar para perderse.

—Después de ti —le dijo ella.

—Señoras primero.

—Eres todo un caballero —quitándole la linterna de las manos, Gabrielle levantó la barbilla y echó a andar hacia la oscuridad.

Luc iba unos pasos por detrás, riéndose suavemente.

—¿Y bien...? —le preguntó él cuando ella apuntó la luz hacia arriba—. ¿Todavía les tienes miedo a los murciélagos?

—No —dijo ella suavemente—. Ya lo tengo superado —añadió, aunque en realidad resultaba tranquilizador saber que no había murciélagos colgando del techo en esa cueva en particular, por lo menos no en el punto de luz de la linterna.

Gabrielle bajó la luz rápidamente y apuntó al suelo. Era mejor no saberlo.

Se adentraron más en el túnel y la temperatura bajó unos cuantos grados. Luc llevaba un traje. Gabrielle llevaba una fina blusa de algodón.

—¿Tienes frío? —le preguntó él.

—No.

—Bueno, si no tienes miedo y no tienes frío, ¿por qué tiembla la luz de la linterna?

—Debe de tener un fallo en los cables.

Algo se movió debajo de sus pies.

Instintivamente, Gabrielle agarró a Luc de la camisa y apuntó la luz hacia sus pies.

—¿Qué ha sido eso?

—¿Yo, ahogado por el cuello de la camisa? —dijo él con sarcasmo.

Ella le soltó de golpe y le alisó la camisa todo lo que pudo.

—Quédate cerca —le dijo.

—Estoy cerca —repitió él.

Tenía otra linterna en el bolsillo. La sacó y la encendió, apuntándola adelante y atrás para ver mejor toda la cueva.

—Fuera lo que fuera, se ha ido —dijo él, moviendo la luz de la linterna por toda la estancia—. Esta zona de almacenamiento no está tan mal, Gabrielle. Mira, tiene un alto puntal, es una zona seca, grande, y el aire no está enrarecido. Se puede poner una puerta sólida en vez de esa verja de hierro forjado y se podría regular bien la temperatura todo el año.

—¿Y hay más cavernas así?

Luc el intrépido dio un paso adelante. Gabrielle fue tras él, sin alejarse mucho; tanto así que tropezó dos veces con él. Desde ese momento, no le quitó la mano de la espalda. Lo de no tocarle hasta que no hicieran el amor durante una semana era una tontería. Esa regla en particular solo estaba vigente fuera de cuevas tenebrosas llenas de ratas y murciélagos.

Las cuevas de la finca de los Hammerschmidt tenían tres cavernas más, cada una de ellas más grande que la anterior. Había espacio suficiente para dar cabida a diez años de cosechas de Angels Landing. Además, se podría excavar a más profundidad, de ser necesario. Con muy poco esfuerzo, se le podía sacar mucho partido a esas cuevas y hacerlas rentables.

—¿Ya has visto suficiente? —le preguntó Luc.

Sí había visto suficiente. Las cuevas tenían un gran valor. De eso no había duda. Sin embargo, el frío se le estaba colando en los huesos y ya no podía dejar de temblar. Necesitaba desesperadamente un poco de calor y sol.

—Sujeta esto —dijo Luc, dándole su linterna.

Se quitó la chaqueta y se la puso sobre los hombros. La prenda estaba caliente y olía a su aroma inconfundible. Volvió a tomar la linterna en la mano y dio media vuelta. Ella fue tras él.

Una vez salieron al exterior, la hizo ponerse al sol y la miró con ojos pensativos.

—No ha sido una buena idea entrar —le dijo en un tono refunfuñón—. ¿Ya has recuperado el calor?

—Un… un poco —logró decir ella.

—¿Quieres que te caliente un poco?

—N… no a menos que estés libre toda la s… semana que viene. N… no.

—¿Entonces me devuelves la chaqueta?

—Por encima de mi cadáver —le fulminó con la mirada y metió las manos en las mangas, dejando que el calor de él la envolviera—. Ejercicio —dijo—. Necesito un poco de ejercicio para calentarme. Vamos a ver las viñas.

—¿Quieres ir corriendo o caminando? —le preguntó él, esbozando una sonrisa traviesa.

De niños corrían por los campos de Caverness, Luc, Rafael y ella. Rafe siempre le daba veinte filas de ventaja por las viñas, y Luc le daba treinta. Pero siempre la alcanzaban un segundo antes de llegar a la meta.

—Prefiero caminar —dijo ella y echó a andar.

Luc hizo lo propio, manteniéndose a su lado sin invadir su espacio.

—¿Estás intentando mantener las manos lejos de mí, Luc?

—No lo estoy intentando —murmuró—. Estoy manteniendo las manos lejos de ti —miró al cielo como si buscara ayuda celestial—. No me puedo creer que no te hayas dado cuenta.

Gabrielle sonrió y entonces se detuvo de golpe. Habían llegado a la primera hilera de viñedos. Las vides, sin podar y enfermas, estaban destrozadas. Los monstruos llenos de espinas que estaban al final de

cada hilera de vides le resultaban vagamente familiares a Gabrielle, pero no tenían aspecto de uvas.

—¿Son… rosas?

—Parece que sí —dijo Luc en un tono seco.

Gabrielle examinó los alambres que sujetaban las
vides. En ese momento solo le servían de ayuda a la
rosácea.

—¿Pero quién en su sano juicio plantaría rosales
entre las vides?

—Nadie —dijo Luc con cara de estupefacción.

—Tremendo.

Luc la miró con cara de sorpresa, como si no la
conociera.

—¿Qué harías con estas vides?

—Las arrancaría todas y volvería a plantar.

—¿Y el enrejado?

La estructura de madera y alambre debía de tener
más de cien años por lo menos.

—Eso también lo quitaría.

—Caro —dijo ella.

—Mucho.

—Harías mucho mejor empezando de cero.

—No me tientes —le dijo él—. La tierra tiene la
inclinación perfecta para que la uva reciba la justa
cantidad de sol y está muy cerca de Caverness. Son
muchas ventajas.

—Sí, pero… ¿No son mayores las desventajas?

—Todavía no lo he decidido.

Y Gabrielle tampoco lo había hecho.

—Podría haber sido un sitio genial —dijo ella.

—El erizo nos ha lanzado una buena señal —
apuntó Luc con una sonrisa maliciosa—. Ya lo pen-
saremos durante la comida.

—¿Comer dónde?

—Conozco un sitio que te encantará —dijo él—. Está en las colinas.

Ella vaciló un poco.

—Solo es una comida, Gabrielle. Ahórrate los nervios para luego.

—Muy agradable —dijo Gabrielle.

Estaban sentados en la terraza de la cafetería de un elegante hotel, acurrucado en las colinas de la Champaña francesa. Unos minutos más tarde les sirvieron una jarra de agua con hielo, una copa de vino blanco para Gabrielle y una jarra de cerveza negra para Luc. El café tenía fama de tener los mejores pasteles de pan de millo y quesos de toda la zona. Además, desde su terraza se podía disfrutar del mejor paisaje bucólico y campestre. Muy pronto les llevarían el queso y el paté que había pedido Luc. A Gabrielle se le hacía la boca agua con solo pensar en ello.

—La vista que se ve desde la colina que está detrás de Caverness es mejor —comentó, contemplando el paisaje—. ¿Alguna vez has pensado en montar una cafetería allí?

—No.

—Creo que sería un buen negocio, muy rentable.

—No, porque a mí me gusta la colina tal y como está.

—¿Entonces no siempre estás pensando en los negocios?

Los ojos de Luc se iluminaron. La sonrisa no tardaría en llegar.

—Nunca he sido así.

—Pero la Casa Duvalier ha florecido contigo al frente.

—Nunca he dicho que no fuera bueno en lo que hago, Gabrielle. Lo soy.

—Si no hubieras heredado el renombre de la dinastía Duvalier, ¿qué hubieras hecho? —le preguntó ella por curiosidad.

—¿Te refieres a la época que vino después de la fase de piloto de combate y la de Médicos sin Fronteras?

—Sí —dijo ella—. Después de todas esas aventuras.

Los sueños de Luc siempre habían sido intrépidos, llenos de acción, incluso cuando eran niños. Jugar a los indios y los vaqueros nunca había sido para él. Cuando jugaban, eran dos soldados en la Segunda Guerra Mundial que llevaban refugiados a una zona segura, o pilotos de la Primera Guerra Mundial que intentaban ganarle el combate al gran Barón Rojo. Rafael era el Barón Rojo y Simone y Gabrielle eran las sirvientas de Luc.

—Nunca llegamos a atrapar al Barón Rojo, ¿verdad?

—Simone le pilló una vez.

—Porque Rafe la dejó.

—No. Ella le pilló por sus propios medios. Yo lo vi. Rafe solo fingió haberla dejado ganar. Un niño de doce años ya tiene su orgullo, pero ella lo hizo mejor. Ganó limpiamente —Luc parecía muy orgulloso de su hermana y así debía ser.

De niño Rafe siempre había sido muy escurridizo, siempre tenía un as en la manga, una nueva estrategia que probar.

Y seguía siendo así.

—Si quieres que te diga la verdad, creo que Rafe se enamoró un poco de ella ese día —dijo Luc con una sonrisa seca—. Y cada vez que Simone le sorprendía con algo o te defendía delante de Josien, se enamoraba cada vez más. Es una persona muy leal, Rafe. Contigo. Incluso con Josien, a su manera. Se hubiera desvivido por Simone si ella le hubiera acompañado a Australia.

—¿Y cómo es que no dijiste todo eso hace siete años? —murmuró Gabrielle.

No quería usar un tono acusador. No quería discutir con Luc acerca de Simone y Rafe, y de su desastrosa relación. Sin embargo, sus palabras sonaron un poco más fuertes de lo que quería en un principio.

—¿Crees que no lo dije?

—Creo que te hiciste el neutral demasiado.

—¿Y si fue así, qué? —le dijo él en un tono sosegado, aunque sus ojos tenían una expresión cauta—. Simone tenía dieciocho años y había nacido entre algodones. Rafe tenía veintidós años, no tenía ni un centavo, y estaba a punto de mudarse al otro lado del mundo por puro capricho. No tenía nada que ofrecerle excepto amor y unas ganas de triunfar que casi rozaban la obsesión. Me importa Rafe como si fuera mi hermano, pero eso no quiere decir que no vea sus defectos. Y también veo los de Simone. ¿Querías que hubiera dicho que Simone era demasiado exigente e inmadura como para llevar la vida que Rafe quería tener? ¿Hubieras querido que acusara a Rafe de estar demasiado obsesionado con hacer dinero como para poder permitirse una esposa? Tú apoyaste a Rafe, Gabrielle, y yo me alegré de ello. Pero tú solo veías el romance, y no el enorme sacrificio que le estaba pidiendo a mi hermana.

—Le pidió que creyera en él —dijo ella en un tono apasionado—. ¿Tan mal está eso?

—Le pidió que abandonara a su familia y su herencia por él, Gabrielle. Con Rafe no había término medio, ni compromisos. Él se marchaba y Simone solo tenía dos opciones. O irse con él u olvidarle para siempre.

—No sabes lo mal que lo pasó Rafe aquí —dijo Gabrielle con resentimiento—. El odio que Josien le tenía era como un cáncer que lo corroía por dentro, que se comía todos sus sueños y planes. Si no se hubiera ido cuando lo hizo, Josien le hubiera destruido. No podía quedarse.

Los ojos de Luc se oscurecieron de dolor.

—Lo sé —dijo sin más—. Y Simone no podía irse. ¿No lo ves?

Gabrielle sí que lo veía. Y odiaba verlo tan claro.

—Ni siquiera sé cómo hemos llegado a discutir sobre esto —señaló ella—. Es que… Veo a Simone tan insistente con sus preguntas sobre Australia… Parece que sus sentimientos siguen ahí, como el primer día, incluso después de tantos años. Veo a Rafe, que ni siquiera es capaz de pronunciar su nombre… Lo único que quiero es acabar con tanto dolor.

—No puedes —dijo Luc—. Solo ellos pueden. Y solo cuando estén preparados. Así es el amor, la vida.

—¿Cuándo te volviste tan sabio? —le preguntó ella, lanzándole una mirada fulminante.

—Siempre lo he sido. Es que nunca te habías dado cuenta.

Gabrielle soltó una pequeña risotada.

—Probablemente estaba demasiado ocupada fijándome en otras cosas. Las chicas de dieciséis años no suelen buscar sabiduría en los chicos de los que están enamoradas a esa edad.

—¿Ah, no? ¿Y qué buscabas tú?

—Belleza. Y tú tenías un montón. Misterio, lo cual también tenías, aunque te conociera de toda la vida. Peligro… Yo sentía que lo tenías, pero nunca lo vi claramente. Sexualidad. Seguro que no soy la primera mujer que te dice que ese aspecto lo tienes bien cubierto. Y debilidad. También buscaba eso.

—¿Y encontraste alguna?

—Eras caballeroso. Protector… Y yo jugaba con eso. Lo utilizaba para que te fijaras en mí. Entonces lo veía como una debilidad e hice mis planes de seducción en base a ello.

—Mala —dijo él sin más.

—Lo sé —admitió ella—. Mala y loca. Ahora nunca pensaría que el instinto protector de un hombre es una debilidad.

—¿No?

El camarero les sirvió la bandeja de quesos y Luc le dio las gracias.

—¿Y qué pensarías entonces?

Gabrielle examinó los quesos.

—Ahora lo encontraría prácticamente irresistible.

Él sonrió lentamente. En el gesto de su rostro solo había una pizca de esa sexualidad que ella sabía que tenía. Era tan hábil a la hora de esconder y frenar sus impulsos. Siempre demostraba un comportamiento tan ejemplar… Se lo había prometido y ella no quería menos. El problema, no obstante, era que en lo más profundo de su ser sabía que no buscaba al Luc civilizado, ni tampoco al pretendiente cortés. No. Quería a otro Luc, al Luc salvaje, indomable. Y sabía que ese hombre se escondía en alguna parte. Por muy peligroso que fuera para ella, esa vocecita temeraria que tenía en su interior deseaba provocarle y hacerle salir.

—Te veo muy pensativa —le dijo él.

—¿Ah, sí? —se sentía muy juguetona—. Solo me estoy volviendo a pensar los planes que tengo para esta tarde. Tengo que hacer un par de cosas antes de cenar.

—Te llevaré de vuelta al pueblo cuando terminemos aquí —le dijo—. ¿Tendrás tiempo suficiente para ocuparte de todo?

—Eso creo.

Nunca antes había tenido que planear la seducción con antelación, pero no podría llevarle más de dos horas.

Luc subió el voltaje de esa sonrisa encantadora.

—¿Me he portado bien esta mañana?

—Sí, desde luego. Tu decoro y comedimiento me han dejado perpleja.

—Lo sé —le dijo él, sonriendo con picardía—. ¿Sigue en pie lo de la cena?

—Sí.

Aunque fuera una locura, Gabrielle había tomado una decisión. Cenaría con él, se vestiría para impresionarle y trataría de hacer una grieta en esa coraza de autocontrol.

—Sí, sigue en pie.

—Tengo un plan —le dijo Gabrielle a Simone un rato más tarde.

Se estaban tomando una copa de vino en la cafetería favorita de Simone.

—¿Qué clase de plan? —preguntó Simone.

Parecía algo cansada, perezosa…

—Tengo un plan para explorar esta atracción física que siento por Luc. Quiero ahondar en ese aspecto específico de nuestra relación. Terminar con ello de una vez, por así decir, para poder dejar de pensar en ello y concentrarme en el trabajo. Simone se volvió y miró a Gabrielle por encima del borde de sus gafas de sol.

—Mm —dijo finalmente.

—El caso es que estoy un poco nerviosa con eso de salir a cenar con un hombre al que quiero liar un poco.

—Y deberías estarlo —dijo Simone.

—Estaba buscando algo de apoyo —murmuró Gabrielle—. Quizá algo de ayuda. Necesito saber qué debería hacer una mujer para volver loco a un hombre de deseo.

—Pues no debería preguntarle a la hermana de ese hombre cómo hacerlo —dijo Simone en un tono contundente—. Hay algunas cosas con las que una hermana no puede ni quiere ayudar.

—Tienes razón. Discúlpame. Ha sido una tontería por mi parte —Gabrielle tamborileó con los dedos sobre la mesa—. Supón que yo quisiera pedirte algún consejo más genérico sobre una cena con un hombre al que quiero seducir. Sería un consejo que no estaría destinado a ningún hombre en particular. ¿Qué me sugerirías al respecto?

—Bueno, evidentemente… —dijo Simone—. Esa es una petición totalmente distinta.

—Estupendo. ¿Por dónde se empieza?

—Necesitarás un vestido.

—Tengo uno.

—No lo he dudado ni por un momento —dijo Simone—. También necesitarás un abrigo para ponerte encima del vestido. El momento de desvelar el misterio es muy importante.

Cierto. Todo era cierto.

—¿Cuál sería el mejor momento para desvelar este misterio?

—En algún sitio en público, donde atraigas todas las miradas. Me encanta que un hombre se ponga posesivo. Claro que debo advertirte que, si estamos hablando de Lucien... Te aconsejaría que te saltes ese paso directamente. Él siempre ha sido muy posesivo contigo y no necesita que le provoques en ese sentido.

—¿Y qué te parece si desvelo pequeños misterios a lo largo de toda la velada para mantener su atención? Una muñeca por aquí, un poquito de perfume por allá...

—Perfecto.

—¿Y después qué?

—Hablar.

—¿De sexo?

—Tienes que darle conversación sofisticada —Simone sacudió la cabeza—. Juro que Australia ha tenido una influencia nefasta en ti. ¿Dónde te has dejado la sutileza?

—De acuerdo. Conversación sofisticada, sensual y sutil.

—¡No, no, no! —gritó Simone—. Una mujer que quiera volver loco de deseo a un hombre no habla de sexo en absoluto. Lo único que tiene que hacer es imaginar el sexo.

—No sé si ése consejo en particular va a funcionar para mí.

Cada vez que se imaginaba teniendo sexo con Luc sentía que el cerebro se le derretía.

—Nadie ha dicho que fuera a ser fácil —dijo Simone con sequedad—. La seducción es un arte, y como tal, requiere compromiso, práctica constante y destreza.

—Muy bien. Usaré mi imaginación. ¿Después qué?

—Las feromonas —dijo Simone con sabiduría—. No las subestimes.

—Feromonas. De acuerdo. Es bueno saberlo. Ni siquiera voy a preguntarte cómo sabes todas estas cosas. ¿Algo más?

—Sí. La seducción no es un juego, así que nunca pienses que lo es. La seducción es una guerra.

—Guerra —repitió Gabrielle—. ¿No era una forma de arte?

—Tienes tanto que aprender, Gabrielle… —dijo Simone, soltando un suspiro solidario—. Tienes tan poco tiempo.

—No me gusta mucho esa idea de ver la seducción como una guerra. ¿No podría ser más bien un duelo?

—Muy bien. La seducción es un duelo —dijo Simone, gesticulando con la mano—. Y seguro que ahora querrás luchar con espadas de atrezo.

—Claro que sí —dijo Gabrielle en un tono franco—. No quiero herir a nadie, sobre todo si se trata de la persona a la que trato de seducir. Eso no es parte del plan.

—Me tranquiliza oírlo, teniendo en cuenta todo lo demás, pero la verdad es que acabo de darte un arma muy afilada. El uso convencional de cualquier hoja de cuchillo es obligar a alguien a dar algo que no daría por voluntad propia. La típica respuesta al filo de un cuchillo es la rendición, pero no siempre. A veces el que empuña el arma consigue más de lo que esperaba.

Gabrielle pensó en lo que Simone acababa de decir.

—Tendré cuidado.

—Eso espero.

Simone la miró fijamente.

—He empezado esta conversación pensando proteger a Luc. Pero ahora no hago más que preguntarme cómo demonios voy a protegerte a ti. Esto te queda grande, Gabrielle. Luc sabe muy bien cómo encandilar a las mujeres y creo que conoce muy bien lo que es una obsesión. Lo ha sufrido en sus propias carnes en varias ocasiones. Lo ha sentido por ti. No creo que se preste a jugar a ese juego de seducción con un arma de juguete, como tienes pensado tú. ¿De verdad estás lista para esto?

Gabrielle le concedió a la pregunta toda la atención que se merecía.

—Tendré mucho cuidado —dijo por fin.

Simone suspiró.

—Espero que sepas lo que haces, porque no quiero perderte de nuevo —miró su copa, casi vacía ya. Sus ojos parecían sombríos, apagados—. No quiero perderos a ninguno de los dos.

Lucien se vistió cuidadosamente para su cita de

esa noche. No se puso un traje. No. El traje era demasiado formal. Bastó con unos pantalones de ante y una camisa informal, suave al tacto y hecha a medida. El reloj que escogió para la ocasión tenía la esfera de oro y la correa de cuero marrón, uno de sus favoritos. No sabía si ponerse los gemelos que llevaban el escudo de la Casa Duvalier, no obstante. Por una parte, esa era su identidad. Pero por otra, la relación de Gabrielle con la Casa Duvalier y con Caverness era algo tormentosa.

Necesitaba consejo. Consejo femenino.

—¿Qué te parece? —preguntó, interceptando a Simone en la salita de la televisión.

Tenía los gemelos en la mano.

—¿Sí o no?

—Necesito más información —le dijo Simone—. ¿Adónde vas?

—Voy a cenar. Será una cena informal, para conocerse mejor.

—¿Con una mujer?

—Sí.

—¿Una mujer a la que quieres impresionar?

—No exactamente. Esta mujer ya me conoce. No creo que sea tan impresionable.

—Entonces no te los pongas —dijo Simone—. Dale la noche libre a la Casa Duvalier. Bueno, eso a menos que prefieras llevarlos y sentirte seguro sabiendo que no vas a poder desabrochar la camisa fácilmente en un momento de apuro.

—Eso no va a pasar —dijo Luc con un gesto serio.

Empezó a meter los gemelos en los puños de la camisa.

—Esta noche no es de seducción. Esta noche se trata de mostrar comedimiento.

—¿Perdón?

—Comedimiento.

—Mm —dijo Simone.

Cuando Luc levantó la vista por fin de los puños de la camisa, ella había vuelto a fijar la mirada en el libro que estaba leyendo. Luc suspiró al ver la poca atención que su hermana podía llegar a prestarle.

—Bueno, digamos que quería asegurarme de que la velada estuviera libre de connotaciones sexuales. ¿Qué tengo que hacer?

Simone bajó el libro con un suspiro.

—¿Qué es lo que sueles hacer?

—Lo de las veladas sin sexo no suele estar en mi repertorio. Por eso necesito consejo.

—¿Es Gabrielle la mujer con la que quieres pasar una velada tan platónica y contemplativa?

—Posiblemente —dijo Luc—. Probablemente. Aunque tu consejo no tiene por qué ser específico para Gabrielle. Bastará con un consejo genérico. Nunca se sabe lo bien que puede venir.

—No tienes ni idea de lo poco preparada que estoy para tener esta conversación —dijo Simone en un tono de exasperación.

—Bueno, si no sabes qué decirme, dímelo sin más…

Simone levantó una mano y le hizo callar.

—Estoy pensando que… Dame un momento.

Él le dio dos.

—¿Y bien?

—Bueno, ya que me lo has preguntado con tanta educación y has esperado con tanta paciencia a que yo organizara mis pensamientos, compartiré contigo algunas ideas al respecto.

—Te lo agradezco.

Los ojos de Simone se iluminaron con la chispa de una sonrisa.

—Te recomiendo que ignores directamente todo movimiento cargado de insinuación y sutileza sexual.

—Ignorarlos —dijo Luc, sin entender nada—. ¿Que los ignore? ¿En serio?

—Completamente —dijo Simone—. Compórtate como si no pasara nada. Si una mujer te recibe con un vestido diseñado para matar de un infarto a un hombre, sonríe con tranquilidad, habla del tiempo y pregúntale si le gustan los perritos.

—¿Perritos?

—Perritos —dijo ella con firmeza—. No gatitos. No hables de gatitos. Nunca se sabe adónde puede llevar una conversación así. Mantén bajo control la conversación en todo momento. No tiene que ser nada muy sofisticado. Un tema ligero, sin resultar cargante ni amenazante. Los perritos son el tema perfecto —le miró con ojos de especulación—. Es una pena que no hayas acudido a mí antes. Te hubiera conseguido uno.

Luc creyó que su hermana se había vuelto loca de repente.

—Gracias, pero mejor no.

—También deberías hacerte algo en el pelo.

—¿En el pelo? ¿Qué pasa con mi pelo?

—Bueno, te cae por toda la cara. Para empezar tienes que cortártelo, pero, aparte de eso, si una mujer te ve con el pelo así, le van a dar ganas de tocarlo sin parar. Recógetelo por detrás, como una estrella del fútbol o algo así. Confía en mí, no te verás desfavorecido.

—¿Qué?

Luc no entendía nada de lo que decía Simone.

—Te dejaré una banda de cuero de color negro para el pelo. Muy masculino.

—¿Pero no crees que, si me echo el pelo atrás, la chica sentirá ganas de arreglármelo?

Luc no sabía mucho acerca del efecto que el pelo de un hombre tenía en una mujer, pero sí sabía que cada vez que una mujer se lo recogía, él no descansaba hasta haberle quitado todas las horquillas, coleteros y diademas.

—En absoluto —dijo Simone con entusiasmo—. ¿Dónde tienes el abrigo?

—¿Necesito un abrigo?

—Claro que sí. Un abrigo te hará parecer serio y respetable. Deberías dejártelo puesto. Y haz que ella se lo deje puesto también. Solo será una cena inocente con dos personas que llevan abrigos y hablan de perritos. No habrá muchos factores que suban la libido.

Luc se empezó a sentir cada vez más incómodo.

—¿Algo más?

—¿No es suficiente?

Ella probablemente tenía razón.

—Bueno, gracias por el consejo.

—Ya me conoces —dijo Simone, esbozando una sonrisa de hermana—. Siempre estoy encantada de poder ayudar.

Capítulo 7

LA cita empezó bien. Luc llevaba un abrigo. Gabrielle se lo encontró en la puerta de su apartamento, y ella también llevaba abrigo. Era un abrigo negro de cuero de tres cuartos, ceñido en la cintura con un cinturón ancho. El bolso de cuero era de un estilo sobrio y elegante, muy acorde con el peinado que llevaba. Se había hecho un rígido recogido en la nuca del que no se escapaba ni un pelo, digno de la bibliotecaria más estricta. Luc empezó a sentir un cosquilleo en los dedos, pero metió las manos en los bolsillos del abrigo y se dedicó a pensar en perritos. Retrocedió un poco para dejarla pasar. Ella pasó por su lado, rozándole, y se dirigió hacia el estrecho sendero que pasaba por el jardín. Luc bajó la vista para asegurarse de que ella no diera ningún paso en falso sobre los adoquines, y entonces perdió la cabeza un momento. Los zapatos de Gabrielle eran negros, al igual que el resto de su atuendo, pero no tenían nada que ver con las otras prendas. Los estiletes de diez centímetros no eran nada prácticos, ni estrictos, ni discretos. Aquellos zapatos tenían un objetivo; un único objetivo.

Volver loco a un hombre.

—San Bernardos —murmuró.

—¿Qué?

—Perritos. Cachorros de San Bernardo. Vi unos cuantos hoy. Estoy pensando en tener uno.

—¿Tú…? —dijo Gabrielle en un tono escéptico—. ¿Un perrito?

—Sí.

—¿En Caverness?

—Sí.

—A Josien le encantará —dijo Gabrielle en un tono seco.

—Para tener un poco de compañía —dijo Luc. De repente estaba muy inspirado—. Podría sentarse a mis pies en las frías noches de invierno, frente al hogar mientras yo…

—¿Descansas?

—Sí. Descanso. Y leo un poco. Sobre las guerras napoleónicas, la Batalla de Waterloo, esas cosas… *The Joy of Shoes*…

—¿Qué?

—*The Joy of Choux*. Es un libro de repostería. ¿No lo has leído?

Repostería, perritos… Cualquier cosa que lo mantuviera pensando en otra cosa…

Gabrielle le lanzó una mirada seria.

—¿Has estado bebiendo?

—Todavía no —le dijo Luc, pensando que esos zapatos podían abocarle a la bebida sin remedio.

—¿Y qué te ha pasado en el pelo?

—¿Qué quieres decir?

Luc no quería tocarse el peinado, sus rizos recortados.

—¿Dónde está?

Por lo que había podido ver, el pelo que solía caerle alrededor de la cara estaba recogido en una coleta en la base de la nuca. Jugador de fútbol, El Rey Escorpión… Un estilo muy popular…

Pero él no era ninguna de esas cosas.

—Simone me ha dicho que solo los hombres valientes llevan el pelo así.

—Seguro que sí —murmuró Gabrielle—. ¿También te ha dicho que solo los hombres más guapos pueden permitirse llevar el pelo así?

Eso no se lo había dicho.

—Afortunadamente, también estás bien dotado en ese sentido —añadió Gabrielle con un poco de reticencia—. Dile que me gusta, aunque mis fantasías ya no volverán a ser lo mismo.

¿Qué era eso? ¿Una insinuación sexual? Podría haberlo sido. Luc decidió ignorarlo, no obstante, para no arriesgarse demasiado. Lo habían hecho muy bien hasta el momento, exceptuando lo de los zapatos, el pelo…

—Te diré algo… —dijo Luc—. Suéltate el pelo y yo haré lo mismo.

—¿Tienes idea del tiempo que tardó el peluquero en recogerme el pelo? —le dijo Gabrielle, entornando los ojos y lanzándole una mirada aguda.

—¿Dos minutos?

La cara que puso Gabrielle le dejó claro que necesitaba más.

—¿Cinco? —Luc sentía un picor en los dedos—. Muy bien, diez. Pero yo podría soltártelo en un momento.

—Luc... —levantó una mano y le hizo callar—. Nada de tocar.

—Buena idea —dijo Luc, pensando que necesitaba más conversación platónica—. Ya sabes... Un perrito se lo pasaría muy bien con tus zapatos.

Gabrielle se miró los zapatos e hizo eso que hacían las mujeres cuando se probaban ropa, o en ese caso, zapatos; esos pequeños giros de tobillo para examinar el artículo desde todos los ángulos posibles.

—¿Qué pasa con mis zapatos?

«Nada que un corsé de encaje negro y unas braguitas a juego no puedan arreglar...».

Todas esas tiritas negras, todo el espacio entre ellas... Llevaba las uñas pintadas de rojo sangre. Nunca antes se había fijado tanto en el color de las uñas de los pies de una mujer, pero esas llamaban su atención poderosamente.

—Es que no me pegan mucho. Eso es todo.

—Para un restaurante están bien. Eso seguro —le dijo ella, alisándose el abrigo con ambas manos. También llevaba las uñas de las manos pintadas de rojo—. No es que vayamos a escalar una montaña ni nada parecido —añadió, esbozando una sonrisa casi maliciosa—. Sin duda un hombre como tú preferirá compartir un momento como ese con su mascota.

Pasó por su lado con otra sonrisa radiante y la barbilla bien alta. Luc aspiró su perfume; una fragancia floral y muy francesa...

Consiguieron llegar al restaurante sin problemas

ni inconvenientes… Entraron y fueron recibidos por el aroma a buena comida y el calor de los fogones. El local no era muy grande. En él cabrían unas treinta personas solamente, pero Luc sabía que todas las mesas se llenarían a lo largo de la noche. Normalmente el personal del local tenía que reservar la misma mesa para dos horas distintas en la misma noche.

La estancia era pequeña y estrecha. Un banco forrado en cuero rojo abarcaba todo el largo de una pared. Las mesas, de dos y cuatro personas, estaban situadas en una fila frente al banco y al otro lado había sillas con cojines. En el medio del restaurante había un pasillo estrecho por el que desfilaban los camareros con los manjares. Al otro lado del local había unas cuantas mesas que daban algo más de privacidad. La barra estaba al fondo y la cocina estaba justo detrás. Junto a la puerta había un perchero para los abrigos. Gabrielle titubeó. Sus manos fueron hacia el cinturón del abrigo.

—Aquí hace calor —dijo.

De forma automática, Luc la ayudó a quitarse la prenda, pero entonces recordó los consejos de Simone.

—Hará más frío junto a la ventana —dijo—. ¿No quieres sentarte y ver si estás mejor con el abrigo puesto?

—No —dijo, pero parecía indecisa—. Nadie más lleva el abrigo puesto.

Era cierto. El perchero estaba lleno de abrigos. Gabrielle descubrió uno de sus hombros y después el otro. Dos hombros aterciopelados y una piel cremosa, de marfil. Luc tragó en seco. ¿Qué era lo que llevaba debajo? ¿O lo que no llevaba?

Un vestido sin tirantes, color rojo vino, que se ceñía a su cuerpo escultural como un guante. Terminaba justo a la mitad del muslo.

—Rottweilers —murmuró Luc.

—¿Qué pasa con ellos? —Gabrielle se volvió y le lanzó una mirada indirecta, pero provocadora. Ella sabía muy bien el efecto que un vestido así podía tener en un hombre.

—Podría ser buena idea tener unos cuantos para proteger la mansión —dijo él, apartando la vista de la curva de su cuello antes de verse superado por las ganas de tocarla.

Dejó los abrigos en el perchero.

—Mmm —dijo Gabrielle—. Así tu San Bernardo tendrá un poco de compañía.

Luc ni siquiera se molestó en contestar. Estaba demasiado ocupado fulminando con la mirada a todos esos admiradores que se comían a Gabrielle con los ojos.

—Juro que... Si hubiera sabido lo que llevabas debajo antes de salir de tu apartamento, no hubiéramos ido a ninguna parte —murmuró Luc, traspasando con la mirada al dueño de una destilería de la zona que no hacía más que mirarla con desparpajo y libidinosidad. El hombre le hizo un gesto a modo de saludo y sonrió de oreja a oreja.

Luc agarró a Gabrielle de la espalda, demostrándoles a todos que era suya y de nadie más.

—¿Nos sentamos o prefieres tomar algo antes en la barra?

Gabrielle miró hacia los taburetes de la barra mientras Luc se preguntaba cómo de elástico sería ese vestido tan apretado que ella llevaba puesto. Evidentemente no era buena idea tener que sentarse en un taburete de bar llevando una prenda como esa.

A menos que ella quisiera terminar en un callejón oscuro, acorralada contra la pared, recibiendo sus besos devoradores…

—Creo que mejor nos sentamos directamente —le dijo ella con una sonrisa.

—Muy bien —dijo él y echó a andar.

La gente que le conocía sonreía y le saludaba con la cabeza, pero entonces apartaban la vista rápidamente. Era como si tuvieran miedo de su próximo movimiento. Un camarero mayor, delgado y de pelo oscuro se dirigió hacia ellos enseguida. El ambiente se había cargado de pronto y Luc quería calmar los ánimos.

—*Monsieur* Duvalier, siempre es un placer recibirle. ¿Una mesa junto a la ventana para la *mademoiselle* y para usted? —miraba a Gabrielle con una sonrisa prudente—. ¿*Mademoiselle* Gabrielle?

—¿Paolo?

—¡*Oui*! —los ojos de Paolo se iluminaron—. Se acuerda.

—Claro que me acuerdo —Gabrielle esbozó una sonrisa conspiratoria—. Sábados, domingos y lunes. Nos traías las baguettes en una cesta en tu bicicleta.

—Lo intentaba —Paolo miró a Luc—. Aunque nunca llegaba a la puerta de la cocina. Su madre siempre la mandaba a buscarme en el camino. La eché mucho de menos cuando se fue, *chica*. Entonces ya no volvieron a mandar a nadie a por el pan y mis pobres piernas tuvieron que subir la cuesta todos los días.

Gabrielle sonrió.

—¿Todavía sigues en la panadería?

—No. Compraron este negocio. Mi hijo es el chef. Sus hijos trabajan como ayudantes de cocina. Este viejo se conforma con servir mesas. Con un buen padrino y gracias al boca a boca, a la familia de Paolo le van bien las cosas.

—Estupendo —dijo Gabrielle al tiempo que Paolo los sentaba en una mesa junto a la ventana.

Un momento después se retiró y regresó en cuestión de minutos, con una jarra de agua con hielo, un cuenco con olivas en aliño y pan fresco y crujiente.

—Es una suerte que haya escogido esta noche para cenar con nosotros —le dijo Paolo a Luc, poniéndoles las servilletas sobre el regazo—. Esta mañana nos ha llegado una caja de Saracenne Reserve Brut de 1976 y lleva todo el día en la cámara de refrigeración para reducir su temperatura exactamente hasta los cuatro grados. ¿Les apetece una botella?

—¿Qué dices tú? —le preguntó Luc a Gabrielle—. ¿Pasamos la velada catando las maravillas de la competencia?

—Creo que sí.

Paolo recitó los platos especiales del día y entonces señaló el menú que estaba en la pizarra de la pared. Los dejó solos un momento para que se decidieran. Gabrielle se puso cómoda en la silla y miró a su alrededor. Sonrió. El murmullo de voces alegres y el aroma a buena comida hicieron relajarse a Luc. La luz parpadeante de las velas le apaciguaba.

Miró a Gabrielle un momento. Había vuelto a ser la chica de siempre, sencilla y dulce, la que acababa de tratar a Paolo como si fuera un rey. Seguramente nunca le había tratado de otra manera.

Luc había conocido a muchas mujeres hermosas, pero nunca había conocido a ninguna que fuera menos consciente de su belleza que ella. Era cierto que siempre había estado rodeada de mucha belleza; su madre Josien, su hermano Rafe… Pero nunca había sido capaz de encontrar belleza dentro de sí misma, por mucho que el parecido con su madre fuera enorme.

Ella no lo veía. Luc se echó un poco hacia atrás y siguió contemplándola. No lo veía.

—¿Qué? —le preguntó ella—. Espero que no te haya importado que hablara con Paolo.

—¿Qué es lo que pasa?

—Nada.

—A mí no me lo parece.

Luc guardó silencio unos segundos, sin dejar de mirarla.

—Eres preciosa.

Gabrielle no sabía lo mucho que había echado de menos Francia hasta sentarse en el pequeño restaurante de Paolo. Después de darle unos sorbos al exquisito y relajante champán, se echó hacia atrás en la silla y se dispuso a descubrir al hombre en el que Luc se había convertido.

Era un sensualista. Se notaba en la forma en que saboreaba la comida y el medio en el que se encontraba. Pero también era un hombre que intimidaba. Al mirar su rostro a la luz de las velas, era fácil ver que no había debilidad alguna ni suavidad en él. La única suavidad que recordaba Gabrielle estaba en sus recuerdos de él cuando eran niños. Puede que le llamaran «Noche», pero no siempre había sido introvertido y sombrío. Muchas veces había sido su caballero particular, el defensor de los oprimidos. ¿Dónde había ido a parar toda esa energía, ese arrojo? ¿Todavía soñaba con conquistar nuevos mundos, o ya tenía suficiente con el desafío de ser el cabeza de familia de la dinastía Duvalier?

No tenía suficiente. Gabrielle se dio cuenta de repente. Por eso estaba fascinado con la finca de los Hammerschmidt. No necesitaba una casona en ruinas rodeada de ochenta hectáreas de vides destrozadas, por muy cerca que estuviera de Caverness. Él necesitaba un desafío. Debajo de toda aquella riqueza aparentemente conseguida sin esfuerzo alguno, había una pantera al acecho, un luchador de raza, encadenado y sujeto a las expectativas de la sociedad. Él estaba tan atrapado en Caverness como lo había estado ella.

Atrapado, encadenado, esperando…

Eso era lo que la hacía perder la cabeza por él sin remedio; el convencimiento de que, cuando hicieran el amor, la pantera saldría de la jaula, tan oscura como la noche, tan libre como el viento.

Quería estar a solas con él. Lo necesitaba con urgencia.

Él la miró fijamente y supo lo que estaba pensando. No hacían falta palabras.

—¿Qué tal la comida?

—Estupenda. ¿Y la tuya?

—Mmm. Exquisita.

—¿Qué tal lo estoy haciendo ahora? —preguntó él—. ¿Estoy siendo lo bastante civilizado para ti? —sus palabras estaban afiladas y anunciaban el peligro.

Gabrielle se estremeció.

—Sí.

—¿Lista para irte a la cama conmigo?

—Sí —dijo ella, sintiendo una descarga de adrenalina.

—¿Ahora mismo? ¿Nos olvidamos del café y del postre?

Paolo apareció junto a ellos como si Luc lo hubiera hecho materializarse de la nada chasqueando los dedos.

—¿Estás segura? —murmuró Luc.

Gabrielle asintió.

Luc mantuvo la vista fija en ella.

—Paolo, ¿nos traes la cuenta por favor?

Paolo miró los platos todavía llenos de comida. Solo se habían tomado media botella de aquel champán tan exquisito.

—¿Ocurre algo?

Luc sonrió con tirantez e intercambió una mirada cómplice con el camarero.

—Ah —dijo el anciano—. *Bon appétit.* Les voy a poner un corcho en el Saracenne para que puedan llevárselo.

—*Non*, Paolo. Llévatelo a la cocina y haz lo que quieras con él. La comida estaba deliciosa, como siempre. Os doy la enhorabuena a tu familia y a ti.

Gabrielle nunca supo muy bien cómo consiguió salir del restaurante sin arrojarse a los brazos de Luc. Todo estaba teñido del color del deseo. Se puso el abrigo con la ayuda de Luc, observando cada uno de sus movimientos mientras él le abrochaba los botones y le ceñía el cinturón alrededor de la cintura.

En cuanto subieron al coche, él fue a por ella y empezó a besarla con frenesí. Enredó los dedos de las manos en su cabello y le quitó las horquillas con facilidad, como si llevara toda la vida haciéndolo. Gemía cuando ella lo hacía. Era el gruñido primitivo de un hombre al límite, invadiendo la intimidad de su boca con la lengua, despojándola de todo excepto de las ganas de corresponderle. Ella le agarró del pelo. Quería soltárselo y no tardó más de dos segundos en hacerlo. Su propio cabello, en cambio, tardó algo más en soltarse. El peluquero se había esmerado a consciencia. Sin embargo, cuando por fin cayó, alrededor de sus hombros y sobre las solapas de su abrigo, Luc gimió de nuevo y el beso se hizo más apasionado. Gabrielle se apartó un momento y le apartó con manos inseguras.

—Conduce —le ordenó, jadeante.

—¿Adónde?

—A cualquier sitio… A Caverness mejor que no —añadió, pensándolo bien—. Vamos a mi habitación.

—Caverness es mi casa, Gabrielle —le dijo él con la voz quebrada por la pasión—. Más tarde o más temprano tendrás que venir conmigo.

Condujo hasta el viejo molino, sin decir nada más. Al llegar, bajaron del coche y se dirigieron hacia la puerta principal.

—Quiero quedarme toda la noche.

—Yo quiero que te quedes.

Ya no había que decir nada más.

No se encontraron a nadie de camino a la habitación. Ella entró rápidamente y él cerró la puerta tras de sí.

—¿Quieres algo de beber? —le preguntó ella, haciendo un último esfuerzo por sonar civilizada.

—No —él se quitó el abrigo, lo tiró encima de una silla y fue hacia ella.

Todavía no quería tocarla. Todavía no. Pero sus ojos eran una promesa de pasión y desenfreno ilimitados. Todo lo que pudiera imaginar y más aún.

—Te deseo.

Gabrielle se desabrochó la hebilla del cinturón del abrigo y después los botones. Un momento después, una nube de cuero negro cayó a sus pies. Sonrió y arqueó una ceja, haciendo un gesto que casi era un reto.

—¿Qué parte deseas?

—Todas —le dijo él —una sonrisa fugaz se dibujó en sus labios; una sonrisa a la que ninguna mujer sensata podría resistirse. Sin embargo, Gabrielle hizo justamente eso; se apartó el cabello de un lado de la cara y le miró por encima del hombro.

—El cierre de mi collar es un poco duro —deslizó la vista por ese cuerpo ágil y tremendamente masculino. Su sonrisa tembló un momento.

Él estaba listo para ella.

—¿Te importa? No quisiera romperlo.

Luc deslizó los dedos por su nuca un instante. El collar cayó sobre la mano de Gabrielle. Entonces él deslizó las manos por sus hombros. Tenía las palmas de las manos calientes. Recorrió la curva de los huesos de los hombros y continuó por sus brazos.

—Podrías empezar por la nuca —le dijo ella.

Él le puso los labios sobre la hondonada del omóplato.

—Podría —dijo él.

Pero no lo hizo.

Empezó con la cremallera que corría por la parte

de atrás de su vestido y se la bajó suave, lentamente...
Entonces se detuvo delante de ella y la miró como si
fuera la obra de arte más exquisita.

—¿Qué hay debajo? —le preguntó.

—Oh, nada.

No iba a quitarse el vestido para él. Si quería verla desnuda, tendría que quitarle la ropa él mismo.

—Muchas veces me he preguntado qué hubiera
pasado hace años —murmuró ella—. Si nos hubieran
interrumpido. Tú estabas sentado en una vieja mesa
de madera, creo... Y yo... —le miró a los ojos—. Yo
estaba sentada encima de ti.

—Te lo advierto, Gabrielle. Si quieres repetirlo,
las cosas se nos van a ir de las manos muy rápidamente.

—A lo mejor.

A lo mejor eso era exactamente lo que ella quería.

—Hay una mesa aquí.

—Hay una cama aquí —añadió él—. Si te sientas
en el borde...

—Si me dejas besarte...

Eso era lo que le había dicho la última vez. Ella
dio un paso adelante y le ofreció sus labios. Solo fue
un mero roce.

—Más —susurró él.

De repente Gabrielle sintió que volvía a las cuevas de Caverness. Volvía a tener dieciséis años y
temblaba por dentro mientras le ofrecía más y más,
dejándose llevar por la locura.

Terminaron en la cama antes de lo que esperaba;
Gabrielle sentada encima de Luc, enroscada alrededor de sus caderas con las rodillas apoyadas a ambos
lados. Él devoraba sus labios mientras le acariciaba

el cabello con una mano y el trasero con la otra, atrayéndola hacia su erecto miembro viril cada vez con más urgencia. Gabrielle contuvo el aliento al ver la potencia de su miembro, su tamaño y grosor.

En cuestión de segundos, él puso las manos sobre sus nalgas redondas, y las deslizó sobre la fina seda de sus braguitas, apretándose contra ella. Con un suspiro desgarrado, Gabrielle le puso las manos sobre la cara como ya había hecho en otra ocasión y le dio un beso arrebatador.

—¿Crees que hubiéramos podido quitarnos la ropa? —murmuró ella contra los labios de él.

—No —le dijo él en un susurro, deslizando los dedos por dentro de sus braguitas.

—A lo mejor nos hubiéramos quitado algo. A lo mejor si hubiera podido quitártelo todo sin tener que dejarte marchar.

—¿Cómo?

El sibilante sonido de la seda le dio la respuesta más acertada. Probablemente a los dieciséis no se hubiera atrevido a agarrarle el cinturón, pero en ese momento sí lo hizo, movida por la urgencia de sentirle piel contra piel. Después le bajó la cremallera de los pantalones y le quitó los calzoncillos. Ella bajó la vista y examinó su potencia masculina. No quería desearle tanto; quería tener paciencia, esperar, relajarse un poco.

—Al llegar a este momento me hubiera puesto un poco nerviosa, entonces… —le dijo.

En realidad también estaba muy nerviosa en ese momento.

Los ojos de Luc se oscurecieron. Había furia en ellos; una furia cuidadosamente enjaulada.

—Yo hubiera cuidado de ti —le dijo. Sus palabras sonaron afiladas—. No te hubiera decepcionado.

Pestañas largas y oscuras le cubrían los ojos.

—Yo no te hubiera decepcionado —la besó en el cuello, mordisqueándola y lamiéndola con la lengua—. ¿Por qué no esperaste?

Entonces llegó el mordisco. Pero ella tampoco tenía toda la culpa de haberle dado su primera vez a otro.

—¿Por qué no me lo pediste?

Ella anhelaba sentir su boca sobre los pechos, así que no dudó en agarrarle de la cabeza y llevarle hacia ellos. El vestido se le deslizó un poco sobre el cuerpo. Gimió de placer y cerró los ojos, dejándose llevar por las sensaciones. Sus pezones, duros y erectos, recibían las caricias de sus besos y el calor de su lengua.

Lucien podía ser salvaje, cuando quería serlo. Estaba siendo salvaje en ese momento, besándola con ardor y chupando con fuerza, disfrutando con sus gemidos y el contoneo de sus caderas. No se trataba de sexo. El sexo ocurría entre dos cuerpos. Pero él quería algo más, quería poseerla, poseer su alma.

La hizo retroceder sobre la cama y ponerse encima de él. Otro temblor la recorrió de arriba abajo cuando él empezó a lamerle el otro pecho. Con otro jadeo de placer, Gabrielle se colocó contra su potencia masculina y empezó a rozarse. Su propio cuerpo estaba hinchado y ávido de placer. El vestido se le había abullonado en torno a la cintura y todavía llevaba los zapatos, pero, aparte de eso, estaba desnuda. Él anhelaba sentir la piel contra la piel, sentirla toda contra él. El vestido le salió por la cabeza con facilidad. Los zapatos fueron algo más complicados de quitar, pero él lo consiguió.

—Camisa —murmuró él, justo antes de que los labios de ella se estrellaran contra los suyos propios.

Solo le dio tiempo a desabrocharle dos botones de la camisa antes de verse superada por la prisa y la urgencia. Agarró con fuerza las solapas de la camisa y se la arrancó de un tirón. Los botones saltaron en todas direcciones y Luc dejó escapar el aliento de golpe al tiempo que ella trazaba la curva de su músculo pectoral con las yemas de los dedos.

—Ahora… —murmuró Luc, haciendo uso de la última pizca de autocontrol que le quedaba—. Gabrielle, necesito estar dentro de ti ahora.

Ya había esperado tanto… Los juegos preliminares no podían continuar.

—Para que lo sepas… —dijo ella, agarrando su miembro viril y conduciéndole hasta su sexo desnudo—. No quiero que seas civilizado y sutil. Solo te quiero a ti.

Y así dejó salir a la pantera de su jaula.

Él la llenó un instante. La hizo ponerse boca arriba, luchando por tener el control sobre ella al tiempo que salía y volvía a entrar. Una y otra vez… Mientras ella le volvía loco con besos arrebatadores.

—No —le dijo. Tenía que mantener el control. No podía perderse de esa manera.

—Más —susurró ella.

Él se apoyó en un codo y deslizó la otra mano sobre su abdomen terso y suave, buscando el centro de su feminidad con el dedo pulgar. Esa vez la cadencia que estableció doblemente intensa y ella respondió como si le hubiera dado un latigazo, aferrándose a él, gimiendo…

Él la observó mientras se iba a la deriva y entonces sintió que su cuerpo se estremecía de arriba abajo, una y otra vez. Había llegado al éxtasis con él.

Gabrielle yacía tranquilamente en la cama, después del frenesí amoroso. Su cuerpo todavía no se había recuperado más que para respirar. La cabeza no le funcionaba lo suficiente como para evaluar la situación.

—¿Qué ha sido eso? —le preguntó finalmente.

—Algo que debía haber hecho hace mucho —contestó él—. Por lo menos, esa es la explicación que quiero darle a semejante arranque de locura.

Un escalofrío lo recorrió por dentro, haciéndole moverse dentro de ella.

—Algo que debería haber hecho hace mucho.

—Muy bien —dijo ella, pensativa—. Ha sido un poco intenso. ¿Es… normal? ¿Para ti?

—Sí.

—Oh.

—No —admitió él sin muchas ganas.

—Para mí tampoco —añadió ella y volvió a sumirse en sus propios pensamientos—. Si ese frenesí incontrolable te funciona bien…

—Sí.

Luc rodó sobre sí mismo y se puso boca arriba, llevándosela consigo.

—¿Te funciona? —le preguntó, con la esperanza de que su voz no delatara la ansiedad que empezaba a sentir—. Quiero decir que… Podrías necesitar tiempo para acostumbrarte, si es que no te has acostumbrado ya. Si te gusta tener el control de todo siempre…

—¿Gabrielle? —la agarró de la cabeza y le dio un beso en la frente—. Cállate.

Una sugerencia excelente.

—¿Luc?

—¿Qué? —su voz sonaba sufrida.

—¿Podemos hacerlo de nuevo?

Al oír esas palabras su cuerpo respondió de inmediato.

—Sí.

—¿Pronto?

—Sí.

—¿Luc?

—¿Qué?

Ella se sentó sobre él a horcajadas, le puso las manos en el pecho.

—Sé que todavía tengo que averiguar cómo quitarte el resto de la ropa sin perder la posición dominante, pero… ¿Crees que esta vez podrías estar desnudo también?

Al final consiguió desnudarle, hacerle sudar… Le hizo poner las manos contra la cabeza mientras llegaba al clímax y gritaba su nombre.

Pero no pudo, hasta ese último instante, hacer que se entregara por completo. Luc no se rindió hasta el último momento.

Capítulo 8

DESPUÉS de que Luc se marchara a la mañana siguiente, la esposa del molinero tardó poco más de diez minutos en presentarse en su puerta para decirle que la habitación había sido alquilada de nuevo y que tenía menos de media hora para recoger sus cosas y marcharse. Esa vez, Gabrielle alquiló un apartamento completamente amueblado situado en una plazoleta de la zona más cara de la ciudad.

Si alguien volvía a intentar echarla por ser la amante de un hombre de alcurnia, se compraría una casa. Nadie conseguiría empañar la alegría que sentía en los brazos de Luc.

Nadie.

Poco después, Simone fue a tomar un café al apartamento de Gabrielle, tan dulce y cálida como siempre. Una pequeña pelea, unas cuantas bromas y el cariño de una hermana de verdad… No le repitió la advertencia que ya le había hecho, no obstante. Ya que las cosas habían pasado, Simone las aceptaba sin más.

—Muy bonito —le dijo, después de mirar todo el apartamento—. ¿Pero por qué un cambio tan repentino? Pensaba que aún te ibas a quedar más tiempo en el molino.

—Necesitaba un poco más de espacio —le dijo Gabrielle—. Y lo necesitaba ahora.

—Te echó, ¿verdad? —la mirada de Simone fue muy directa.

—Sí.

—¿Porque Luc se quedó?

—No me lo dijo con tantas palabras, pero sí. Eso creo.

—¿Y lo sabe Luc?

—No. Y te agradecería mucho que no se lo mencionaras. Necesitaba más espacio, así que me cambié. Fin de la historia.

—Es una buena historia —dijo Simone—. Reza para que Luc nunca llegue a saber la verdad.

—Amén.

—Bueno, ¿y quién ganó la guerra? —preguntó Simone a continuación.

—Yo no. Y no seas tan curiosa. No estamos teniendo esta conversación.

—Solo trato de mantenerme al día —dijo Simone con una sonrisa traviesa—. Parece que saliste ilesa de la contienda.

—Pues no es así. Y no puedo hablar de esto contigo, Simone. Es demasiado reciente. Ni siquiera yo entiendo muy bien lo que está pasando.

—¿Y entonces con quién vas a hablar de ello? ¿Se lo vas a decir a Rafe?

—Todavía no.

—¿Porque es demasiado reciente o porque sabes que no le va a gustar?

Gabrielle sonrió con acritud.

—Las dos cosas.

—¿Se lo vas a decir a Josien?

—No —dijo Gabrielle. Su sonrisa se esfumó de golpe—. Esa puerta está cerrada para mí, Simone. Y no voy a seguir parada delante de ella, esperando a que se abra. No hay nada para mí al otro lado. Ni tampoco para Rafael.

—Gabrielle… —la expresión de Simone se volvió grave—. *Maman* murió hace tanto tiempo que apenas me acuerdo de ella, pero nunca envidié la tuya. Sé que te hizo la vida imposible de niña. Ojalá las cosas hubieran sido diferentes para ti. Para Rafe y para ti.

—Yo también lo hubiera querido.

—Sé que te pegaba —Simone vaciló un momento. No podía mirarla a la cara—. La vi una vez. No te estaba dando un azote, ni castigándote por algo que hubieras hecho. Te estaba pegando, te estaba haciendo daño —Simone sacudió la cabeza, como si quisiera borrar aquel recuerdo—. Corrí a buscar a mi padre, pero cuando volvimos ya no estabais. Mi padre me dijo que hablaría con Josien, pero yo sabía que hablar no era suficiente, así que fui a buscar a Rafe y le dije lo que había visto. Nunca olvidaré la cara que puso, Gaby. Esa rabia que había en sus ojos. El dolor, el miedo. Tenía doce años y tú tenías seis. Enseguida supe que no era la primera vez. Volvimos corriendo a la casa. Rafe me dijo que entrara, que él te encontraría y cuidaría de ti. Yo hice lo que me dijo, porque estaba asustada. Gabrielle, siento mucho no haber hecho nada nunca. No entonces, ni después... cuando Rafe te trataba con tanto cariño y ternura, yo sabía en mi corazón que ella había vuelto a hacerte daño —Simone parecía realmente acongojada—. ¿Te encontró aquel día?

—Siempre lo hizo —dijo Gabrielle con una pequeña sonrisa—. Siempre —cubrió las manos de Simone con las suyas propias y la hizo mirarla a la cara—. Tú también eras una niña, Simone. Hiciste lo que pudiste. Tu padre también hizo lo que pudo. Hizo que Josien buscara ayuda para contener toda esa rabia, y funcionó. Funcionó. Además, yo tampoco era un angelito. A veces me merecía el castigo.

—Pero no así —dijo Simone con contundencia—. No de esa manera, ni tampoco te merecías lo que hacía después, cuando arremetía contra ti con palabras. No dejes que vuelva a hacerte daño, Gabrielle. No la escuches cuando te diga que lo que tienes con mi hermano está mal. ¡No dejes que nadie te diga eso!

—Y no lo haré.

El peso de las palabras de Simone cayó como un lastre sobre los pensamientos de Gabrielle, recordándole que no todo el mundo vería bien su relación con Luc. Josien estaría en contra. Rafael tampoco aprobaría esa relación, sobre todo después de su relación con Simone. Además, había un gran abismo económico y social entre un hombre como Luc y alguien como ella. Gabrielle trataba de sentirse digna de él, pero era irremediablemente vulnerable al desprecio de otros. Era el resultado de la infancia que había vivido, de las creencias de Josien sobre las clases sociales… Las lecciones que se aprendían pronto en la vida rara vez se olvidaban. Y había algo de verdad en ellas, por mucho que ella quisiera pensar otra cosa.

—Me siento algo molesta, de mal humor.

—Yo igual —dijo Simone—. No sabes lo mucho que me preocupé por ti de niña.

Gabrielle se apartó, rehuyendo su mirada.

—¿Luc lo supo?

—¿Que Josien te pegaba? No —contestó Simone—. Lo sospechaba, pero nadie le confirmó nunca sus sospechas. Ni Rafe, ni tú. Y, desde luego, yo tampoco. Rafe siempre mantuvo la cabeza tan fría, ¿sabes? Pero Luc… —Simone sacudió la cabeza de nuevo, negándose los recuerdos—. Luc no hubiera podido mantener la cabeza fría, así que te protegimos, lo mejor que pudimos. Protegimos a Luc del horror que sufrías a manos de tu madre. Y yo le rezaba a Dios todas las noches para saber que estaba haciendo lo correcto.

—Tal y como yo lo veo, Simone, hiciste justo lo correcto. Mírame, Simone, y dime lo que ves. ¿Estoy mal? ¿Tengo miedo o soy igual que ella? ¿Veo el amor y el hecho de darlo como una debilidad o una maldición? No. Creo que salí muy bien. Creo que todos los niños de Caverness salieron muy bien. Todos con nuestro defectos, por supuesto, pero…

Recordó esa vieja obsesión de Rafael por triunfar.

—¿Quién no los tiene? Estoy bien. Y tú…

Gabrielle sonrió y agarró la mano de Simone, buscando fuerza y encontrándola.

—Tienes un corazón tan valiente y tan tierno. No es de extrañar que mi hermano no pueda olvidarse de ti. Lo que sí es de extrañar es que haya conseguido quedarse lejos de ti durante tanto tiempo.

—Bueno, si me lo dices así… —Simone reprimió una risotada—. Tienes toda la razón. Es un tonto y yo soy una reina. Me gusta mucho la idea.

—Pues quédatela —le dijo Gabrielle, apretándole la mano—. Hazla tuya.

—A lo mejor lo hago —contestó Simone—. Que te quede claro que voy a necesitar toneladas de chocolate para superar todos estos traumas descarnados de la infancia.

—El chocolate ayudaría bastante. Sí —dijo Gabrielle con gesto pensativo—. ¿Belga?

—Oh, Gaby.

La risa de Simone llegó con más fuerza esa vez.

—¿Es que existe algún otro?

Dos días y dos noches después, mientras desayunaban juntos antes de ir al trabajo, Luc la abordó directamente. Quería saber por qué no quería cenar con él esa noche en Caverness. Gabrielle sabía que esa conversación iba a llegar en algún momento, pero no quería tenerla.

—A mí no me da vergüenza que seamos amantes, Gabrielle —le dijo, sacando una camisa limpia de su bolso de viaje. Se la puso—. ¿Por qué tienes vergüenza tú?

—No tengo vergüenza —le dijo ella, a la defensiva. Llevaba puesta una toalla mientras rebuscaba en el armario, buscando algo que ponerse—. Es que no me siento cómoda en Caverness con mi madre allí. Eso es todo —añadió.

—Ni siquiera es capaz de dirigirte la palabra, Gabrielle —le dijo él con firmeza—. ¿Qué te hace pensar que le va a importar?

—Probablemente no le importe —murmuró Gabrielle, escondiendo su incomodidad tras una puerta abierta del armario—. Pero sería como darle un arma, y yo sí que sé lo que hace con ellas.

Luc le puso las manos sobre los hombros y la hizo darse la vuelta hacia él.

—No dejaré que te haga daño —le dijo tranquilamente.

—Luc… —Gabrielle trató de pensar en una manera de trasmitir sus miedos sin provocar al guerrero que había en él—. Esta no es tu guerra, Luc. Es la mía, y no quiero darle motivos para empezar de nuevo.

—Yo haré que pare —le dijo él—. Confía en mí.

Pero Gabrielle no podía hacerlo.

—¿Sabes lo que me dijo la última vez? Me dijo que Harrison no era el padre de Rafe.

Luc se quedó de piedra. Todo su cuerpo irradiaba tensión.

—¿Te dijo quién era su padre?

—No —Gabrielle torció los labios—. Pienso que se lo está guardando para soltarlo en el momento que haga más daño. ¿Cómo voy a mirarla a la cara después de algo así, Luc? ¿Cómo voy a mirarla sin odiarla?

Luc se le quedó mirando, sin decir ni una palabra. Su expresión era cautelosa, pero no era de sorpresa. Esa falta de sorpresa y esa mirada especulativa hicieron retroceder a Gabrielle unos pasos, lejos de sus caricias.

—Lo sabías —las manos le temblaban—. Sabes quién es el padre de Rafe.

Luc bajó la cabeza, avergonzado.

—¿Quién? —Gabrielle se abrazó a sí misma—. Lucien, ¿quién es su padre? Dios, no me digas que es Phillipe —sacudió la cabeza—. ¡No, no, no puede ser!

—No es Phillipe —dijo Luc de inmediato—. ¡Dios, no!

—¡No sabía qué pensar! Solo me contó una parte de la historia, Luc. El único hombre capaz de razonar con ella era tu padre. ¡La única persona que le aguantaba sus arrebatos era él! ¿Qué querías que pensara?

—No era Phillipe —dijo Luc—. ¡Gabrielle, no! El padre de Rafe fue un huésped en Caverness. Un amigo de mi padre que vino a pasar un verano el año en que tu madre cumplió dieciséis años. Un hombre que estaba acostumbrado a tomar lo que quisiera sin pedir permiso. Un príncipe.

—¿La violó? ¿Es eso lo que tratas de decirme?

—No —Luc sonrió con tristeza—. Tu madre se enamoró de él, y él de ella, por lo menos durante un tiempo. Pero entonces se quedó embarazada. No podía casarse con ella, Gabrielle. No podía hacerlo. Su matrimonio estaba preparado.

—Claro. Tendría que casarse con una princesa. Sin duda.

—Eso no lo sé.

La furia repentina se desvaneció en cuanto Gabrielle tuvo la certeza de que Phillipe no era el padre de Rafael. Sin embargo, el resentimiento más frío no desapareció, sino que la hizo arremeter contra Luc.

—¿Pero cómo sabes todo eso? ¿Por qué tú?

—Mi padre me lo dijo todo antes de morir. Se sentía responsable de Josien hasta cierto punto. Responsable de Rafael y de ti. Le había prometido al príncipe que Josien y su hijo siempre tendrían un hogar en Caverness y quería asegurarse de que yo mantuviera esa promesa.

—¿Qué?

—Hizo lo que pudo, Gabrielle. Tienes que entenderlo. Mi padre hizo muchas cosas mal. No solía estar en casa cuando más se le necesitaba, pero era un hombre honesto, e hizo todo lo que pudo por tu madre.

—Yo... —Gabrielle se le quedó mirando, sin dar crédito a sus palabras—. Oh, Dios.

Eso explicaba la actitud de su madre, sus acciones y obsesiones... Su rabia. Por fin sabía por qué Josien nunca había tenido tiempo ni amor para Rafael; por qué la había mandado lejos nada más encontrarla con Luc.

—Entonces es verdad. No sabes lo mucho que deseaba que no fuera verdad.

¿Qué se suponía que tenía que hacer con esa información?

—¿Lo sabe Rafe?

—Nunca se lo he dicho. Rafael pensaba que Harrison Alexander era su padre. ¿Lo sabe Simone?

—No. Al menos, creo que no. Nunca se lo he dicho —dijo Luc, exasperado—. Nunca se lo he dicho a nadie, Gabrielle. Hasta ahora.

—Gracias —Gabrielle trató de sonreír, pero no pudo mantener la sonrisa mucho tiempo. Rafael solo era su medio hermano y el hijo bastardo de algún príncipe acostumbrado a seducir a niñas de dieciséis años. A su hermano le encantaría la historia—. ¿Qué le digo? —susurró—. ¿Qué le digo a Rafe?

—Si quieres mi consejo, no le digas nada —dijo Luc—. Este no es tu secreto, Gabrielle. Esto es entre Josien y Rafael.

—¿Entonces por qué me lo dijo a mí?

Luc suspiró profundamente.

—Supongo que tenías razón. Quería hacerte daño, y qué mejor manera de hacerlo que tratar de arrebatarte a la única persona que siempre estuvo a tu lado. Quiere que te vayas de aquí, Gabrielle. Tú la haces sentirse amenazada. Siempre lo has hecho.

—¡Yo no amenazo a nadie!

—Pero ella se ve a sí misma en ti. Una mujer encerrada en su clase social, a punto de enredarse con un hombre rico que sin duda la dejará abandonada en cuanto se le pase el furor. No ve ningún otro camino para ti.

—Pues se equivoca —dijo Gabrielle en un tono bajo y tembloroso—. Tengo muchas opciones.

—Yo pienso lo mismo —dijo Luc—. Ella no puede ganar esta batalla, Gabrielle. No puede apartarte de Rafe, ni tampoco me puede apartar a mí. Esta vez no. A menos que tú la dejes. Ven a Caverness esta noche conmigo. Quédate a cenar. Quédate toda la noche. Enfréntate a ella. No la dejes ganar.

—No la dejaré.

Ella no era como su madre. No quería serlo.

—Iré a Caverness contigo —el miedo a los afilados ataques de su madre la envolvió como un manto frío.

—¿Y te vas a quedar conmigo toda la noche?

—Sí.

Luc fue hacia ella, la tomó en brazos y ella le dejó, absorbiendo su fuerza y su firmeza. Iba a necesitarlas para la noche que tenía por delante. Él sonrió con cariño y le dio un beso sutil, una promesa en forma de beso.

—Esa es mi chica.

La velada empezó bien para Luc. Josien estaba descansando en sus aposentos y no necesitaba compañía. Hans se ocupaba de darle la comida. Y Luc se ocupaba de todo lo demás. Simone notó la inquietud de Gabrielle y trató de hacerla desaparecer con un poco de charla ligera. Gabrielle hizo un esfuerzo por relajarse, pero terminó dando un salto cuando Luc se sentó a su lado para ver la televisión. Y no se acurrucó contra él, tal y como solía hacer de costumbre. A los ojos de Luc, ella no parecía fuera de lugar, pero con solo mirarla a la cara sabía que se sentía muy incómoda.

Detrás de aquella máscara de amante segura de sí misma se escondía la hija del ama de llaves. Y Luc no veía otra manera de aplacar sus miedos que llevársela a su habitación y hacer desaparecer el mundo a su alrededor, al menos durante un rato.

Simone bostezó con fuerza cuando terminó su programa favorito. Dijo que estaba muy cansada y los besó a los dos en ambas mejillas.

—Vente a Epernay conmigo por la mañana si te apetece —le dijo a Gabrielle—. Te enseñaré lo que hago. Lucien, ¿puedo hablar contigo un momento?

Luc siguió a su hermana hasta el pasillo.

—¿Qué estás haciendo? —le preguntó Simone en cuanto estuvieron lo bastante lejos de Gabrielle.

—¿Qué quieres decir?

—Gabrielle está tensa como una cuerda. Se va a partir en cualquier momento.

—Sí, gracias. Ya me había dado cuenta.

—Bueno, haz algo.

—¿El qué? ¿Decirle que deje de sentirse como si este no fuera su lugar? No funciona así, Simone. Gabrielle tiene que librar esa batalla ella sola.

—Ayudaría mucho si te libraras de Josien —murmuró Simone—. Es una buena ama de llaves, Lucien, pero ¿no ves que esto no va a funcionar? No puedes tener a la hija pródiga del ama de llaves como amante y esperar que todo el mundo se sienta cómodo. Si quieres a Gabrielle en tu vida, y es evidente que sí, Josien y su intransigencia no tienen cabida aquí.

Luc se mesó los cabellos y maldijo la hora en que le había hecho aquella promesa a su padre en su lecho de muerte.

—Josien se queda.

—¿Pero por qué? No es santo de tu devoción, Luc. Simplemente la toleras. Ambos lo hacemos. Y en cuanto a Gabrielle… Gabrielle le tiene miedo y con razón. ¿No ves que es hora de dejarla ir?

—Josien se queda —le dijo él en un tono de tensión—. Le prometí a nuestro padre que siempre tendría un hogar aquí.

—¿Y por qué te iba a pedir algo así? —los ojos de Simone mostraron más preocupación que nunca—. Sé que muchas veces se comportaba como el rey de la casa, pero Josien no era nuestra sierva ni nada parecido. No es nuestro deber cuidar de ella por el resto de nuestras vidas. Dale un trabajo en una de nuestras oficinas. Mándala a París, conviértela en representante de Casa Duvalier y deja que acabe con la competencia. Pregúntale si alguna vez ha pensado en hacer alguna otra cosa y, si es así, consíguele ese trabajo de sus sueños. No me importa lo que cueste, Lucien, pero sácala de aquí. Porque esto que tienes con Gabrielle no funcionará a menos que lo hagas.

—Tiene razón —dijo una voz que salía de entre las sombras.

Era la voz de Josien. Luc se dio la vuelta.

Allí estaba la madre de Gabrielle, en la puerta de la biblioteca, trágicamente hermosa y frágil. Hans estaba detrás de ella; una presencia silenciosa y vigilante.

Simone soltó el aliento, pero entonces siguió adelante. Sus ojos se volvieron grandes. No había en ellos ni una pizca de piedad.

—¿Alguna vez has pensado hacer alguna otra cosa, Josien?

Luc miró a Hans. El anciano levantó las manos, rindiéndose.

Simone no le había dejado elección.

—Hay una vacante en París de representante de ventas —dijo con cautela—. También tenemos un apartamento allí que puedes usar hasta que te acomodes.

No estaba rompiendo la promesa que le había hecho a su padre. No lo estaba haciendo.

—Podrías ir a París cuando te hayas recuperado del todo, echarle un vistazo al apartamento, al trabajo.

—Yo podría llevarte —dijo Hans, dando un paso adelante.

Le ofreció su brazo a Josien con una sonrisa gentil.

—Tienes que ir poco a poco… Nunca he estado en París en primavera. ¿Y tú?

Josien miró a Hans fijamente. Sus ojos parecían enormes y desconcertados. Y entonces hizo algo que Luc nunca la había visto hacer.

Se sonrojó.

—No —dijo tranquilamente—. Nunca.

—¿Entonces te interesa? —le preguntó Simone, con una mirada fría, dura. Seguía haciendo el papel de dueña y señora de la casa; una señora que estaba más que harta de la presencia de Josien—. ¿Mirarás la posibilidad de aceptar un puesto en otro sitio?

—Sí —dijo Josien.

Luc volvió al salón con paso ligero, más ligero del que llevaba cuando se había marchado. Gabrielle no estaba en el sofá, donde la había dejado. Estaba de pie, caminando de un lado a otro con impaciencia.

—No —le dijo él.

—Ni siquiera has oído lo que tengo que decir.

—No. No sería mejor si te fueras. Sería mucho peor. Quédate —la miró con firmeza—. ¿Qué tal lo estoy haciendo hasta ahora?

—Así, así —le dijo ella con reticencia.

—¿Entonces te quedas?

Una pequeña sonrisa asomó en sus labios.

—Voy a necesitar un incentivo.

—Y yo estaré encantado de dártelo.

—Un poco de privacidad…

—Mi habitación es muy privada, tan privada que está en la otra punta de la mansión. De hecho voy a hacia allí ahora.

—¿Y qué más tienes en esa habitación tuya?

—Una cama —le dijo él—. Un buen colchón. Con dosel. Te gustará.

La sonrisa de Gabrielle se volvió más segura, pero su mirada siguió siendo incierta.

—No sé por qué me preocupo tanto por estar aquí contigo. Pero no puedo evitarlo. Todo era distinto en mi casa. Más neutral, menos complicado, pero cuando venimos aquí... —se encogió de hombros—. Todo lo que ha pasado entre nosotros en el pasado se me viene encima. Ya no solo se trata de ti y de mí. Se trata de Simone, de Rafe y de Josien, y de cómo los afecta lo que hacemos.

—Lo sé —dijo él. La estrechó entre sus brazos—. ¿Nunca te ha dicho nadie que piensas demasiado?

—No.

—Bueno, pues sí lo haces. Afortunadamente, yo tengo la solución para eso. Vente a la cama conmigo ahora. Te garantizo que te puedo hacer olvidarlo todo de golpe.

Gabrielle le rodeó el cuello con los brazos y le dio un beso.

—¿Alguna vez te han dicho que eres monotemático?

—No, pero soy consciente de ello —replicó él con una sonrisa franca.

Tardaron mucho en llegar al dormitorio. Él sintió unas ganas desesperadas de besarla en mitad de las escaleras, y después al llegar al final de las mismas. Dos pasos después la acorraló contra la pared, tras pasar por delante del espejo de marco dorado. Le alborotó el cabello, deshaciéndole el moño, y entonces empezó a besarla en el cuello. Las rodillas le temblaban cuando la empujó contra la puerta de su estudio. Ella enroscó las piernas alrededor de su cintura y le obligó a besarla en el cuello. Luc logró cerrar la puerta, la llevó hasta el enorme sofá de cuero marrón y la colocó encima, pero entonces se vio superado por esa sed que lo consumía por dentro. Le levantó la falda hasta la cintura, se arrodilló junto a ella y empezó a besarla en la cara interna de los muslos.

—Si te preocupa alguna otra cosa, me lo dirás, ¿verdad? —murmuró, agarrándola del trasero y atrayéndola hacia sí.

Era momento de llegar al destino que se había propuesto, lo antes posible.

Gabrielle gimió y enredó las manos en su cabello. Los músculos le temblaban; sus ojos estaban llenos de deseo.

—Sí. Te lo diré —dijo ella, mirándole fijamente.

—¿Algo como que prefieres ver otra cosa en la televisión?

—Muy bien.

Él le acarició la cara interna de la rodilla con los labios.

—O si prefieres otra cosa para la cena.

Ella le tiró del pelo.

—Sí. Sí. Te lo diré —sonaba distraída. Estaba distraída.

Él la besó a lo largo de la entrepierna.

—¿Qué pasta de dientes usas? —murmuró él, mordisqueándole la piel.

—Oh, Dios —murmuró ella.

—No sé si la conozco, pero la buscaré. Ya me conoces.

Deslizó los nudillos por encima de sus braguitas,

y acercó los labios lentamente a su objetivo final. Ella volvió a jadear y abrió más las piernas para él.

—Me gusta tenerlo todo listo.

—Luc…

Gabrielle se estremeció, dejándose llevar por las sensaciones. Estaba a merced de su propio cuerpo, a merced de las caricias de él. Y eso era lo que más le gustaba a Luc; saber que ella podía entregarse por completo en el fragor de la batalla amorosa. Eso era lo que más le gustaba y lo que más temía, porque algún día, algún día iría tras ella y entonces estaría perdido. Ese día ya no habría ninguna otra mujer para él; ninguna otra excepto Gabrielle.

Tenía miedo de perder la cabeza por ella.

Tenía miedo de obsesionarse.

Tenía miedo de estarlo ya.

—¡Luc, por favor!

—Dime lo que quieres.

—A ti. Te quiero a ti.

—¿Dónde? —le mordisqueó el borde de las braguitas con los dientes.

—En todas partes.

—Espera —murmuró él. Le quitó las braguitas y empezó a besar su sexo.

Ella aguantó poco más de un minuto y entonces se vio asaltada por el primer orgasmo. Él entró en ella unos segundos después. Se aferró a toda su fuerza de voluntad y la llevó a otro clímax devastador.

Y después a otro, y a otro… Hasta que sus gritos de placer sonaron al unísono.

A la mañana siguiente, durante el desayuno, Luc

estaba un poco retraído. Habían pasado casi toda la noche abrazados, haciendo el amor o la guerra. Gabrielle no estaba muy segura…

Solo sabía que al amanecer tenía el cuerpo de goma y la mente en blanco. Fuera lo que fuera lo que pasara por la mente de Luc en esos momentos, era todo un misterio para ella. Durante los juegos preliminares no hacía más que hacerle bromas y provocarla, pero después de hacer el amor quedaba sumido en el sopor más silencioso. La abrazaba con fuerza; nada más. La abrazaba y se guardaba sus pensamientos para sí.

Simone se había ido al trabajo poco tiempo antes. Josien y Hans no estaban por ninguna parte. Luc y ella estaban solos. Debería haber estado relajada. Y Luc también.

Pero no lo estaba.

—Alguien se siente muy incómodo por aquí —le dijo cuando le vio esconderse detrás del periódico—. ¿Debería irme ya?

Él bajó el periódico cuidadosamente; todo un ejemplo de elegancia y autocontrol.

—No.

—Entonces habla conmigo.

—¿De qué?

—De cualquier cosa. De algo. Dime qué planes tienes para hoy y yo te diré los míos. Pregúntame qué tal me pareció lo de anoche. Dime qué te pareció a ti.

—Me pareció… —bajó del todo el periódico, se mesó los cabellos y miró hacia la ventana—. Me pareció que, si hubiera sido más perfecto, hubiera muerto de deseo por ti —dijo tranquilamente—. Pensé, cuando pude pensar algo, que un hombre tendría que estar loco para no desear levantarse a tu lado cada mañana, y me pregunté qué demonios haría cuando no abriera los ojos y no estuvieras aquí.

Volvió a mirarla a los ojos. Parecía a la defensiva, enfadado.

—¿Te vale con eso, Gabrielle? ¿Quieres más?

—Yo, eh, no. Entonces lo pasamos muy bien juntos. Eso es bueno —trató de sonreír—. ¿No es cierto?

Él la miró con ojos enigmáticos.

—¿Qué te pareció a ti lo de anoche?

—Me pareció…

Gabrielle sintió unas ganas tremendas de serle totalmente sincera.

—Me pareció que, si te daba más de mí, no me quedaría nada para mí —le taladró con una mirada—. ¿Te sirve de algo saberlo?

—No —dijo él. Inclinándose por encima de la mesa, capturó sus labios con un beso—. ¿Qué planes tienes para hoy?

—Voy a visitar unas bodegas de una finca, y después tengo una reunión con un distribuidor de Epernay que está lo bastante interesado en los tintos de Angels Landing como para dedicarme veinte preciados minutos de su escaso tiempo. Es una oportunidad de oro, por cierto. Y después me voy a reunir con el agente inmobiliario que lleva la venta de la finca de los Hammerschmidt. Quiero que me dé información acerca del suelo, el agua, la historia de la propiedad… Además, quiero sondearla un poco para averiguar si la casa está sujeta a alguna restricción en cuanto a reformas y restauración.

—¿Sabes que yo te podría dar toda esa información sobre la finca de los Hammerschmidt y ahorrarte una gran pérdida de tiempo?

—Sí, pero entonces el agente no sabría quién soy yo, y eso podría ser un gran inconveniente a la hora de pujar en la subasta —le susurró ella, dándole besos.

—¿Y quieres pujar por ella?

—Sí. Hará falta algo más para convencer a Rafe.

—Es una gran inversión, Gabrielle, y el lugar tiene un montón de inconvenientes.

—¿Vas a pujar tú por ella?

—Hasta cierto punto —dijo él, deslizando los labios por la curva de su mandíbula—. Una compra así tiene que ser un movimiento inteligente para la Casa Duvalier. Si el precio sube a más de veinte millones, lo dejo.

—¿Así de fácil?

—Sí —dijo él, mordisqueándola justo debajo de la oreja—. Así de fácil. Si tus cálculos salen mejor que los míos, y estás dispuesta a pagar más, es tuya. Sin rencores.

Gabrielle cerró los ojos, enredó las manos en su cabello. Trató de continuar la conversación sin quejas.

—No sé si podré subir mucho por encima de ese precio, según he calculado. Además, nosotros también tenemos que tener en cuenta el hecho de que en Australia veinte millones de dólares dan para mucho más terreno que aquí. Por lo menos ese es el argumento principal de Rafe.

—Pues es un buen argumento —apuntó Luc.

—Sabía que dirías eso —dijo. Estaba sentada sobre su regazo. Él estaba sentado en la silla.

Gabrielle sabía que le deseaba, más que nunca, igual que siempre.

—A menos que tengas en mente comprar la finca, dividirla y venderla por partes… Esa vieja propiedad es mucho más de lo que necesitas, Gabrielle. Mucho más lío del que necesitas.

Gabrielle sintió sus manos sobre los botones de la blusa. Ella también trataba de desabrocharle la camisa.

—Suenas exactamente como él, ¿sabes? —Gabrielle le miró con ojos de sospecha—. ¿Habéis estado hablando de nuevo por teléfono?

—No —Luc sacudió la cabeza y sus manos se detuvieron—. Me gusta mucho lo que habéis hecho tu hermano y tú con Angels Landing, Gabrielle. Y me gusta que queráis expandiros al mercado europeo. Pero, desde un punto de vista puramente profesional, hay otras formas de llegar al mismo resultado. Sería mucho más fácil si hicieras uso de las instalaciones de otro durante un tiempo antes de embarcarte en una compra como esa.

—Lo sé —dijo ella.

Era agradable poder hablar de ese tema con Luc, aunque fueran rivales y compitieran por la misma tierra.

—Supongo que me gustó mucho ese sitio. No tiene nada que ver con el negocio. Lo sé. Pero me sentí bien allí. Me sentí bien —puso las manos sobre el pecho de Luc y entonces se estremeció por dentro—. A ver si convences a Rafe.

—Si compraras la finca de los Hammerschmidt, ¿crees que Rafe querría volver y restaurarla?

—Rafe no va a volver —dijo Gabrielle—. No para vivir aquí. Rafe adora Australia. Allí se siente bien, aceptado. Harrison… —Gabrielle respiró hondo—. El padre de Rafe lo apoya mucho. Harrison tiene muchas tierras de pastos. No tiene vides, pero está encantado con los progresos de Rafe. Está muy interesado. Tiene un pie dentro del negocio. Rafe y él se llevan muy bien.

—¿Harrison querría venir a Hammerschmidt, para supervisar la restauración de la finca?

A Gabrielle no se le había ocurrido eso antes.

—Podría… pero él tiene sus propias fincas. En realidad, solo estoy yo. Yo he trabajado con Rafe durante siete años, Luc. ¿No crees que yo podría volver a poner en marcha esa vieja finca?

—¿Podrías?

—Sí. Con algo de ayuda, creo que podría. Aunque no creo que tan rápido como tú. Yo tendría que hacerlo por fases. Comprar el lugar nos saldría muy caro. No nos quedaría mucho dinero para la renovación.

—¿Tú vivirías en la casa?

—Me gustaría ocupar parte de ella, para empezar, poder vivir en ella. Y en cuanto al resto… No sé qué hacer.

—No eres la única —le dijo Luc—. Yo tampoco he pensado muy bien de qué me serviría la casa. A lo mejor… Simone… A lo mejor tenemos que pensar dónde viviría cada uno si alguno se casara.

Gabrielle se quedó quieta. De repente estaba en tensión, y él también.

—¿Es eso probable en un futuro cercano?

—No lo sé —murmuró él, mirándola a los ojos. Su mirada era intensa, pero su rostro se mostraba impasible—. ¿Lo es?

—¿Qué quieres decir?

Gabrielle no quería pensar en que Luc pudiera querer casarse con ella. No quería las responsabilidades que iban sujetas a ese puesto. Solo quería a Luc.

—¿Me estás preguntando si querría vivir aquí como tu esposa?

—¿Lo harías? —le preguntó él en un tono tranquilo—. ¿Te sentirías cómoda aquí, como mi esposa?

¿Con Josien como ama de llaves? ¿Bajo el escrutinio constante y despreciativo de la alta sociedad de la zona? La hija del ama de llaves…

—No —dijo Gabrielle sin dudarlo—. No, a menos que pudiera hacer unos cuantos cambios que no sé si puedo hacer. Puedo ser tu amante, Lucien. Pero no sería una buena esposa para ti.

—¿Y por qué no? ¿Porque no quieres serlo o porque a otros no les gustaría? —no parecía enfadado, sino solo interesado en saberlo.

—Es complicado.

—No tanto —contestó él—. Conoces la casa y conoces el negocio de los Duvalier.

—Sí, desde el punto de vista de un niño —le recordó ella—. La hija de una sirvienta.

—Empleada —apuntó Luc—. Josien es una empleada. Sí. Llegó a Caverness con dos niños a sus espaldas cuando su matrimonio con Harrison no funcionó. Sí. Asumió el puesto de ama de llaves, pero yo me pregunto si no hizo su papel con más esmero que nunca para darle en las narices a su príncipe. Ella sabe más del protocolo y la etiqueta que cualquiera de las princesas a las que conozco. Le han ofrecido muchísimos puestos como ama de llaves, más de los que puedo recordar. Ha tenido muchísimos pretendientes, pobres y ricos por igual, y con títulos. Tiene tres apartamentos, hasta donde yo sé, uno pequeño en el pueblo, y dos apartamentos de lujo en Epernay. Josien es una mujer independiente y adinerada, Gabrielle. Podría entrar en cualquier círculo social si lo quisiera. Así de fácil —añadió, chasqueando los dedos—. Y tú también.

—Pero… —Gabrielle sintió un profundo regocijo al ver lo que estaba implícito en el comentario de Luc—. ¿Por qué quiere quedarse entonces?

—Porque es lo que quiere —dijo Luc, encogiéndose de hombros—. Cuando ya no lo quiera, supongo que pasará página y seguirá adelante. Le he ofrecido un puesto en el departamento de ventas en las oficinas de París, Gabrielle. Se lo ofrecí anoche, con la ayuda de Simone. Ella pensaba, nosotros pensábamos, que estarías más cómoda si Josien no estuviera aquí.

—Oh —Gabrielle se tapó los ojos con la base de las manos y agradeció la oscuridad momentánea. El bombardeo de información era atronador, difícil de procesar para su cerebro—. ¿La has echado? ¿Por mí?

—No la he echado. La animé a considerar nuevas opciones para una mujer de su talento. Y, sí, lo hice por ti. Ella te hace daño, Gabrielle. Yo no lo toleraré. No en mi propia casa.

—Oh, Luc.

—Ya se lo advertí —dijo él—. Mírame, Gabrielle. Dime que no soy un tonto por pensar que estarías más cómoda aquí si Josien no estuviera.

Ella le puso las manos sobre los hombros y le miró a los ojos.

—No eres un tonto —le dijo—. Pero una parte de

mí no se siente a gusto con la idea de que hayas animado a Josien a que se vaya por mi causa. Una parte de mí piensa que todo esto se podría haber evitado si yo me hubiera mantenido alejada de Caverness y de ti. Podría haberme quedado donde estaba, sin problemas. Pero no sé si hubiera podido haber seguido lejos de ti.

—Quédate conmigo esta noche, de nuevo —murmuró él—. Ven cuando termines tu trabajo. Podemos salir a cenar juntos. Podemos ir a cualquier sitio que quieras. Pero… quédate conmigo.

—Eso puedo hacerlo —dijo ella.

Él le acarició la cabeza.

—Compláceme —le dijo él, rompiendo el beso.

—¿Y qué crees que estoy haciendo?

Volvió a besarla y un deseo irrefrenable la recorrió por dentro. ¿Nunca dejaría de sentir ese deseo loco por él?

—Haz el amor conmigo —susurró él y la besó con pasión.

Pasó otra semana más. Gabrielle trabajó muy duro para poner en marcha una red de distribución que pudiera funcionar con ese plan alocado de comprar los viñedos de los Hammerschmidt. Rafe tenía a Angels Landing, Luc tenía a Caverness, Simone tenía… Muchas cosas, aunque tampoco se le ocurría ninguna en particular. Incluso Josien tenía tres propiedades.

Ella, en cambio…

Necesitaba tener un lugar al que poder llamar hogar. No era Angels Landing, ni Caverness… Otro lugar… Un lugar que la llamara, un lugar que añorar en la distancia, un lugar para llenar de nuevos recuerdos… Necesitaba un lugar en donde una mujer pudiera asomarse a la ventana, sonreír y soñar; sobre todo soñar.

Hammerschmidt era ese lugar.

La subasta tendría lugar al día siguiente. Casi podía conseguir una puja superior a la de Luc. Todo lo que tenía que hacer era convencer a Rafe de que era una buena idea.

Pero a ella nunca le gustaba hacer llamadas de última hora para pedir algo. Y esa noche no tenía que hacer una, sino dos.

En Australia era media mañana, así que Rafe estaría trabajando. Parecía que estaba de buen humor. Estaba entre los barriles de vino, según le había dicho; algo que siempre le levantaba el ánimo.

—¿Te llegaron las últimas cifras que te mandé? —le preguntó ella.

—Las tengo.

—¿Has tenido tiempo de mirarlas?

—Sí.

—¿Y qué te parecen?

—Veo que tienes muchas ganas de pujar por la finca de los Hammerschmidt —le dijo su hermano en un tono seco—. Pero sigo pensando que no es necesario.

—Desde un punto de vista financiero, quizá no. Probablemente no. Sé que es arriesgado, Rafe, pero si lo conseguimos a un buen precio, sería una inversión interesante. Una buena sede de operaciones para nuestros negocios en Europa. Me gustaría pujar por ella.

—Creo que te has enamorado de ese lugar —le dijo Rafe.

—Sí.

—¿Sabes si hay alguien más interesado?

—Sé que Luc quiere pujar.

Se hizo un silencio, y después se oyó un suspiro pesado.

—Él tiene mucho más dinero para llevarse la finca, Gabrielle. Lo sabes.

—Lo sé. Hemos hablado de ello un poco. No hay rivalidad entre él y yo. Hemos visitado la finca juntos, y hemos hablado de lo que tenemos pensado hacer si nos la llevamos. Muchas de las ideas que te mandé sobre la restauración de la propiedad me las dio él.

—Recuérdame, por favor, por qué te está ayudando si tiene pensado pujar por la finca —dijo Rafe en un tono de pocos amigos.

—Porque quiere —contestó Gabrielle, a la defensiva—. Le gusta ver distintas posibilidades. Para él es como un desafío.

—¿Luc también restauraría la propiedad en distintas fases?

—No. Él lo haría todo de golpe.

—Gabrielle… —Rafe hizo una pausa, como si no supiera muy bien lo que quería preguntar—. ¿Cuánto tiempo has estado pasando con Luc últimamente?

—Un poquito —Gabrielle hizo una mueca y cerró los ojos. Nunca se le había dado muy bien mentir—. Mucho.

—¿Te acuestas con él?

—Sí, pero no dormimos mucho precisamente.

Se hizo otro silencio y después se oyó otro suspiro.

—Entonces te estás acostando con él, tienes pensado pujar por una propiedad que queréis los dos, ¿y tienes pensado seguir acostándote con él después de eso?

—Sí —dijo ella—. ¿Qué tiene de malo?

Rafe resopló.

—Nada, supongo. Estás jugando con fuego, Gabrielle —añadió con una voz de preocupación.

—Lo sé —le dijo ella con una voz tímida—. Luc me ha dicho cuál será su puja máxima —respiró hondo se armó de valor y se la dijo a su hermano—. Veinte millones. ¿Podemos permitirnos pagar más de veinte millones?

Otro silencio.

Gabrielle se imaginó a su hermano andando de un lado a otro, con los ojos encendidos y una cara de preocupación.

—Se lo consulté todo a Harrison cuando me mandaste tu proyecto —no parecía muy feliz. Más bien parecía resignado—. Podemos permitirnos los veinte millones, pero muy justos. Pondríamos en peligro Angels Landing, y habría que involucrar a Harrison. Quiero que me llames cuando empiece la puja.

—Estarás dormido.

—Confía en mí —le dijo Rafe en un tono serio—. Me despertaré para esto. Quiero que me prometas que cuando te diga que pares, pararás.

—Lo prometo.

—No importa quién esté pujando en ese momento. No importa lo cerca que creas que estás de ese límite.

—Entendido.

—Por mucho que quieras esa finca.

—Lo prometo —repitió Gabrielle—. Te doy mi palabra, Rafe. Te prometo que dejaré de pujar en cuanto tú me lo digas.

—Muy bien —dijo él—. Tú me das tu palabra y yo te doy la mía. Vamos a ver si esto nos sale bien.

La siguiente llamada de Gabrielle fue para Lucien. Él se había ido a las oficinas de París ese día. Parecía cansado y algo ansioso. No sabía si ya había llegado a casa, pero no la había llamado, ni tampoco se había pasado a verla.

—Estoy en mi despacho, en Caverness. Y tu madre y Hans están conmigo.

—¿Has puesto el altavoz?

—No.

—Entonces si empiezo a decirte cosas picantes…

—Definitivamente acabarías arrepintiéndote de ello.

—¿Vas a venir luego? —le preguntó.

—Será muy tarde —contestó él—. Tengo cosas que acabar antes.

—No me importa que vengas más tarde.

—Siempre podrías venir tú —le sugirió él tranquilamente.

—Yo… Prefiero que no. No esta noche.

Una vocecita le gritaba desde un rincón de su mente, llamándola cobarde.

—Entonces nos vemos en tu casa —dijo Luc, como si no importara.

Era la misma conversación que tenían cada noche, aunque no fueran las mismas palabras.

—Tu madre tiene una noticia que darte.

—¿Y me va a gustar?

—Espera, te la pongo.

—¡No, Luc!

Demasiado tarde.

—¿Hola?

—*Bonjour*, Gabrielle.

—*Maman* —dijo Gabrielle con sumo cuidado y entonces esperó.

—Luc me ha dicho que tienes pensado quedarte por aquí.

—Oh.

—Y también me ha hablado de los planes que tienes para la vieja finca de los Hammerschmidt.

—Oh.

—Solo quería desearte suerte —dijo Josien, como si lo sintiera de verdad—. Solo quería decirte que Hans ha aceptado un puesto permanente con una viuda anciana en el sur de Francia. Es muy mayor y necesita mucha ayuda —hubo una larga pausa—. También necesita un ama de llaves. A lo mejor el puesto ya está cubierto para cuando yo me reincorpore al trabajo, o a lo mejor no estaré interesada en buscar otro puesto de ama de llaves… No sé cuáles van a ser mis planes todavía, pero Hans me ha invitado a irme con él y he aceptado.

—Oh.

Gabrielle no sabía muy bien qué decir.

—Te deseo toda la felicidad del mundo —dijo finalmente—. Decidas lo que decidas.

—Yo… Gracias —dijo Josien tranquilamente—. Me gustaría, si no te importa… Me gustaría verte mañana por la mañana antes de la subasta. Ayer me fui de la mansión y ahora estoy viviendo en mi apartamento. ¿Podrías ir a verme allí? A la hora de desayunar, o a media mañana… ¿A las diez?

Intentando ahuyentar todos los miedos que la atenazaban, Gabrielle aceptó.

Luc fue a verla al anochecer. Parecía agotado y un poco desaliñado. Pero sus ojos se iluminaron en cuanto vio la cena que ella le había preparado. Se la comió en un santiamén y entonces le hizo el amor, lentamente, llevándola al orgasmo antes de rendirse al suyo propio. Las dos semanas que habían pasado durmiendo juntos todas las noches les habían servido para saborear mejor cada encuentro sexual. Atrás quedaba la urgencia de los primeros días y era sustituida por una pasión y una sensualidad arrebatadoras. Luc sabía cómo hacerla añorarle, suplicarle, pedirle más…

La abrazaba y la besaba como si jamás fuera a dejarla ir, aunque el mundo se desplomara a su alrededor.

—Luc, ¿puedo hacerte una pregunta? —le preguntó ella, apoyándose en el codo y dejándose envolver por la belleza del hombre que yacía a su lado.

—Claro —le dijo él, sonriendo con ojos adormilados.

—¿Por qué tienes siempre tanto cuidado cuando me haces el amor?

Esa no era la clase de pregunta que esperaba él. De repente el sueño le abandonó. No era la clase de pregunta que quería contestar.

—¿Preferirías que no lo fuera?

—A lo mejor —le dijo ella—. A lo mejor solo quiero saber por qué te niegas a dejarte llevar por la pasión cuando estás conmigo. Me preocupa que pienses que yo no sería capaz de lidiar con lo que se esconde debajo de esa fachada de hierro. Y creo que moriría de placer si alguna vez te dejaras llevar por el desenfreno mientras me haces el amor. Lo que quiero decir es que… Lo que digo es que… No tienes que cohibirte por mí.

Gabrielle sintió que él se ponía tenso. Todavía tenía el brazo sobre sus hombros, pero se había alejado de repente.

—Tú tampoco tienes que cohibirte, Gabrielle —le dijo él.

—¡Y no lo hago! —exclamó ella—. Te doy todo lo que tengo.

—A lo mejor en esto sí —dijo él con reticencia—. A lo mejor sí me lo das todo cuando hacemos el amor, pero no me lo das todo en muchas otras facetas.

—¡Dime una!

—No quieres aceptar mi oferta de ayuda con los vinos —le dijo con seriedad—. Te niegas a aceptar mi ayuda, la ayuda de la Casa Duvalier, aunque te sería muy beneficiosa.

—Por Rafe —dijo ella, airada—. Sé que debería aceptar, que es lo más sensato, pero en el fondo sé que Rafe no quiere. También es su negocio, Lucien. Y no pienso ir contra él en esto.

—Pero seguirás insistiéndole en que te ayude para comprar la finca que él no quiere comprar, en un lugar al que nunca tiene pensado volver, ¿no? ¿Cómo ves eso? ¿Cómo de beneficioso será eso para el negocio que habéis construido juntos? —Luc la miró a los ojos—. ¿Por qué no nos hemos sentado a la mesa a discutir una puja conjunta por la finca de los Hammerschmidt, Gabrielle? ¿Le has planteado eso a Rafe como una posibilidad? ¿Has contemplado la posibilidad de mantener a Rafe al margen de esta compra y meterme a mí? No. No quieres pasar de la línea de los negocios que hay entre nosotros. No tiene nada que ver con Rafe. Eres tú quien no quiere.

—¡Y tú tampoco! —gritó ella—. Tú mismo lo has dicho. Nunca mezcles el placer con los negocios. Lo dijiste tú mismo.

—Y desde entonces he tenido tiempo para pensármelo mejor. Sí que quiero mezclar el placer con los negocios, Gabrielle. Te quiero en mi vida, pero ya sé lo que me vas a decir a eso. No, Luc. No puedo vivir en Caverness. No, Luc. No voy a considerar la posibilidad de hacer negocios contigo. No, Luc, no quiero casarme contigo. No lo quieres todo de mí, Gabrielle. Es tan sencillo como eso. Solo quieres de mí lo que te conviene más —se apartó de ella y se sentó en el borde de la cama, dándole la espalda—. Y después vienes y te preguntas por qué yo me guardo esa pequeña parte de mí.

—No —susurró ella—. No. No es así.

—Entonces cásate conmigo —le dijo él de repente, sin darse la vuelta—. Compra la finca de los Hammerschmidt conmigo mañana. Comprométete conmigo. Con todo lo que soy.

—Es demasiado pronto —protestó ella.

—No para mí —le dijo él y empezó a recoger su ropa—. Me voy a casa. Necesito acostarme pronto.

—¡Luc!

Gabrielle se incorporó como pudo y agarró la sábana para cubrirse.

—Luc, por favor…

Él se volvió, la miró un momento… El dolor que había en sus ojos la desarmó por completo.

—Quédate. Podemos arreglarlo. Podemos llegar a algún tipo de compromiso, a una forma de hacer negocios juntos. Algo se puede hacer.

Él sacudió la cabeza.

—No puedo. Contigo no me valen las medias tintas, Gabrielle. No puedo ser civilizado y razonable cuando estás cerca. O es todo o nada. Siempre ha sido así.

Agarró el picaporte. Su sonrisa era agridulce.

—Ya hablamos antes de lo que haríamos si esta aventura se nos fuera de las manos… Bueno, se nos ha ido de las manos, Gabrielle. De hecho, nunca ha estado en nuestras manos, por lo menos no para mí. Ahora es cuando tienes que echar a correr.

Capítulo 9

PERO Gabrielle no echó a correr. Pasó casi toda la noche en vela, dando vueltas y atormentándose, y a la mañana siguiente se levantó muy tarde. Se dio la vuelta y miró al techo, preguntándose si era tan necesario levantarse ese día de la cama. Si le daba la espalda a la mañana, a lo mejor conseguía fingir que nada había ocurrido la noche anterior. Podía volver a cerrar los ojos y acurrucarse entre las sábanas con el aroma de Luc a su alrededor, fingiendo que todavía seguía allí, y que en cualquier momento se despertaría para hacerle el amor, tal y como había hecho todos los días de esa semana.

Pero él no estaba allí.

Cerró los ojos. Su mente estaba llena de imágenes confusas y palabras suplicantes. Casarse con Luc. No casarse con él. Comprar la finca de los Hammerschmidt. Arriesgar el negocio. No comprar la finca. Aceptar la oferta de Luc y comprar la finca juntos. Restaurarla juntos. Vivir en ella juntos. La lista de alternativas era interminable. Hacer el amor. Hacer la guerra. Hacerle ver a Luc que pedirle un poco de tiempo no era negarse rotundamente a lo que él le ofrecía. Ir a Caverness esa mañana. Llevarse la maleta consigo. Buscarle. Llamarle. Simplemente, cerrar los ojos, esperar o mejor y amarle, sobre todo amarle.

Decirle que le amaba.

Miró hacia el reloj de la mesita de noche y gimió. Eran más de las nueve. ¿No tendría que haber estado haciendo otra cosa esa mañana, algo más que obsesionarse con su relación con Luc?

Josien…

Había prometido ir a casa de su madre.

«Levántate…», le dijo esa vocecilla desde un rincón de su cabeza.

«Levántate y ve a verla. ¿O es que eres demasiado cobarde para eso también?».

—Sí —dijo Gabrielle en alto.

Se sentía frágil, débil, y demasiado cobarde para enfrentarse a Josien.

«A lo mejor podrías hablar con ella. Cuéntale lo de Luc. Pídele consejo…», dijo la vocecilla.

—No.

¿Cómo iba a pedirle consejo a su madre sobre esas cosas? ¿Cuándo había hecho algo así? ¿Cuándo le había dado Josien algún consejo que mereciera la pena seguir? Nunca. Era mucho mejor hablar con Simone si necesitaba algo de consejo. Su amiga entendería todos sus miedos, todos los cabos sueltos que no sabía cómo atar. Simone sabía muy bien lo que era verse abocada a dar un paso que no tenía vuelta atrás. Simone sabía lo que era negarse a dar el paso que podía haberle cambiado la vida.

Pero ella no se había negado. ¿O sí lo había hecho?

Atormentada, Gabrielle suspiró y tiró a un lado la sábana.

Tenía que darse una buena ducha, vestirse, tomarse un café a toda prisa y decidir si iba a ir a la subasta o no, por no hablar del tema de ir a visitar a su madre.

Tenía que correr...

Gabrielle llamó a la puerta del apartamento. Eran las diez y cuarto. Josien le abrió la puerta con un gesto tranquilo y casi mayestático. Caminaron hacia la cocina en silencio. Gabrielle tampoco tenía nada que decir. No sabía por qué quería verla su madre y tampoco le importaba mucho. A menos que hubiera decidido decirle a su hermano Rafe que era el hijo de un príncipe desconocido. Si era eso, entonces Gabrielle estaba muy interesada.

Hans estaba preparando café en la cocina cuando entraron. Gabrielle se lo tomó con calma. Le dijo cómo tomaba el café cuando él se lo preguntó y dejó que la acomodaran frente a la pequeña mesa de madera de la cocina. Hans tenía cruasanes, una selección de distintas mermeladas y pasteles recién hechos.

—Josien fue a buscarlos al pueblo esta mañana —le dijo Hans, lanzándole una mirada conspiratoria—. Tenía que mantenerse ocupada mientras esperaba por ti. Necesitaba algo que hacer para no preocuparse mucho. Siéntate —le dijo a Josien—. Ya está aquí.

Habla con ella. Dile todas esas cosas que me dijiste a mí.

Josien se sentó. Pero no parecía saber por dónde empezar.

—¿Cuándo te marchas? —le preguntó Gabrielle a Hans para llenar ese silencio tan incómodo.

—La semana próxima —dijo Hans, mirando de reojo a Josien—. Nos han ofrecido la casa del portero, que está a la entrada de la finca. Necesita algunos arreglos. Bastantes. Pero tengo fe en que será un hogar bastante confortable cuando Josien y yo terminemos con ella.

—Suena muy bien —Gabrielle sonrió.

Hans parecía ser otro de esos hombres que necesitaban desafíos.

Y tenía uno muy grande en las manos con su madre.

Gabrielle le miró a los ojos; esos ojos grandes, expresivos, llenos de compasión… Él ya sabía en dónde se había metido.

Era increíble que Josien hubiera escogido a un hombre tal dulce como él, un hombre que se preocupaba, completamente opuesto a ella. A lo mejor él podía ablandarla un poco. A lo mejor él tenía éxito dónde nadie más había triunfado. O por lo menos, eso esperaba Gabrielle.

—Un nuevo comienzo —dijo.

Recordó el miedo que había tenido al dejar Caverness, y los beneficios inesperados que había sacado de aquel viaje sin retorno al confín del mundo.

—Te lo recomiendo.

Josien se volvió y empezó a revolver unos papeles.

—Estoy pensando en liquidar algunos de mis activos —dijo con voz nerviosa—. La familia Duvalier ha sido muy buena conmigo a lo largo de los años. Tengo unos ahorros.

Gabrielle sonrió con educación.

—Parece que lo tienes todo bien pensado.

Algunas personas eran así, pero ella no. Por lo menos no ese día.

Josien miró a Hans, respiró hondo y volvió a hablar.

—No sé cuánto dinero necesitarás para comprar la finca de los Hammerschmidt, pero aquí hay dinero, si lo necesitas. Un millón y medio de euros. Si te sirve de algo.

Gabrielle parpadeó varias veces y dejó la taza sobre la mesa con un pequeño estruendo.

—Yo sé lo que es querer ponerse al mismo nivel que un hombre con mucho dinero. Hacer ver que vales lo mismo…

—Oh, *maman.*

Todas las críticas despiadadas que Josien le había regalado a lo largo de los años emergieron de entre los recuerdos en ese instante. Gabrielle los ahuyentó uno a uno hasta que solo quedó la verdad más obvia.

—No lo entiendes, ¿verdad? No tengo que demostrarle lo que valgo a Luc de esa manera. A él no le importa mi riqueza o mi falta de ella. Nunca ha sido así. Él solo me ve a mí —miró a su madre fijamente—. Así debería ser el amor. ¿No?

—Yo pensaba… —Josien no pudo seguir—. Yo pensaba que así te sería de ayuda.

—Lo sé —murmuró Gabrielle, casi a punto de llorar—. Lo siento mucho, *maman.* Tú y yo… Nunca nos entendemos bien. Nunca me he creído lo bastante buena para ti. Tú nunca me ves realmente como soy. Solo ves lo que otras personas piensan de mí. Quiero esa finca para mí, *maman*. No para impresionar a Luc. No es porque quiera construir un imperio. Solo quiero quedarme aquí, trabajar duro, amar a Luc, y ser yo misma. Eso es todo lo que intento hacer.

—Ahí está el dinero, de todas formas —dijo su madre—. Si lo necesitas.

Gabrielle sonrió y parpadeó varias veces para llevarse las lágrimas.

—Gracias —le dijo, sacudiendo la cabeza.

Capítulo 10

EN la mañana de la subasta, Lucien se despertó con los nervios tensos como cuerdas y el mal humor en pleno apogeo. No sabía muy bien qué había salido mal con Gabrielle la noche anterior, pero ella había terminado acusándole de no darle suficiente, y él había salido por la puerta sin más. Habían tenido una acalorada discusión, él le había dado un ultimátum, algo que nunca debería haber hecho. Ese era el problema de un ultimátum. Lo daba todo.

O lo quitaba.

Simone no estaba en la cocina. Luc puso en marcha la cafetera.

Pronto tendría que poner un anuncio para buscar un ama de llaves; alguien del pueblo que fuera cada día a la mansión. Dos personas, quizá… Dos empleadas que se pudieran repartir las tareas y buscar a alguien que les echara una mano extra en caso de necesitarla. Simone solía quejarse de lo difícil que era darle mantenimiento a un castillo como Caverness. Había que calentarlo en invierno, airearlo en el verano, quitar humedades… A pesar de su elegancia y majestuosidad, Caverness necesitaba mucho personal, gente que hiciera su trabajo con cariño y esmero. Gabrielle lo sabía muy bien. Y tenía razón cuando decía que estaba cansada de ello. ¿Quién vivía en un castillo en el siglo XXI? A lo mejor, si Simone estaba de acuerdo, podrían convertir la mansión en su centro de operaciones, centralizar la gestión de Casa Duvalier, abrir una parte al público, dejar un ala completa para la familia, e irse a vivir a otra parte.

Un lugar donde ese bagaje ancestral de opulencia y abolengo no pesara sobre sus cabezas como un lastre, un lugar donde una mujer no se sintiera incómoda bajo la responsabilidad de una fortuna centenaria.

Luc sonrió con tristeza. Por fin aparecía una buena razón para comprar la finca de los Hammerschmidt. Gabrielle y él podrían haber hecho de ella un hogar maravilloso. Seguía siendo un poco grande… Requeriría mucho mantenimiento, pero fácilmente podría haber llegado a ser un refugio confortable. Hubiera sido algo de los dos, no de él solamente. Podrían haber dejado su huella en esa tierra.

Pero la idea tampoco le había gustado mucho a Gabrielle.

Era el día de la subasta. Le había dicho a Simone que la vería allí.

Era el último sitio en el que quería estar.

Había lanzado su puja la noche anterior. La puja por el corazón de Gabrielle.

Y había perdido.

Gabrielle llegaba tarde. Había vuelto a su apartamento alquilado antes de dirigirse a la subasta y se había entretenido demasiado. Se había puesto a limpiar mesas que relucían como el oro, Se había cambiado de ropa innecesariamente… Cualquier excusa era buena para evitar el problema fundamental: qué hacer con Luc. Gabrielle creía en lo que le había dicho a su madre. A Luc no le importaba en absoluto su estatus social. Él se preocupaba por ella de verdad; lo bastante como para ofrecerle todo lo que tenía y así ayudarla a establecerse en la zona, lo bastante como para convertirla en su amante, lo bastante como para querer casarse con ella.

Bastante.

No había plazas de aparcamiento delante del elegante hotel de Epernay donde se iba a celebrar la subasta. Gabrielle por fin encontró un lugar a dos calles del lugar, y de repente se dio cuenta de que llegaba tarde, muy tarde. Un asistente del subastador la recibió en la puerta. Rápidamente la registró y le asignó un número. La informó acerca del depósito obligatorio, en caso de que la puja resultara ser la ganadora. Gabrielle asintió obedientemente y miró a su alrededor, buscando el rostro que deseaba ver por encima de todos los demás.

Pero no le veía.

Había ido directamente a la mansión de los Duvalier después de visitar a su madre. Luc tampoco estaba allí… aunque tampoco sabía qué iba a decirle si le encontraba… Todo dependería de lo que viera en sus ojos…Todo dependería de lo que viera en su mirada…

Miró hacia la multitud de nuevo. Vio a Simone y se dirigió hacia ella. ¿Dónde estaba él?

Luc entró en la sala de la subasta un momento antes de que comenzara. Le hizo una seña rápida al asistente. Este corrió a atenderle y le señaló dónde estaba Simone. Tercera fila, empezando por delante. Había una silla vacía a cada lado de ella. Había pensado que quizá encontraría a Gabrielle sentada a su lado, pero no estaba allí.

De pronto la vio en un extremo de la sala, de espaldas a la multitud, mirando por la ventana. Su perfil parecía triste. Se abrazaba el torso con los brazos.

—¿Dónde has estado? —le preguntó Simone al tiempo que él se sentaba a su lado—. Los subastadores llevan diez minutos esperándote. Casi empezaron sin ti. Y yo casi empecé sin ti. Gabrielle también te ha estado buscando. Quería hablar contigo antes de la subasta, pero entonces fue hacia la ventana, para ver si recibía mejor cobertura para el móvil allí. Bueno, o eso, o no quería herir mis sentimientos —añadió Simone. Su tono ligero no casaba con su mirada ensombrecida—. Creo que está llamando a Rafe ahora mismo. Y ha pasado los últimos diez minutos tratando de llamarte.

Luc había olvidado cargar la batería de su teléfono móvil la noche anterior. Esa era solo una de las cosas que debería haber hecho de forma diferente.

—¿Te dijo de qué quería hablar conmigo?

—No —dijo Simone, acomodándose en su silla al

tiempo que el subastador empezaba su perorata—. Demasiado tarde, hermanito. Tendrás que hablar con ella luego. Parece que hemos empezado.

Gabrielle se volvió, sobresaltada. El subastador se aclaró la garganta y empezó a hablar con una voz penetrante, típica de su gremio profesional. Hablaba muy rápido, tratando de darle urgencia al asunto, animando a pujar temerariamente. Ella no estaba en una sala de subastas abarrotada y claustrofóbica. Estaba muy lejos, a kilómetros de distancia, adormilada y acurrucada en los brazos de Luc, reviviendo la escena de amor de la noche anterior, reescribiéndola… Omitiendo todo aquello que no debería haber dicho…

Era hora de llamar a Rafe. Lo hizo a toda prisa, mirando a su alrededor. Luc había llegado, por fin, y se había sentado junto a Simone. Con los ojos más oscuros que nunca, parecía irradiar tensión, como si se le estuviera acabando la paciencia con el mundo en general, y con ella en particular. La miró con un interrogante en los ojos y el corazón de Gabrielle empezó a latir sin ton ni son.

No la estaba ignorando. No la había fulminado con una mirada devastadora. No sonreía, pero el camino no estaba del todo cerrado. Al menos él le había dado eso y tenía que ser suficiente. Rafe contestó al teléfono y Gabrielle habló deprisa.

—Soy yo. Estoy en la subasta.

—¿Cuál ha sido tu última puja? —le preguntó él. Su voz sonaba calma, un ancla enterrada en el lecho de un mar tempestuoso.

—Están describiendo la finca. Ahora mismo estoy mirando unas diapositivas. ¿Rafe? —dijo en un tono inseguro, sabiendo que no era el momento de decir lo que tenía que decir—. Me pidió que me casara con él.

Rafe masculló un juramento en francés.

—¿Y?

—El subastador acaba de pedir que empiecen la puja en dieciocho millones.

—Entonces deja que otra persona abra la puja. Dime lo que le dijiste a Luc.

—Le dije que necesitaba más tiempo. Luc me dijo que él no. Se ofreció a comprar la finca de los Hammerschmidt a medias conmigo.

Rafe masculló otro juramento. Gabrielle se apartó el teléfono de la oreja y esperó a que parara.

—¿Tú le dijiste que sí?

—No. La primera puja es de dieciséis millones.

—¿Ha sido Luc?

—No.

—¿Qué quieres hacer, Gabrielle?

—Llorar —dijo ella con un hilo de aliento.

—Esa no es una opción, cariño —dijo Rafe—. ¿Cuál es la última puja?

—Dieciocho.

—¿Luc?

—No.

La puja continuó, ralentizándose hasta llegar a incrementos de dos cientos mil. El subastador habló de nuevo. Gabrielle repitió sus palabras.

—Diecinueve y sigue.

—Si la quieres —dijo Rafe—. Te sugiera que pujes.

Gabrielle asintió.

—Diecinueve dos cientos —dijo por el teléfono.

—¿De quién ha sido esa puja?

—Mía.

—Querrás decir, nuestra —apuntó Rafe.

—No sé qué quiero decir —murmuró ella, al borde de las lágrimas—. Diecinueve seiscientos.

—¿De quién ha sido ésa?

Gabrielle se encontró con la mirada de Luc.

—Mía.

—Lucien, ¿qué estás haciendo? —preguntó Simone.

—Nada.

—Sí, de eso me he dado cuenta —le dijo, haciendo acopio de toda su paciencia—. ¿No se supone que tienes que pujar?

—Sí.

Pero no podía hacerlo contra Gabrielle. No podía. Si ella quería esa vieja finca, no podía interponerse en su camino.

—Le pedí que se casara conmigo.

—¿En serio? —Simone dejó de fingir que no estaba interesada en lo que estaba ocurriendo—. Muy rápido. Sé que ya tenéis una historia detrás, pero... Demasiado rápido.

—La quiero.

—Sí. De eso me he dado cuenta —le dijo ella, con sequedad.

—Le pedí que considerara la posibilidad de comprar este lugar a medias.

—Buena idea —dijo Simone. No quiso recordarle

que ella había sido la primera persona que se lo había sugerido.

—Me dijo que no —dijo él con tristeza—. A las dos cosas.

—Ah —dijo Simone con delicadeza—. A lo mejor la agobiaste un poco. A lo mejor era de eso de lo que quería hablarte. A lo mejor ha tenido tiempo de pensarse bien tus propuestas y ha cambiado de idea. Las mujeres cambian de opinión muy a menudo cuando se trata de estas cosas, ¿sabes? —miró a Gabrielle con disimulo—. No me puedo creer que no me haya dicho nada.

—Ya tendrás tiempo de fulminarla con la mirada luego —dijo Luc—. Pero no la distraigas mientras está pujando.

—¿Qué? ¿Yo, fulminarla con la mirada? ¡Mírate tú! Parece que estás a punto de estrangular a alguien. Sonríele, por Dios. No. No como si quisieras comértela. Por favor, Luc, ¿dónde están tus buenas maneras? Demuéstrame un poco de autocontrol.

—Gabrielle piensa que tengo mucho autocontrol —le dijo a su hermana—. Pero creo que preferiría que lo perdiera más a menudo.

—Una chica valiente —le dijo Simone—. Un movimiento peligroso. Se lo advertí, pero nunca me escucha. Nunca lo ha hecho, cuando se trata de ti —Simone le lanzó una mirada curiosa—. ¿Están pensando en darle lo que quiere?

—Sí.

Simone se recostó contra el respaldo de su silla y sonrió. Cruzó las piernas y empezó a mover una sandalia en el aire.

—Es increíble ver cuánto puede llegar a pujar la gente por conseguir algo que quieren desesperadamente —dijo con entusiasmo—. Dios, me encantan las subastas.

—Hay un nuevo postor —dijo Gabrielle por el teléfono—. Una mujer.

Gabrielle asintió al tiempo que el subastador la miraba con un interrogante en los ojos. Asintió una segunda vez y esperó.

—Veinte millones —dijo, sintiéndose un poco débil—. No son nuestros.

—¿Qué hace Luc? —le preguntó Rafe.

—Me observa.

—Contéstame «sí» o «no» a la siguiente pregunta. ¿Serías feliz en Hammerschmidt sin Luc?

—No.

—Deja de pujar —le dijo Rafe.

—Creo que Gabrielle ha llegado a su límite —dijo Simone, incorporándose un poco y perdiendo la sonrisa.

Luc también lo creía. Gabrielle hablaba a toda velocidad por el teléfono, con el ceño fruncido. Ya le había dicho que no al subastador con la cabeza, pero este estaba empeñado en darle algo más de tiempo.

Gabrielle sacudió la cabeza de nuevo. Otra vez era que no. La mujer que pujaba en contra empezó a poner cara de victoria. Pero la alegría no le duraría mucho.

—Hay un nuevo postor —anunció el subastador—. El caballero de atrás. Gracias, caballero. Su puja es de veinte millones y dos cientos mil.

Simone se giró para ver quién estaba pujando. Luc también.

—¿No es el viejo amigo de papá, del colegio? —preguntó Simone.

—Sí. La única diferencia es que ya no es un príncipe, sino un rey.

—No sabía que le interesaban los viñedos.

—Bueno… —dijo Luc con un gesto serio.

¿Qué estaba haciendo allí Su Majestad Etienne de Morsay? ¿Por qué en ese momento? Aquello no era una coincidencia, ni un cuento de hadas. Etienne no estaba allí para redimirse. Estaba allí porque no quería que Rafael metiera un pie en Europa. ¿Qué otra razón podía llevarle a pujar por la finca de los Hammerschmidt?

—Hay otro postor —dijo Gabrielle por el teléfono, mirando al hombre que estaba al fondo de la estancia y tratando de recordarle. Sabía que le había visto antes.

Corpulento, de espaldas anchas, muy bien vestido… Aquel hombre tenía el porte inconfundible de la realeza, de una estirpe de abolengo.

—Me suena mucho, pero no consigo recordarle.

De repente el hombre misterioso se volvió hacia ella y la miró directamente. Sus ojos eran de un azul intenso, como un cielo de verano.

Gabrielle lo supo de repente.

Si no hubiera estado recostada contra la ventana, se hubiera caído de bruces. Trató de recuperar el aliento e intentó darle sentido a todo aquello. ¿Por qué estaba pujando el padre de Rafe por la finca de los Hammerschmidt?

No podía ser una coincidencia.

El subastador anunció a otro postor.

Luc.

—Luc acaba de pujar contra él —susurró ella por el teléfono.

—¿Qué precio? —preguntó Rafe.

—Veintiuno.

El príncipe que tenía los ojos de Rafael volvió a pujar. Luc superó su puja. El príncipe pujó una vez más.

—Veinticuatro quinientos, ¿alguien da más? —preguntó el subastador.

—Dale a Luc mi enhorabuena —dijo Rafe.

—No ha pujado él.

—No, pero la última será la suya.

—¿Y qué te hace pensar que va a tener éxito?

Gabrielle hizo una mueca al ver que la subasta seguía subiendo de precio; un precio demasiado alto, desorbitado...

¿Qué estaba haciendo Luc? Ya había superado con creces su precio tope. Era una locura.

—Lo hace por ti —dijo Rafe por el teléfono. Su voz sonaba ligeramente divertida—. Siempre le has nublado el sentido. Creo que deberías considerar la posibilidad de casarte con él, cariño. Va a comprar ese lugar para ti.

—¿Eh, Luc?

La voz de Simone le llegó como si viniera de un lugar muy lejano.

—Respecto a nuestra puja tope...

—¿Qué pasa?

—Que ya la hemos pasado con creces.

Luc era consciente de ello.

—Gabrielle quiere esa finca —murmuró—. Y ese bastardo no va a tenerla.

—Oh, muy bien.

Simone volvió a recostarse en su silla con una sonrisa de satisfacción en los labios.

—Eso es otra cosa.

Capítulo 11

LUC observaba... Su cuerpo estaba muy tenso mientras esperaba a que todos los jugadores movieran ficha. El subastador y su equipo estaban despidiéndose de los asistentes...

De él ya se habían despedido, muy brevemente. Tenían que correr para que no se les escapara ningún postor en potencia para futuras subastas. Pero el subastador se pondría en contacto más tarde, cuando estuviera preparado. Jamás hubiera tenido dudas de la Casa Duvalier.

Simone se estaba codeando con los asistentes, aceptando sus felicitaciones y difundiendo información útil, diciendo todas las cosas que debería haber dicho Luc en su lugar.

Este, en cambio, tenía cosas más importantes de las que ocuparse.

Gabrielle seguía junto a la ventana. Parecía vacilante, preocupada. Terminó la llamada de teléfono y se guardó el móvil en el bolso. Sus ojos estaban puestos en Etienne, pero de repente se volvió hacia Luc. Echó a andar hacia él.

Luc esperó. La sangre palpitaba dentro de sus venas… Se sentía como un chiquillo al que acaban de pillar haciendo algo para impresionar a una chica.

O para protegerla…

—Enhorabuena —le dijo ella cuando llegó. Le tendió la mano y le dio un beso en la mejilla.

—Gabrielle…

—Relájate —le dijo ella, dándole un beso en la otra mejilla—. Solo vas a conseguir dos besos porque estamos en un lugar público. Y después te voy a echar la bronca por haber pagado tanto por esa estúpida finca.

Luc aguantó las ganas de agarrarla de la cintura y atraerla contra su cuerpo.

—No va a suponer ninguna diferencia. Te voy a seguir queriendo como si me hubieras besado por tercera vez —le dijo—. Probablemente mucho más.

—Bueno, algo que merece la pena recordar en el futuro —dio un paso atrás y se apartó de él con una sonrisa en los labios—. Tengo que hablar contigo.

Él también tenía que hablar con ella. Pero ese no era el lugar adecuado. Había demasiada gente observando. Una persona en particular…

—Luego.

—Ahora, Luc. No he traído la maleta y necesito un sitio donde quedarme —sus palabras sonaban urgentes, ansiosas—. Pensaba que podría quedarme contigo en Caverness.

—Te haré sitio en el armario —le dijo con sutileza—. Para la ropa.

Ella parecía seguir nerviosa, como si él no entendiera todavía lo que quería decir.

—Tengo mucha ropa.

—Y en Caverness hay un montón de armarios.

—Luc, tengo que hablar contigo —murmuró ella—. ¿Cuándo podremos?

—Tendré que quedarme aquí durante un ratito más.

—¿Una hora?

—Más. ¿Por qué no regresas con Simone y te instalas? Yo me ocuparé de todo aquí —miró a Etienne un instante—. Te veré allí.

—Es un castillo muy grande. Creo que deberíamos especificar lugar y hora.

—¿A las siete?

—A las siete. ¿Me visto para la cena?

—No. Come antes. La comida no puede ser una prioridad —le advirtió en un tono misterioso.

—¿Y dónde te veo? ¿O prefieres venir a recogerme? Como eres un francés moderno y liberal… —sonrió con malicia—. Puedes recogerme en el dormitorio.

—Te veré… —dijo Luc, acercándose y acariciándole la oreja con los labios—. A las siete detrás de Caverness. En las cuevas —añadió en un susurro.

Etienne iba hacia ellos.

—Vete. Sal de aquí.

—Lucien —dijo Etienne con un atisbo de sonrisa—. No ha sido precisamente una ganga.

—Pero ha resultado muy satisfactorio —dijo Luc, con cara de pocos amigos.

Etienne se encogió de hombros.

—Me divirtió mucho ver hasta dónde eras capaz de pujar. Pero si la propiedad me la hubiera llevado yo, probablemente hubiera tenido muchas cosas que explicar ante el fisco, y eso nunca es bueno. Se me ocurrió, al verte con la señorita, que tal vez habíamos pujado por el mismo motivo.

—Lo dudo mucho —dijo Luc.

Etienne se había vuelto hacia Gabrielle.

—Buena puja, *mademoiselle*. Sospecho que tiene mucho más sentido común que cualquiera de nosotros dos. Etienne de Morsay, a su servicio.

—Su Majestad, el rey Etienne de Morsay —añadió Luc con un gesto serio, casi malhumorado—. Un viejo amigo de mi padre.

Gabrielle guardó silencio. Luc tuvo ganas de interponerse entre ella y el viejo rey, pero tuvo que conformarse con tomarla de la mano. Ella le miró furtivamente y sonrió un instante. Levantó la barbilla y se volvió hacia Etienne de nuevo, sin soltar la mano de Luc.

—Nunca creí que llegaría a ver a una mujer más guapa que tu madre —dijo Etienne—. Pero acabo de verla.

—Nunca creí que llegaría a ver al clon mayor de mi hermano —dijo Gabrielle, con valentía—. Y espero no volver a verlo. ¿Qué quiere?

—Ya veo que también has heredado el encanto de tu madre.

—¡Deje a mi madre fuera de todo esto! —le espetó Gabrielle—. ¿Qué quiere?

—Un número de teléfono —le dijo Etienne—. Una dirección. Por mi hijo.

—Eso podría haberlo conseguido en cualquier momento a lo largo de estos treinta años. Para eso no me necesita.

—Pero sí que necesito que alguien me presente.

—Pues no seré yo.

—Igual que tu madre.

—Yo no soy como mi madre —dijo ella, entre dientes—. Y juro que le daré una bofetada a la próxima persona que vuelva a decir algo parecido. Mi madre se ha pasado toda la vida pensando que no vale nada para nadie, por su culpa. Se ha pasado la vida pensando que no es lo bastante buena, lo bastante refinada, lo bastante rica, lo bastante hermosa... Para usted. Pero a mí... A mí me da igual lo que piense. Sé lo que valgo. Y sé lo que vale usted —Gabrielle lo atravesó con ojos de hielo—. Rafael ya tiene un padre. Gracias. Uno al que quiere mucho, y que lo quiere mucho a él también. No le necesita.

—Pero yo sí lo necesito a él.

—Me da igual —dijo Gabrielle, dándole la espalda—. A las siete, esta tarde —le dijo a Luc—. Te veré luego —fulminó a Etienne con otra mirada y se alejó.

Luc esperó a que Gabrielle se hubiera marchado antes de volver su atención hacia Etienne. El rey era demasiado listo, demasiado astuto...

—Ella sabía quién era yo —dijo Etienne, pensativo—. ¿Se lo dijiste tú?

—No.

Eso no era del todo cierto, pero no quería hablar de Josien y de Simone con Etienne, ni en ese momento ni nunca.

—¿Me equivoco si pienso que Josien le habló de mí?

—No.

Etienne suspiró.

—No tiene por qué ser tan difícil, Lucien. No quiero hacer daño a nadie.

Lucien esperó, en silencio. Etienne volvió a suspirar.

—Y Rafael… ¿Todavía no sabe nada de mí?

Esa pregunta sí podía contestarla.

—Rafael piensa que Harrison Alexander es su padre biológico. Nadie le ha dicho lo contrario nunca.

Una negra sombra oscureció los ojos de Etienne. Apartó la vista. Luc siguió su mirada… Gabrielle había llegado a la puerta y estaba hablando con el subastador. Simone estaba con ella. El responsable de la subasta se sonrojaba y sonreía sin cesar. Una combinación peligrosa… Simone y Gabrielle… Gabrielle y Simone…

—Es tan parecida a su madre —dijo Etienne.

—No —dijo Luc, volviéndose hacia el rey—. No lo es.

—Todavía sigo pensando que tú y yo pujábamos por la misma razón. Querías comprar la finca para los hijos de Josien, ¿no? —sonrió con tristeza—. Yo también.

—¿Y por qué ahora? No te has molestado en todos estos años. Le has seguido la pista a tu hijo en la distancia. Te necesitaba cuando era un niño. Todos te necesitaban, pero tú no estabas. ¿Para qué aparecer ahora?

—Mi esposa murió el año pasado —le dijo con una sonrisa triste—. Nunca pudo darme hijos, aunque Dios sabe que lo intentó con todas sus fuerzas.

—Siento mucho su pérdida —dijo Luc con seriedad.

—Y yo —dijo Etienne—. Le fui fiel a la esposa

que habían escogido para mí durante treinta años, por muy fuerte que fuera la tentación. Era una buena mujer, una buena compañera, y llegué a amarla —Etienne le miró con esos ojos azules y Luc sintió que el recuerdo de Rafael lo atravesaba de lado a lado—. Me estoy muriendo, Lucien, y ya no puedo hacerle daño a mi esposa con mis desliences de juventud. No tengo herederos legítimos. Quiero reconocer a mi hijo. Quisiera que alguien me sucediera.

Luc sacudió la cabeza y reprimió una risotada amarga. De niño, Rafael había necesitado un padre desesperadamente. Y el hombre que tenía delante se lo había negado.

—Mi reino por un heredero.

—Lo único que quiero es poder hablar con él —añadió Etienne.

—No puedo ayudarte —dijo Luc, reprimiendo los sentimientos de pena que sentía de pronto por ese hombre, por el príncipe sujeto a obligaciones que una vez había sido, por el rey solitario en el que se había convertido—. No me corresponde a mí hacer las presentaciones. Ni tampoco a Gabrielle. Eso es cosa de Josien.

—Necesito tu ayuda —le dijo Gabrielle a Simone mientras arrastraban dos enormes maletas por la grava del patio hasta la puerta de la cocina.

—Pues vas a tenerla —le dijo Simone, tirando del bulto y acercándolo un poco más a la puerta—. ¿No te vuelve loca esta gravilla? Crunch, crunch, crunch, hierbajos por todos sitios. Creo que voy a pavimentar todo esto.

—El pavimento estaría bien. Así funcionarían las ruedas de las maletas. Necesito que me ayudes a elegir mi vestido de novia.

—¿Qué? —Simone soltó la maleta, se sacudió las manos y sonrió de oreja a oreja—. Simone, a su servicio. Bueno, me acabas de alegrar el día. Luc puede meter las maletas luego. Vámonos a París.

—No quiero un traje de novia de París. Quiero un traje de novia de última hora, como algo recién sacado de la maleta, que parezca mínimamente nupcial y virginal. Lo necesito esta noche.

Simone apoyó las manos en las caderas y sus ojos se llenaron de nubarrones.

—¿Te vas a casar con Luc esta noche?

—De momento no me voy a casar con él —murmuró Gabrielle, agarrando el tirador de la maleta que había soltado Simone—. Déjame decirlo de otra manera. Esta noche es una noche muy importante para mí. Una noche crucial. Puede que no sea una noche de bodas propiamente dicha, pero eso no significa que una mujer no pueda prepararse para ella como si lo fuera. Necesito un traje que un hombre vaya a recordar para siempre. Necesito que me recojan el pelo para que él me lo pueda soltar. Y también necesito una buena dosis de coraje.

—Bueno, deja de tomarme el pelo de esa manera —Simone recuperó la maleta que llevaba antes—. También necesitas una dama de honor. Pero lo primero es lo primero. ¿Adónde te va a llevar?

Las cuevas que estaban detrás de Caverness habían tenido distintos usos a lo largo de los años. Durante la guerra se habían usado para esconder a gente y darles refugio. Había tantos nombres grabados en las paredes... Los nombres de personas que habían trabajado allí, nombres de vinos... Gabrielle había grabado su propio nombre en aquellas paredes de piedra cuando era niña. Si miraba en un rincón en concreto, sabía que encontraría su propio nombre allí, escrito con la letra de un niño, grabado con sumo cuidado. Era un recuerdo de haber pasado por allí, muchos años antes, un recuerdo de lo que había pasado entre Luc y ella todos esos años atrás.

Se abrió camino por el estrecho corredor, iluminado de vez en cuando por alguna vela. Conocía muy bien el camino. Sabía muy bien dónde estaría Luc; la diminuta gruta donde habían empezado a recorrer el camino en el que llevaban tantos años... En las paredes había estanterías con vinos muy añejos, y cientos de velitas diminutas acurrucadas en repisas naturales. La pequeña estancia, con su puerta de hierro forjado y la vieja mesa de madera en un rincón, transportaba al visitante a otro lugar, a otro tiempo.

Gabrielle llevaba un vestido de lino color marfil con tirantes anchos y botones por todo el frente con zapatos a juego. En el pelo llevaba un recogido sencillo. El aire fresco se dividía a su paso, acariciándole la piel a medida que se acercaba al lugar donde había empezado todo. No se trataba de seducción, ni de sexo, aunque ambos deseos rugían en su interior como el incendio más feroz. Se trataba de terminar lo que había empezado, cerrar el círculo. La luz de las velas la condujo a través de la última sección de la pequeña gruta y ella se dejó llevar, tal y como había hecho todos esos años antes.

Él la estaba esperando. Su ropa era oscura, pero no tanto como sus ojos o su cabello. Se quedó quieto en cuanto la vio aparecer. Todos los músculos de su cuerpo se tensaron. ¿Qué sorpresas le deparaba su amante para aquella noche? ¿Qué le daría? ¿Qué daría ella para estar con el hombre que tenía delante?

Fue hacia él y se detuvo cuando sus sombras se fundieron en una. Para tocarle solo tenía que avanzar unos centímetros.

—Siempre tan silencioso —le dijo—. Siempre tan cuidadoso conmigo —le dijo las mismas palabras que había pronunciado siete años antes—. Me dicen que eres un peligro para mí.

—Lo soy.

—¿Por qué?

—Por lo que quiero —le dijo él en un susurro—. Por lo que puedo darte a cambio.

—¿Y qué es lo que quieres?

—Todo.

—¿Y qué me darías por ello?

—Cualquier cosa.

—Algunos lo llamarían obsesión.

—Lo es.

—Otros lo llamarían posesión.

—Lo es.

—Algunos incluso tendrían miedo de un amor así, un amor tan loco, que lo consume todo. Pero yo no soy de esos —añadió la joven, caminando alrededor de él, en círculo, deslizando las yemas de los dedos sobre sus hombros, la base del cuello, más hombro y finalmente su corazón.

Si la seducción hubiera sido una forma de hacer la guerra, entonces ella hubiera tenido el ejército más grande. Si la seducción hubiera sido un duelo, la hoja de su espada hubiera hecho sangre al más leve contacto. Pero no era seducción. Era la verdad.

—Quiero lo que me ofreces. Todo.

—Las escrituras de Hammerschmidt —le dijo él en un susurro—. Son tuyas.

—Rafe me advirtió que dirías eso —le dijo ella, besándole en el cuello, con ternura, con cariño.

Era una noche tan apacible… La cama que precedía a la tormenta. ¿Qué iba a darle a cambio? ¿Qué le iba a dar él? Retrocedió un momento para mirarle bien y contuvo el aliento al ver su magnificencia, su grandeza, a la luz de las velas saltarinas.

—Te propongo una sociedad. Una nueva empresa. Algo que no sea tuyo o mío, algo que sea nuestro.

—Acepto.

—Dijiste algo de casarse —le susurró ella, deslizando las yemas de los dedos por la curva perfecta de sus labios.

Él no trató de tocarla, aunque sí temblaba sin cesar. Un control perfecto, como siempre…

—Y he tenido que pensarlo mucho. Me preocupaba lo que pudieran pensar otros. No estaba segura de merecerte a ti y a la Casa Duvalier, y todo lo que eso conlleva. Y después pensé que a lo mejor a ti te daba igual lo que pensaran otros, y que a mí también debía darme igual. Lo único que importaba era si te quería o no. Y te quiero.

—Cásate conmigo.

—Acepto —contestó ella con una sonrisa que auguraba alguna condición—. Hay una cosa más… Todo ese autocontrol tan formidable cuando estoy desnuda en tus brazos, todo ese comedimiento cuando yo me muero de deseo por ti… —le dijo con sutileza, trazando una línea desde su pecho hasta el potente bulto que asomaba en su bragueta—. Tiene que desaparecer.

Una chispa inesperada relampagueó en los ojos de él.

—Entonces haz que desaparezca.

Ella empezó con los botones de su camisa, liberándolos lentamente. Y después le aflojó el cinturón, los pantalones… Le quitó la camisa…

—Me serías de mucha ayuda si me besaras.

Gabrielle esperaba una sed insaciable, añoraba el desenfreno que solo él podía darle. Pero el beso que él compartió con ella resultó totalmente diferente; mucho mejor, en realidad, porque él le mostró su alma, un alma llena de pureza, de dulzura…

—Te quiero —le dijo él, disponiéndose a quitarle las horquillas del pelo.

Solo llevaba unas pocas, cuidadosamente situadas. Unos segundos más tarde, el cabello le cayó en cascada sobre los hombros. Él se lo acarició con los nudillos, enredó los dedos entre los mechones y, por fin, sus ojos se oscurecieron con el deseo más primario. Tomó un mechón en la mano y cerró en puño. Esa vez toda esa ternura dio paso a un deseo ardiente.

—Nunca te haré daño.

—Lo sé —le dijo ella.

«Noche»… Así solían llamarle los empleados de Caverness, por las sombras que había en su alma y la fiereza de sus pasiones… Pero ella no le temía. Nunca le había temido.

—Esta vez atravesarás la tormenta conmigo —susurró ella, enredando las manos en su cabello y tirando hacia sí—. Yo seré el faro que te guía —le besó con la punta de la lengua en la comisura del labio.

Él dejó escapar un gemido y la atrapó dentro del círculo de sus brazos.

—Yo te llevaré de la mano, y tienes que confiar en mí.

—Confío en ti.

Si la seducción era una guerra, los besos de Luc iban a recordarle que, aunque tuviera un ejército bajo su mando, él era dueño de los cielos.

—Ríndete —susurró, llamando a la tormenta.

Y él lo hizo.

JULIA

LEANNE BANKS
CUENTO
DE HADAS

Prólogo

RYDER McCall entró en el ascensor con el cochecito de los gemelos justo cuando las puertas se iban a cerrar. Los niños se echaron a reír cuando pulsó el botón del octavo piso y el ascensor se puso en marcha. Ryder había tenido que cambiar la cita con su abogado en tres ocasiones y tal vez tendría que cambiarla de nuevo si la niñera volvía a dejarle colgado.

Percibió entonces un leve movimiento detrás de él. Era una persona en la que no se había fijado al entrar. Una mujer con un vestido de noche de color rosa que dejaba ver unos hombros de nácar y unas curvas seductoras. Tenía unas piernas de infarto que parecían aún más largas con las sandalias de tacón alto que llevaba. Como médico con experiencia sabía lo perjudicial que era ese tipo de calzado para los pies, pero como hombre le gustaban. Trató de recordar, a duras penas, la última vez que había salido con una mujer.

—¡Qué guapos son! Supongo que le darán mucha guerra —dijo la mujer, señalando a los niños.

—Más de lo que usted cree —respondió él, asintiendo varias veces con la cabeza.

De repente, se sintió una fuerte sacudida. El ascensor cayó como medio metro y luego se quedó parado. Los gemelos se quedaron con los ojos como platos.

—¿Están bien los niños? —dijo la mujer, y luego añadió con gesto de preocupación—: Nos hemos quedado encerrados, ¿verdad?

—Déjeme ver —contestó Ryder, apretando, al azar, un botón de otro piso.

Pero el ascensor no se movió. Pulsó luego el botón de abrir las puertas, pero tampoco respondió. Decidió entonces tocar el pulsador de alarma y se escuchó en seguida un sonido agudo y estridente. La mujer se tapó los oídos con las manos.

Se oyó, en ese instante, una voz femenina a través del interfono.

—Les habla el servicio de seguridad del edificio. ¿Tienen algún problema?

—Estamos atrapados en el ascensor —gritó Ryder para que pudieran oírle en medio de aquel ruido infernal.

—Lo siento, señor. Iremos a arreglarlo en seguida.

—¿Cuándo es en seguida? —preguntó Ryder, viendo que los pequeños empezaban a llorar.

—Lo antes posible —dijo la voz del interfono, desactivando la alarma.

Los niños lloraban cada vez más desconsolados.

—Pobrecitos, deben estar muy asustados —dijo la mujer, y luego añadió extendiendo los brazos—: Deme a uno, por favor.

—No sé... Acaban de comer y deben estar un poco sucios.

Los pequeños no estaban muy presentables en ese momento. Tenían restos de comida por todas partes en sus camisitas azul claro.

—Bueno, tendremos que hacer algo, no podemos dejar que sigan llorando —dijo la mujer dejando el bolso en el suelo y alargando los brazos—. Deme a uno —insistió ella con el tono de voz típico de una persona acostumbrada a mandar y a ser obedecida.

Como tutor de los residentes del Centro Médico de Texas, él también estaba acostumbrado a dar órdenes. Sin embargo, prefirió, en esa ocasión, dejar a Tyler en brazos de la mujer. Como por arte de magia, el niño se calmó tan pronto estuvo en sus brazos. Ryder, a la vista de ello, sacó a Travis del carrito y lo acunó también en sus brazos, aunque tardó un poco más en tranquilizarse. No en vano, era el más revoltoso de los dos.

—Bueno, esto ya es otra cosa —dijo ella sonriendo—. ¿Y cómo se llama esta preciosidad?

—Tyler —contestó Ryder—. Y este es Travis. Permítame que me presente, soy Ryder McCall. Le agradezco mucho su ayuda.

—No tiene la menor importancia —dijo ella con una mezcla de acentos, ninguno de los cuales parecía originario de Texas—. Me llamo Bridget —añadió abanicándose con el chal que llevaba sobre los hombros—. Parece que está haciendo cada vez más calor aquí dentro.

—Y hará más mientras no vengan a arreglarlo. ¿Se siente mareada? Me gustaría ofrecerle un poco de agua, pero salí de casa con prisas y no llevo más que las botellitas de los niños.

—Bueno, eso es lo primordial —replicó ella, echando una ojeada al reloj—. Espero que esto no se prolongue mucho. Creo que debería llamar a mis amigos. Lo siento, Tyler —dijo la mujer inclinándose para dejar al niño en el cochecito—. Tengo que dejarte aquí un momento.

Tomó el teléfono móvil y, tras marcar un número, frunció el ceño.

—Déjeme que lo adivine. No hay cobertura, ¿verdad? —exclamó Ryder y luego añadió al ver cómo ella asentía con la cabeza—. Debe ser por estas puertas de acero.

—Me pregunto si alguien del servicio de seguridad va a venir a sacarnos de aquí.

—Deben estar ya a punto de llegar —dijo él—. Espero que no haya necesidad de volver a cambiar a los niños. Tengo problemas con las niñeras, ¿sabe? Me gustaría encontrar una que me durara al menos dos semanas.

—Eso resulta cada vez más difícil en estos tiempos. ¿Ha probado con alguna agencia?

—Sí. El problema también es que, debido a mi trabajo, apenas dispongo de tiempo.

—Lo comprendo. ¿Y su esposa?

—No estoy casado.

—Oh, debe resultarle entonces muy difícil conciliar el trabajo con sus hijos.

—En realidad no son hijos míos. Soy solo su padrino. Mi hermano y su esposa murieron en un accidente de tráfico hace un mes.

—¡Eso es terrible! ¡Pobres criaturas! —exclamó Bridget—. No sabe cómo lo siento por ellos… y por usted. ¿No tiene a nadie que lo ayude?

—No —respondió él—. ¿Y usted? ¿Tiene hijos?

—Bueno, tengo dos sobrinas pequeñas adorables —replicó ella de forma mecánica, echando una ojeada al reloj con gesto de impaciencia.

Tenía que asistir a un acto benéfico. Era un favor que le hacía a una vieja amiga de su hermana Valentina. Le bastaría marcar un código especial de tres dígitos en el móvil y se presentaría allí de inmediato su equipo de seguridad. Pero no quería montar ninguna escena. Estaba allí en Dallas para cumplir un trabajo que su hermano le había encargado y tan pronto lo terminase tomaría un vuelo hacia Italia.

Cada vez hacía más calor en la cabina de aquel ascensor. Comenzaba a sentirse tan sudorosa como si acabara de salir de una sesión de *spinning*. Aunque no le preocupaba demasiado llevar el vestido manchado de sudor mientras no se presentasen por allí los paparazzi para sacarle unas fotos. Desde hacía año y medio, ella era la representante de su país. Tenía que ofrecer una imagen pulcra e inmaculada y evitar, a toda costa, cualquier tipo de escándalo.

Ya había tenido algunos deslices desafortunados. El que fuese una princesa no significaba que tuviera que ser perfecta. Tampoco era un dechado de paciencia. Aunque el hombre que tenía enfrente y que examinaba ahora, con mucha atención, la estructura del ascensor, tampoco parecía ser muy paciente precisamente, pensó ella.

—Supongo que no estará pensando en salir por el techo, ¿verdad? —le preguntó ella.

—Si no viene nadie a sacarnos, algo tendré que hacer, ¿no le parece?

—¿Y los niños? ¿Qué piensa hacer con ellos? —replicó ella, algo temerosa ante la perspectiva de poder quedarse allí sola con los gemelos.

—El propósito de salir es precisamente tratar de ponernos todos a salvo.

Tenía todo el aire de un hombre arrogante, pensó ella. Uno de esos hombres inflexibles e intolerantes con cualquier persona más débil que él. Aunque eso solo eran suposiciones. No le conocía de nada. Lo que sí sabía era que empezaba a sentir admiración por él. Era un hombre delgado pero atlético y musculoso, que se había hecho cargo de dos niños huérfanos.

Pensó lo que ella hubiera hecho de verse en una situación así. Seguramente, habría aceptado la responsabilidad, pero desde luego habría contratado a un par de niñeras por lo menos.

—No nos han vuelto a comunicar nada —dijo ella mirando el botón de emergencia—. ¿No cree que deberíamos volver a llamar?

—¿Para qué? ¿Para que los niños se pongan a llorar de nuevo?

—Tomaré a Tyler en brazos —dijo ella sacando al bebé del carro—. No sé por qué me parece que eres un poco mimoso, ¿eh? —añadió ella, acariciándole la barbilla con el dedo.

Ryder pulsó el botón y la alarma volvió a sonar con toda su estridencia. Tyler dejó de sonreír como por encanto, puso cara de asustado y se echó a llorar. Su hermano no tardó en secundarle. Segundos después, la alarma se detuvo y se escuchó una voz por el interfono que se puso a hablar con Ryder. Bridget no fue capaz de escuchar lo que decían, ocupada en tratar de consolar a Tyler, acunándole en los brazos. Solo veía que Ryder hablaba con voz firme y segura. Le recordó a su hermano.

—¿Qué han dicho? —preguntó Bridget cuando Ryder terminó de hablar por el interfono.

—Que vendrán en cinco minutos. Les dije que me disponía ya a salir por el techo del ascensor.

—Buena idea. Tal vez yo debería hacer una cosa así en algunas ocasiones. ¿Hay algo más que podamos hacer para tranquilizar a los niños? —preguntó ella, acariciando al pequeño.

—No sé, tal vez podría cantarle esa canción que les gusta tanto: *Frère Jacques, Frère Jacques, dormez-vous?, dormez-vous?, sonnez les matines, sonnez les matines, din dan don…*

Bridget miró emocionada a aquel hombre que le recordaba a un aguerrido marine de la flota americana cantando una canción infantil y sintió algo muy profundo dentro de ella. Tan profundo que se sintió mareada por un instante. Tal vez, solo fuese el calor que hacía allí dentro, pensó ella. Recordaba la canción y se puso a cantarla con él.

Seis minutos después, las puertas del ascensor se abrieron y apareció un grupo de hombres: dos bomberos, un asistente sanitario y el guardaespaldas personal de Bridget.

—Alteza… —dijo el guardaespaldas, tendiéndole una mano.

—Un momento —replicó ella, dejando a Tyler en el cochecito.

—¿Alteza? —repitió Ryder, con cara de extrañeza—. ¿Por qué no me dijo…?

—¿Para qué? —respondió ella con una sonrisa—. Están todos bien, ¿verdad?

—Sí —respondió él, sin salir de su asombro.

—Me alegro. Gracias por todo y buena suerte.

Bridget le estrechó la mano. Notó que las manos de Ryder era suaves pero, a la vez, grandes y fuertes. Se sintió un poco confusa y la retiró en seguida.

—Alteza, un médico está esperándola para hacerle un chequeo —dijo el guardaespaldas, mientras ella salía del ascensor.

—No es un médico lo que necesito en este momento, sino un estilista.

Capítulo 1

SENTADA en una silla de la cocina del rancho de su cuñado, Bridget vio con extrañeza cómo Zach Logan abrazaba a su hermana Valentina como si saliera para un largo viaje, cuando solo iba a ausentarse un par de días. Parecían tan enamorados como el primer día.

—Llámame si necesitas algo —dijo Zach a su esposa, y luego añadió tomando en brazos a su pequeña hija Katiana—: Prométeme que vas a ser buena con mamá. Venga, dame un beso.

La niña lo besó en la mejilla y luego le dio un abrazo. Bridget se sintió emocionada. Zach y Tina habían pasado por muy malos momentos antes de casarse.

Zach miró luego a Bridget fijamente. Era de ese tipo de hombre seguros de sí mismos y con una voluntad de hierro. Ella se alegraba de que su hermana hubiera encontrado la felicidad con él, pero habría preferido que se hubiera casado con otro tipo de hombre, más cariñoso y atento. Un italiano, probablemente.

—Y tú —dijo Zach, señalando a Bridget con el dedo—, procura alejarte de los ascensores.

—Eso solo puedo prometértelo mientras esté aquí —respondió ella con una sonrisa—. Cuando vuelva a Dallas, tendré que seguir usándolos si quiero concluir el trabajo que Stefan me ha encomendado. Ya no me quedan muchos días.

—¿Quieres decir que te has cansado ya de nosotros? —exclamó Tina, mirándola de reojo.

Bridget negó con la cabeza y se fue a dar un abrazo a su hermana.

—¡Qué cosas dices! Claro que no. Pero sabes que el sueño de toda mi vida ha sido poder tomarme un año sabático en Italia, estudiando arte. Y me gustaría poder hacerlo realidad ahora que todavía soy joven.

—¡Pero si eres muy joven! Aún tienes toda la vida por delante. Pero estoy de acuerdo contigo, te mereces un descanso. Has representado a Chantaine en casi todos los actos públicos desde que me fui de allí y me vine a vivir a Texas. No sé por qué no te lo tomaste antes. Estoy segura de que habrías contado con la aprobación de Stefan.

Stefan, su hermano, era el príncipe heredero, y tal vez la persona más exigente del mundo, pero lo que Tina decía era verdad. No solo le habría permitido a Bridget tomarse un descanso, sino que, seguramente, él mismo le habría animado a hacerlo.

—Necesito un año. Un año completo. Pero Stefan cree que Chantaine necesita más médicos y yo estoy de acuerdo. Especialmente después de lo que le pasó a Eve…

Bridget no pudo continuar. La voz se le quebró de la emoción.

Tina le dio unas palmaditas cariñosas en la espalda.

—Aún te sientes culpable de aquello. Eso no le gustaría a Eve.

—Me salvó la vida protegiéndome con su cuerpo de aquella pandilla que se abalanzó sobre mí. Estoy feliz de que consiguiera recuperarse. No sé lo que habría hecho si...

—Bueno, ella se recuperó y tú también. Eso es lo importante —dijo Zach, dando a Bridget un abrazo fraternal—. Y, ahora que estás en mi país, quiero que te lo pienses dos veces antes de montarte en un ascensor.

—Zach, siempre tan protector —dijo Tina muy sonriente.

—Estad tranquilos, no me pasará nada —replicó Bridget, con un nudo en la garganta, viendo lo mucho que se preocupaban por ella, tanto su hermana como su cuñado—. ¿A cuántas personas conocéis que se hayan quedado encerradas dos veces en un ascensor?

—Demostraste mucho valor —dijo Tina con un gesto de admiración—. Incluso llegaste a tiempo de asistir al acto benéfico de Keely.

—Seguro no esperaban que me presentara con aquel aspecto. Con el pelo revuelto y el vestido manchado con restos de comida de bebés.

—¡Tonterías! Keely dijo que todo el mundo te encontró encantadora y que les pareció una anécdota muy simpática lo de tu incidente del ascensor. Y lo más importante: los donativos comenzaron a aumentar a raíz de tu llegada.

—Tal vez las manchas de comida del bebé ablandaron los corazones de los asistentes. Bueno, ahora os dejo solos para que os despidáis como dos tortolitos. Buen viaje, Zach.

—Gracias, Bridget.

Bridget tomó su taza de té y subió a la habitación de invitados donde estaba alojada.

En aquel rancho, a miles de kilómetros de Stefan, su exigente hermano, se sentía más relajada. Era un lugar muy diferente de Chantaine, donde los paparazzi la acosaban en cuanto salía del palacio. Por eso había decidido cumplir el encargo de su hermano Stefan y marcharse después a Italia para tratar de encontrar allí la paz que tanto necesitaba.

Nadie podía acusarla de antipática. Expresaba abiertamente sus diferencias con los miembros de su familia, pero mostraba una simpatía arrolladora con la gente. Era su trabajo.

Durante el último año y medio, había sido testigo de las carencias de los ciudadanos de Chantaine. Había visto y oído los lamentos de los niños enfermos en los hospitales. Le resultaba ahora difícil mantenerse al margen de las cosas. La vida le había sido más fácil cuando desconocía esas miserias y su cuñada aún no había arriesgado su vida por ella.

A pesar de que Eve había sobrevivido y mejorado mucho desde el accidente, algo dentro de Bridget había cambiado. Y no sabía si para bien. Eve y Stefan se habían enamorado y se habían casado. Eve cuidaba de la hija que Stefan había tenido fuera de su matrimonio como si fuera suya. En apariencia, todo era perfecto y maravilloso.

Sin embargo, Bridget se preguntaba si su vida era tan valiosa como para que Eve hubiera arriesgado la suya por salvarla. Cerró los ojos y respiró profundamente.

«Deja ya de hacerte esa pregunta», le dijo una voz interior.

Puso la taza de té sobre la mesa y trató de controlar sus emociones. Terminaría el trabajo que Stefan le había encargado. Tal vez, mejorase su autoestima después de ello. Luego iría a Italia y, con un poco de suerte, encontraría la felicidad y la paz que había perdido.

Pero, después de tres días sin conseguir contactar con el jefe de los residentes del Centro Médico de Texas, estaba a punto de perder la paciencia. El doctor Gordon Walters no estaba nunca disponible y cuando lo llamaba a su despacho no respondía nadie. Afortunadamente, Keely, la amiga de Tina, conocía a un médico del hospital Universitario y le informó de que iba a celebrarse, el martes por la noche, en un hotel cercano al hospital, una reunión a la que asistirían los médicos, los residentes y los benefactores del centro.

Bridget se registró en el hotel. Su guardaespaldas se alojó en la habitación contigua a la suya. Recordó entonces que otra de las ventajas de estar en el rancho de Zach era que allí no necesitaba de todas esas medidas de seguridad. No como ahora en Dallas. Eligió con mucho esmero lo que iba a ponerse. Quería estar muy elegante para que la tomasen en serio. Un vestido negro con zapatos de tacón alto y los labios pintados de rojo pasión.

Se miró en el espejo del cuarto de baño de la suite. No pareció muy convencida. Pero, qué diablos, si Madonna iba con un aspecto parecido y todo el mundo la respetaba, ¿por qué a ella no? Se retocó un poco el peinado con la mano. Llevaba últimamente un color de pelo algo más oscuro de lo habitual. Acorde con su estado de ánimo, pensó ella con amargura.

Tal vez se tiñese de rubia cuando fuese a Italia.

Tomó el móvil y marcó el número de su guardaespaldas. Raoul apareció inmediatamente.

—Sí, Alteza.

—Estoy lista. Por favor, trata de mantenerte apartado discretamente.

—Sí, Alteza. La esperaré en el ascensor.

Un minuto después, Bridget bajó en el ascensor hasta la planta baja donde estaba el salón de actos. Había, en la entrada, un hombre, de aspecto muy respetable, que parecía el anfitrión.

—¿Nombre? —le preguntó él, cuando ella llegó a la puerta.

Bridget se quedó sorprendida por un instante. No estaba acostumbrada a tener que identificarse delante de nadie. Tenía todas las puertas abiertas solo por ser quien era. Pero allí, en Texas, las cosas debían ser diferentes, pensó ella.

—Bridget Devereaux y escolta —dijo ella, señalando a Raoul que estaba a su lado.

El hombre pasó varias hojas hasta comprobar su nombre.

—Bienvenidos. Pasen, por favor.

—¡Valiente patán! —exclamó Raoul, mientras entraban en el salón abarrotado de gente—. ¡Atreverse a pedir el nombre a un miembro de la familia real!

—Es una nueva experiencia —dijo ella sonriendo—. Estoy buscando al doctor Gordon Walters. Por favor, Raoul, si lo ves, dímelo en seguida.

Treinta minutos después, Bridget estaba a punto de perder los nervios. Cada vez que mencionaba el nombre del doctor Walters, todas las personas guardaban un extraño silencio. Parecía no haber forma humana de conseguir la menor información sobre el paradero de aquel hombre misterioso. Frustrada, aceptó una copa de vino y decidió cambiar de táctica.

El doctor Ryder McCall miró su reloj por enésima vez en diez minutos. ¿Cuánto tiempo más tendría que permanecer allí para poder irse? La niñera que había contratado el día anterior le había causado muy buena impresión, pero, después de sus experiencias anteriores, no podía estar seguro ya de nada. Vio entonces una mujer de espaldas, a unos metros de él. Tenía el cabello castaño oscuro. Había algo en ella que le resultaba familiar. Llevaba un vestido clásico que, en otra mujer con un cuerpo menos espectacular, le habría hecho recordar a aquella actriz tan elegante, ¿cómo se llamaba...? Audrey... algo. Pero la mujer que tenía ahora delante poseía unas curvas que le hicieron recordar el tiempo que llevaba sin tener una expansión sexual. Demasiado, pensó él, ajustándose el nudo de la corbata.

Se acercó unos pasos para verla mejor desde otro ángulo. La recorrió de arriba abajo con la mirada: las piernas, los muslos, las caderas, los pechos. Tenía un cuerpo maravilloso. Trató de imaginársela desnuda. Sintió en seguida una gran excitación y decidió entonces mirarla a la cara. Se quedó asombrado al verla.

La mujer que hablaba con Timothy Bing, uno de sus residentes más destacados era la misma con la que se había quedado encerrado la otra noche en el ascensor. Una princesa o algo así. Se llamaba Bridget, creyó recordar. Por supuesto, Timothy, estaba prendado de ella. ¿Por qué no iba a estarlo? El muchacho estaba falto de sueño, de comida decente y de sexo...

Él también, pensó Ryder, sufría esas mismas carencias, aunque por razones diferentes. Se preguntó qué estaría haciendo esa mujer allí. Decidió satisfacer su curiosidad y se acercó a ellos. Timothy solo parecía tener ojos para Su Alteza. Ryder se aclaró la garganta, de forma tan ostensible que Timothy y la mujer no tuvieron más remedio que volver la cabeza.

Timothy se puso muy tenso como si fuera un niño al que su maestro le hubiera sorprendido cometiendo una fechoría. Ryder se preguntó si sería necesario presentarse.

—Doctor McCall —dijo al fin.

—¿Doctor? —exclamó ella mirándolo con curiosidad—. No sabía que fuera médico.

—No tuvimos mucho tiempo de hablar de nuestras ocupaciones, Alteza.

—¡Alteza! —exclamó Timothy con un gesto de sorpresa—. ¿Es usted reina o algo parecido? Creí que me había dicho que era una representante de Chantaine.

—Y lo soy —replicó ella con una sonrisa—. Soy la representante real de Chantaine y espero que estudie mi oferta de trabajo. Ya sabe: un par de años, una beca y de todos los gastos pagados.

Ryder se quedó como petrificado mirando en silencio a aquella mujer. Estaba tratando de quitarle a uno de sus médicos más brillantes.

—Olvídelo —dijo Ryder, echándose a reír.

—Es una oferta muy generosa —replicó ella, con el ceño fruncido—. Y sería muy beneficiosa tanto para el doctor Bing como para Chantaine.

—El doctor Bing no va a cometer el error de dar un paso en falso en su carrera para retirarse a una isla cuando está llamado a ser uno de los mejores cirujanos en neurología de todo el país.

—Me parece insultante que considere una estancia temporal en Chantaine como un paso en falso en su carrera —dijo ella, frunciendo más el ceño—. Nuestros ciudadanos necesitan neurólogos. No debería existir ningún prejuicio contra nosotros solo porque vivamos en una isla. ¿O es que acaso los habitantes de Chantaine no se merecen tener una sanidad digna?

—No era eso lo que pretendía decirle, pero es mi deber asesorar al doctor Bing para que no tome una decisión que pueda apartarle de la brillante carrera que tiene por delante.

—Pensé que eso era responsabilidad del doctor Gordon Walters, ese hombre ilocalizable, que nadie sabe dónde está y con el que es imposible hablar siquiera por teléfono.

—Discúlpeme —dijo Timothy, algo incómodo en medio de aquella discusión—. Tengo que…

Se alejó de allí rápidamente sin terminar siquiera la frase.

—¡Bien, ya lo ha conseguido! —exclamó ella—. El doctor Bing y yo estábamos teniendo una conversación muy cordial y usted ha venido a estropearlo todo.

—¿Yo?

—Sí, usted. Todo cambió en cuanto usted apareció. El doctor Bing estaba realmente dispuesto a considerar mi oferta de ir a trabajar a Chantaine.

—Lo que de verdad quería el doctor Bing era acostarse con usted —dijo Ryder de forma impulsiva, arrepintiéndose en seguida de haber pronunciado esas palabras.

—Es usted el hombre más grosero que he conocido —replicó ella muy indignada.

—Le pido disculpas si la he ofendido, pero a Timothy Bing no se le ha perdido nada en Chantley o como quiera que se llame ese país de usted.

—Chantaine —le corrigió ella de mala gana—. Aceptaré sus disculpas si me presenta al doctor Gordon Walters. Es el hombre con el que realmente quería hablar.

—El doctor Gordon Walters no está aquí esta noche. Lleva ya algún tiempo sin ejercer su cargo de asesor jefe de residentes y no es probable que aparezca por aquí.

—¿Y quién es la persona que lo sustituye?

—Nadie puede sustituir al doctor Walters. Es una persona que goza del respeto y la admiración de toda la comunidad médica. Yo estoy haciendo ahora sus funciones de forma temporal.

—¡Vaya, estoy de suerte! —exclamó ella, con ironía.

Maldita sea, pensó Bridget, apretando los puños. Había quedado en evidencia. Se había enemistado innecesariamente con el doctor McCall, pero seguramente se avendría a razones cuando supiese más cosas de Chantaine y del programa que iba a ofrecerle.

—Bien. Me alegro de estar al fin con el interlocutor adecuado. Creo que, en el encuentro que tuvimos en el ascensor, demostramos ser personas adultas y responsables. Estoy segura de que seremos capaces de llegar a un entendimiento sobre este asunto.

El doctor McCall la miró con cara de escepticismo.

—Estoy de acuerdo con usted sobre el primer punto, pero no puedo prometerle nada sobre el segundo. Ha sido un placer volver a verla, Alteza —dijo él, mirándola otra vez de arriba abajo—. Bonito vestido... Buenas noches.

Ryder se dio la vuelta con intención de marcharse.

—Espere, por favor —dijo ella, tras un instante de vacilación.

—¿Sí?

—Supongo que Timothy Bing no será el único residente del hospital. En Chantaine, necesitamos médicos de todas las especialidades. Allí ganarán experiencia, además, claro, de las condiciones económicas que estamos dispuestos a ofrecerles.

—Lo siento, Alteza, pero...

—Por favor —dijo ella—, llámame Bridget. Después de todo, estuvimos cantando juntos en un ascensor. Eso es algo que muchas parejas no han hecho nunca en su vida.

—Es cierto, Bridget, pero, aun así, no estoy seguro de poder ayudarte. Una vez más, tengo que repetirte que mi prioridad número uno es aconsejar a mis estudiantes para que tomen las decisiones que les permitan labrarse un porvenir más brillante.

—Bueno, al menos dame la oportunidad de explicarte con detalle nuestro programa.

Ryder suspiró resignado. Luego sacó una tarjeta del bolsillo de la chaqueta y se la dio.

—Está bien. Aquí tienes mi tarjeta. Llama a mi secretaria. Ella te dará cita.

Bridget, furiosa, apretó los puños al oír esas palabras, pero esbozó una sonrisa forzada.

—Gracias. No te arrepentirás.

—Umm… —replicó él en un tono evasivo, alejándose de su lado.

Bridget tuvo que resistir la tentación de sacarle la lengua.

—¿Está bien, Alteza? —dijo Raoul acercándose a ella—. Parece disgustada.

—¿De veras? —respondió ella, tratando de parecer lo más serena posible—. No, estoy bien. Es solo que acabo de encontrar un ligero obstáculo en mi misión —añadió mientras miraba el cuerpo alto y atlético de Ryder McCall perdiéndose entre la multitud.

El obstáculo no era tan ligero, pero ella había aprendido que, con una actitud positiva, una mujer podía vencer los obstáculos más difíciles e insalvables.

—Necesito saberlo todo sobre el doctor Ryder McCall. Mañana por la mañana, como muy tarde —dijo ella echando una ojeada general por el salón.

Ryder llegó a casa preparado para el caos que le esperaba. Desde que se había hecho cargo de los gemelos de su hermano, su vida se había visto sumida en un absoluto desorden. Pero, al entrar, se encontró la casa oscura y en silencio. Solo se oía el sonido de la televisión retransmitiendo un partido de béisbol. Marshall, su viejo amigo, estaba sentado en el sofá, con una cerveza en la mano. Sobre la mesa, había una caja con una pizza por la mitad.

—Me llamó tu niñera —dijo Marshall, sin levantarse—. Me dijo que uno de sus hijos se había puesto malo y no podía quedarse. Así que me tocó venir a hacer la suplencia. Por cierto, solo por curiosidad, ¿qué lugar ocupo en tu lista de suplentes?

Uno bastante bajo, se dijo Ryder para sí. Había dos vecinas de mediana edad antes que él. Además de una tía que vivía al otro lado de la ciudad y de su secretaria.

—Gracias por venir. ¿Cómo están los niños?

—Muy bien. Les di unos cereales con miel, les puse el pijama y los acosté en la cuna.

—¿No los bañaste?

—Ya los había bañado la niñera antes de que yo llegara. Ese Travis es un diablo. No quería dormirse. Así que tuve que cantarle algunas de mis canciones country favoritas.

—Parece que el truco dio resultado, ¿no? —dijo Ryder—. Voy a subir a ver cómo están.

—Te esperaré aquí con una cerveza —dijo Marshall.

Ryder confiaba en Marshall, pero solo hasta cierto punto. No le agradaba la idea de tener que dejar, de forma habitual, a los niños con su viejo amigo del instituto. Le creía capaz de darles un sorbo de cerveza si se veía desesperado por no poderse hacer con ellos.

Marshall era propietario de una importante cadena de talleres de reparación de coches que se extendía por todo el estado. Tenía el pelo largo recogido con una coleta y lucía diversos tatuajes en los brazos y la espalda. No había ido a universidad, era un hombre que se había hecho a sí mismo y había conseguido triunfar en la vida. La mayoría de la gente no podía comprender la amistad que había entre Ryder y él, siendo tan diferentes. Pero compartían la afición por el béisbol y cenaban juntos hamburguesas y perritos calientes algunos días de fiesta, recordando los viejos tiempos del instituto.

Desde la muerte de su hermano Cory, Ryder consideraba a Marshall como un miembro más de su familia. El único que tenía realmente.

Empujó suavemente la puerta del cuarto de los niños y pasó dentro. Había aprendido a caminar sin hacer ruido durante las últimas semanas. Temblaba solo de pensar en la posibilidad de que pudieran despertarse. Se acercó a la cuna de Travis, que era la que estaba más cerca de la puerta. Miró y descubrió a primera vista, aun en medio de la oscuridad, que estaba Tyler. Marshall los había cambiado de sitio. Tyler estaba en la cuna de Travis y Travis en la de Tyler. Pero no pensaba quejarse solo por eso. Los niños dormían plácidamente boca arriba y parecían estar en un mundo feliz. Un lugar donde a él también le gustaría estar.

Se dirigió de nuevo a la puerta de puntillas y la cerró suavemente al salir. Volvió al cuarto de estar donde Marshall seguía tumbado en el sofá con su cerveza en la mano.

—Están dormidos —dijo Ryder, dejándose caer en el sillón de cuero que había al lado del sofá.

—Ya te lo había dicho —dijo Marshall—. Me aseguré bien de que durmieran toda la noche.

Ryder miró de repente a su amigo con cara de preocupación.

—No se te habrá ocurrido darles nada raro, ¿verdad?

—¿A los bebés? —exclamó Marshall con gesto ofendido—. ¿Me tomas acaso por un chiflado?

—Bueno, no estás muy ducho en estas cosas —dijo Ryder.

—Tal vez ahora no, pero llegué a ser un canguro muy solicitado durante el primer año del instituto. Y hay cosas que nunca se olvidan. Y por si te interesa, esta es mi segunda cerveza. Nunca tomaría una copa de más estando al cuidado de los niños.

—Lo siento, amigo, si te he ofendido —dijo Ryder frotándose la barbilla—. Estar a cargo de los gemelos me trastorna un poco.

—¿Un poco? —exclamó Marshall moviendo la cabeza—. Tú sí que vas camino de convertirte en un chiflado. ¿Y sabes cuál es tu problema? Que has perdido las ganas de divertirte. Ya no tienes sentido del humor. Y eso los niños lo notan y se ponen más nerviosos. Deja que las niñeras se encarguen de ellos. Tienes que ir a ver los partidos de béisbol y de baloncesto, y salir, de vez en cuando, con una mujer que te alegre la existencia.

—Gracias por el consejo —dijo Ryder—. Podrá serme útil dentro de diez años o así.

—Dios nos libre, si piensas esperar tanto tiempo —replicó Marshall—. Tal vez podría buscarte a alguna chica guapa mientras tanto. Eso te calmaría un poco los nervios.

—Haré como si no te hubiera oído —dijo Ryder mirando a su amigo de soslayo—. Compartimos la misma pasión por los Texas Rangers, pero no tenemos los mismos gustos por las mujeres.

—Tú te lo pierdes —dijo Marshall, sentándose muy digno en el sofá—. Conozco algunas con las que dormirías como un bebé después de haber pasado un buen rato con ellas.

—Lo que de verdad necesito es una niñera responsable y de confianza —dijo Ryder.

—Bueno, si finalmente consigues una, ya sabes que tengo entradas para el partido de los Rangers del jueves. Cuídate, amigo. No pierdas la esperanza —dijo levantándose del sofá y dándole a Ryder unas palmaditas en el hombro—. Y súbeme algún puesto en tu lista. Yo soy más fiable que tu tía Joanie, que siempre está muy ocupada para venir a atender a los niños.

—No te preocupes —dijo Ryder con una sonrisa—. Y gracias por todo. Iré contigo al partido, si consigo encontrar una niñera.

—Lo creeré cuando lo vea. Buenas noches —dijo Marshall, saliendo por la puerta.

Ryder se echó hacia atrás en el sillón y se quitó los zapatos. Le apetecía tomar una cerveza, pero le dio pereza tener que levantarse. Se quedó tumbado y cerró los ojos, oyendo el griterío de la gente del estadio y el sonido sordo del bate golpeando de vez en cuando la pelota.

Los problemas le daban vueltas en la cabeza: los gemelos, sus pacientes, el puesto de tutor de los residentes que el doctor Walters había dejado vacante… Necesitaba encontrar pronto una niñera si no quería acabar volviéndose loco. Tenía que procurar relajarse.

Recordó los viejos tiempos del instituto en que jugaba al béisbol. Él era el *catcher* y Marshall el *pitcher*. Aquel año habían ganado el campeonato del Estado y se habían ido a celebrarlo el fin de semana. Recordó a la animadora del espectáculo. Era la primera vez que una chica le había llamado la atención. Había pasado con ella una noche inolvidable. Rubia, llena de curvas y ardiente. Él no había durado mucho aquella primera vez, pero luego había ido mejorando en la segunda, y en la tercera…

Recordó la emoción de la victoria. Había sido el momento más feliz de su vida. Suspiró, y sin saber por qué, le vino a la mente la imagen de una mujer muy diferente. Tenía un pelo castaño oscuro que le caía por los hombros, unos ojos azules y una boca tan roja como una fresa. Llevaba un vestido negro que se ajustaba a sus curvas con la misma precisión que se ajustaría su cuerpo al suyo si tuviese la suerte de pasar una noche con ella. Tenía unos pechos firmes y unas caderas de infarto. Bastaría un beso suyo para volver loco a un hombre. Se vio acariciándole el cuerpo hasta llegar al punto más íntimo de su feminidad, húmedo y caliente. La oyó jadear y luego gemir de placer cuando entró dentro de ella…

Abrió los ojos sorprendido. Nunca se había sentido tan excitado. Sentía su miembro tan rígido y duro como el acero y el corazón latiéndole a toda velocidad como si de verdad estuviera manteniendo una relación sexual con una mujer. Soltó una maldición.

No podía creerlo. Quizá Marshall tuviera razón. Tal vez lo único que necesitase realmente fuera tener una expansión sexual. El único problema era que la mujer que se le había aparecido en el sueño era la princesa Bridget Devereaux. Sí, Marshall estaba en lo cierto. Estaba a punto de convertirse en un chiflado.

Bridget volvió a leer el dossier del doctor Ryder McCall para enésima vez en tres días. No había tenido una infancia fácil. Su padre había muerto cuando él tenía solo ocho años. Su madre había fallecido hacía un par de años.

Ryder había jugado en el equipo de béisbol del instituto y había conseguido una beca. Se había graduado el primero de su clase y también había sido el primero en la Facultad de Medicina.

Cory, su hermano mayor, había jugado al rugby y había obtenido también una beca universitaria. Desafortunadamente, tuvo que abandonar el deporte por una lesión. Aceptó un trabajo como jefe de departamento de unos grandes almacenes y se casó con su novia del instituto. A los dos les gustaban los niños y se sintieron muy felices cuando llegaron los gemelos. Pero seis meses después de su nacimiento, cuando volvían a casa después de una cena de aniversario, un camión derrapó en la autopista y los dos resultaron muertos casi en el acto. Fue una tragedia terrible.

Bridget también había perdido a sus padres casi a la vez, pero nunca se había llevado especialmente bien con ellos, como Ryder parecía haberse llevado con su hermano. Ahora, aquel hombre que se había dedicado en cuerpo y alma a sus estudios y luego a su carrera, se veía solo con aquellos dos preciosos huérfanos que su hermano le había dejado.

Se le saltaban las lágrimas cada vez que releía la historia. Era una de esas veces que desearía tener una varita mágica para poder resolver todos los problemas de los demás.

Pero no la tenía. Lo que tenía que hacer era terminar el trabajo que le había encomendado su hermano. Chantaine necesitaba médicos y la secretaria del doctor McCall le daba largas cada vez que intentaba concertar un cita con él. Lo seguiría intentando un par de veces más y, si no tenía éxito, se enfrentaría a él en su propio terreno. Se equivocaba si pensaba que una simple secretaria iba a mantenerla a raya. No la conocía bien.

Capítulo 2

RYDER salió del hospital y fue a casa recoger a los niños porque la niñera que acababa de contratar lo había llamado para decirle que tenía que ir al médico con su hijo. Él tenía una reunión muy importante esa tarde con la junta directiva del hospital a la que no podía faltar. Odiaba tener que pedir otra vez a su secretaria que se quedase al cuidado de los niños, pero no le quedaba otra solución. Estaba extenuado de tanto meter y sacar a los gemelos del cochecito a la silla de seguridad del coche cuando llegó a su despacho con los niños.

Sintió un vacío en el estómago al ver que su secretaria no estaba en su sitio. Había dejado la mesa tan limpia y ordenada como de costumbre. Pero había una nota. Ryder la leyó.

La señorita Bridget Devereaux ha llamado tres veces esta mañana. No puedo estar dándole largas eternamente. Me he ido a celebrar mi cumpleaños tal

como le dije. Gracias por darme permiso para salir un poco antes.
    Maryann

Ryder soltó una maldición en voz alta, sin darse cuenta de que los niños estaban con él.

—No digáis nunca palabrotas como yo —les dijo muy serio—. Es de mala educación.

Recordó entonces que Maryann le había pedido la tarde libre hacía una o dos semanas. Pero, con tantas ocupaciones, lo había olvidado. Ahora tendría que hacer juegos malabares para compaginar el cuidado de los niños con su reunión. Movió la cabeza a un lado y a otro con gesto de desesperación. Muchas mujeres se las arreglaban para conciliar el trabajo con la familia. ¿Por qué le resultaba a él tan difícil? Él, que era un hombre sano, fuerte e inteligente, que corría maratones, que era capaz de trabajar más de veinticuatro horas seguidas y de reanimar a un paciente en estado crítico, parecía ahogarse ahora en un vaso de agua.

Entró en su despacho y se sentó frente al ordenador. Abrió su agenda de contactos en busca de alguna persona que pudiera cuidar a los gemelos durante la reunión. Envió unos cuantos e-mails e hizo tres llamadas. Pero le desviaron al buzón de voz para que dejara un mensaje.

—Hola, hombre invisible, ¿se puede? —dijo una voz femenina desde la puerta.

Ryder se mordió la lengua para no soltar uno de sus juramentos. ¡Lo que le faltaba! Por si no tenía ya bastantes problemas, ahora venía esa obstinada princesa a completar el panorama. Supo quién era sin necesidad de mirarla. Pero al fin lo hizo. No podía negar que lo que tenía delante era un verdadero regalo para la vista. Llevaba un vestido negro, distinto del de la otra vez. Más indicado para reuniones de trabajo. Ella le sonrió con aquellos provocativos labios rojos que le recordaron de nuevo el tiempo que llevaba sin hacer ciertas cosas con una mujer.

Trató de apartar esos pensamientos y levantó la mano con gesto de hombre agobiado.

—No puedo hablar contigo. Tengo una reunión importante en menos de… treinta minutos —dijo él mirando el reloj—. Y aún tengo que encontrar a alguien que pueda quedarse con los niños.

—Te veo un poco desesperado —dijo ella con una leve sonrisa.

—Agobiado por las circunstancias, diría yo más bien.

—Bueno, prometo dejarte en paz en cuanto me des hora para hablar contigo.

—Ya te he dicho que no tengo tiempo —dijo Ryder en un tono de voz cortante.

—Lo único que quiero es que saques tu agenda y pongas mi nombre en una casilla. Creo que estábamos ya de acuerdo en eso —dijo ella cruzándose de brazos, y añadió luego con gesto serio—: Tú tienes tu trabajo y yo el mío.

Travis comenzó a revolverse en el cochecito como si quisiera soltarse para salir de allí. Tenía una cara muy enfurruñada como de no sentirse a gusto y de echarse a llorar en cualquier momento. Ryder le aflojó las correas del asiento y lo tomó en brazos.

Tyler, celoso de su hermano, se puso a hacer lo mismo que él. Ryder no pudo evitar soltar una maldición.

—¿Necesitas ayuda? —preguntó Bridget.

—Sí —contestó él—. Si pudieras tener a Tyler un segundo… Aún me queda por llamar a una persona que… —se detuvo al ver a Bridget muy sonriente con el niño en brazos—. ¿No podrías tú hacerte cargo de ellos durante una hora, más o menos?

—¿Una hora? —repitió ella con los ojos como platos.

—Es solo mientras dure la reunión. Saldré lo antes que pueda.

Ella lo miró fijamente como si le acabase de ocurrir una idea.

—Acepto, a cambio de poder discutir la propuesta sanitaria de mi país y de que te muestres más abierto a mi oferta.

—Puedo aceptar el primer punto, pero me temo que no va a resultar nada fácil el segundo.

—Supongo que tampoco te resultaría nada fácil tener que llevarte a los gemelos a esa reunión tan importante que tienes, ¿no te parece? —dijo ella desafiante.

Era un chantaje, sin ninguna duda. La elegante princesa estaba jugando sucio.

—Está bien —dijo Ryder—. Pero quiero que comprendas que mi primera prioridad es el éxito profesional de los residentes.

—Trato hecho —replicó ella—. ¿Has traído ropa y comida?

—La niñera lo dejó todo en esa bolsa —contestó él, sintiéndose tan feliz como si bajase en una barca por un río de aguas cristalinas una mañana de primavera—. Gracias —añadió, dejando a Travis en su asiento del coche—. Nos veremos después de la reunión.

Bridget se quedó mirando a los bebés y ellos a ella. Travis comenzó a revolverse en sus brazos y hacer pucheros.

—No, no te pongas ya a llorar —dijo ella dejándole en el asiento del cochecito y mirando luego lo que había en la bolsa—. ¡Mira! ¡Una manta! Ya veréis lo bien que vais a estar.

Extendió la manta en el suelo y luego sacó a los niños y los dejó encima.

Los gemelos la miraron con cara de sorpresa. Debía ser la primera vez que se veían así.

—¿Qué? —preguntó ella—. Os sentís libres, ¿verdad? Disfrutad de la libertad. Eso sí, quedáos ahí quietos sin moveros, ¿de acuerdo? Vamos a ver qué más hay en esta bolsa…

Desafortunadamente, no había muchas más cosas. Les tuvo entretenidos el primer cuarto de hora hasta que se comieron todos los cereales con miel y luego otros quince minutos más con un pequeño juego de construcciones de plástico. Después, cuando empezaron a aburrirse, les sacó un juguete musical y les enseñó lo que tenían que hacer para que sonara.

Pero pronto perdieron también el interés. Necesitaba algo más para entretenerlos. Tomó un par de folios del escritorio y le dio uno a cada niño.

Travis se llevó el suyo a la boca inmediatamente.

—No. Esto no es para comer, vamos a probar a hacer otra cosa —dijo ella estrujando el papel con las dos manos hasta convertirlo en una pelota.

El niño sonrió como si le gustara la idea. Bien, se dijo ella. Más papel. Arrugó y estrujó más folios hasta darles una forma redonda y luego se las tiró a ellos. Los gemelos se pusieron a reír muy contentos. Disfrutaban con aquello. Pronto, todo el suelo del despacho se vio cubierto de pequeñas pelotas de papel. Sin embargo, unos minutos más tarde, Travis comenzó a quejarse y a llevarse el puño a la boca.

—¿Tienes hambre, pequeño?

Por suerte, había dos biberones con leche en la

bolsa. Sacó uno y comenzó a dárselo a Travis. Tyler, sintiéndose agraviado frente a su hermano, se puso a llorar desconsolado.

—Está bien, está bien —dijo ella, sentándose en una silla y poniéndose a los niños en el regazo para poder darles el biberón a los dos a la vez.

No tardaron mucho en tomárselo todo. Travis eructó y soltó unas gotas de leche. Bridget se miró el vestido con gesto de contrariedad. Un segundo después, Tyler repitió la misma gracia.

Bueno, por lo menos no estaban llorando, pensó ella. Sin embargo, segundos más tarde, creyó advertir un olor extraño y desagradable. Olfateó dos o tres veces seguidas a los niños y llegó a la conclusión de que Travis le había dejado un regalo en el pañal.

Ryder abrió la puerta del despacho, dispuesto a escuchar las quejas de Bridget, pero en lugar de eso vio a los niños, muy tranquilos, sentados en su regazo mientras ella les cantaba una y otra vez el *Frère Jacques*. El suelo estaba lleno de papeles esparcidos por todas partes y olía a un perfume no muy grato que empezaba a resultarle ya familiar.

—Pensé que no estaría bien tirar los pañales sucios en una papelera del pasillo, así que los dejé aquí en la papelera del despacho. Los tapé lo mejor que puede, pero…

—Parece que se lo han pasado bien —dijo Ryder.

—No ha estado mal, teniendo en cuenta las pocas cosas de que disponía —respondió Bridget con una sonrisa—. Hemos estado jugando a la pelota con los papeles. Todo parecía ir bien hasta que Travis se puso a comérselos. Bueno, ¿cuándo vamos a tener esa conversación?

Ryder metió a los niños en el cochecito. Pensó darle cita para dentro de tres meses, pero consideró que no sería justo y que sería mejor acabar con aquello de una vez por todas.

—¿Qué te parece esta noche, en mi casa? —dijo él—. ¿Te gusta la comida china?

—Prefiero la italiana o la mediterránea —replicó ella, y luego añadió frunciendo el ceño—. ¿En tu casa…? No sé si podremos concentrarnos en la conversación, con los niños al lado.

—Tal vez tengamos suerte y se duerman pronto.

Cuatro horas después, Bridget apenas podía recordar lo que había dicho ni lo que había cenado aquella noche.

Los gemelos se habían quedado dormidos en el coche, de camino a casa de Ryder y se habían despertado luego de mal humor. A pesar de que Ryder no le había prestado luego toda la atención necesaria durante la conversación sobre las necesidades sanitarias de Chantaine, no podía echarle la culpa. Veía el interés y la responsabilidad que demostraba con los niños, pero era demasiado para él. Necesitaba ayuda.

Los gemelos no se durmieron definitivamente hasta casi las once de la noche.

—Me ofrecería a llevarte a donde quieras, pero no puedo volver a sacar a los niños de la cama de nuevo —dijo él, después de haber subido y bajado las escaleras más de cinco veces.

Ryder se pasó la mano por el pelo. Tenía cara de cansancio.

—No te preocupes, no es ningún problema. Mi guardaespaldas me llevará al hotel.

—Claro, me olvidaba de que eres una princesa.

—Sí, una princesa con el vestido manchado de leche de biberón.

Se produjo un silencio tenso que pareció durar una eternidad.

—Debes estar muy cansada. Tengo una habitación para invitados, con cuarto de baño. Si quieres, puedes quedarte aquí a dormir.

Bridget vaciló unos segundos. Sí, estaba cansada, pero, ¿tanto como para quedarse allí?

—No sé… No me he traído nada para cambiarme.

—Te puedo dejar una de mis camisas para dormir —dijo él, encogiéndose de hombros.

La idea de dormir en casa de Ryder y con una de sus camisas era realmente tentadora.

—Me gustaría poder conseguirte una buena niñera que te ayudara con los gemelos.

—Eso sería maravilloso. Pero, hasta ahora, ninguno de los intentos ha dado resultado.

—Podríamos intentarlo a través de una agencia —dijo ella—. No estoy segura de cómo funcionan esas cosas, pero puedo preguntárselo a mi hermana. No puedes seguir así. Cuando los niños vayan al colegio, habrá actividades escolares y deportivas a las que se supone deberán asistir los padres. ¿Cómo vas a compaginar entonces eso con tu trabajo?

—La verdad es que no había pensado en ello. Llevo poco tiempo cuidándolos. Ha sido todo tan rápido que aún no me he hecho a la idea. Fue un golpe muy duro para todos. Sé que los niños echan de menos a sus padres y yo no estoy seguro de poder ser un buen padre para ellos. He estado totalmente dedicado a mi carrera desde que entré en la Facultad de Medicina. Y ahora, además, tengo que suplir la ausencia del doctor Walters.

Bridget miró fijamente a Ryder durante unos segundos.

—¿Estás seguro de que quieres ser realmente el padre adoptivo de esos niños? Tienes otras opciones. Hay mucha gente que estaría encantada de acoger a...

—Los niños son míos. Tal vez tarde un tiempo en hacerme con la situación, pero al fin lo conseguiré. Los niños son muy importantes para mí. Los tuve en mis brazos de recién nacidos. Haría cualquier cosa por ellos. Siempre estaré a su lado cuando me necesiten.

—Está bien —dijo ella, asintiendo con la cabeza—. Trataré de ayudarte buscándote una niñera.

—Gracias.

—Bueno, se ha hecho tarde. Debería informar a mi guardaespaldas. Y tú ve preparándome esa camisa que me has prometido.

Bridget vio por la forma en que la miraba que hubiera preferido compartir la cama con ella en vez de dejarla sola en el cuarto de invitados. Se dio una ducha rápida y se lavó los dientes. Se puso la camisa que él le había dejado sobre la cama y se dejó embriagar por su aroma. Se metió bajo las sábanas, preguntándose qué le había llevado a involucrarse en la vida de Ryder.

Se quedó dormida. Debían haber pasado solo unos minutos, en opinión suya, cuando escuchó un golpe en la puerta. Se despertó confusa y desorientada.

—Bridget —dijo una voz masculina al otro lado de la puerta—. Soy yo, Ryder. Me voy a trabajar. Solo quería que lo supieras. Los niños están aún dormidos.

Bridget trató de situarse. No estaba en el hotel. Estaba en casa de Ryder.

—¿Los niños? —dijo ella, frotándose los ojos—. Ah, sí, claro, los niños.

—¿Estás bien? —dijo él, acercándose a su cama.

—¿Qué hora es?

—Las cinco.

—¿Te vas a trabajar todos los días tan temprano?

—Más o menos.

—¿A qué hora suelen despertarse los niños?

—Entre las seis y las siete —contestó él—. Puedo tratar de llamar a alguien si…

—No, yo me encargaré de ellos. Deja la puerta abierta para que pueda oírlos.

—¿Estás segura?

—Sí. Llama a la hora de la comida.

—Bien —dijo él, y luego añadió mirándola fijamente—: ¿Te ha dicho alguien alguna vez lo hermosa que estás cuando acabas de despertarte?

—No recuerdo que me hayan dicho nunca un cumplido como ese —dijo ella con una sonrisa.

—Me alegra haber sido el primero —replicó él, besándola suavemente en los labios y saliendo luego de la habitación antes de que ella pudiera decir nada.

Bridget se quedó pensativa, preguntándose si aquel beso sería real o lo habría soñado.

Se volvió a quedar dormida, pero a los pocos minutos oyó el llanto de un bebé. Se despertó sobresaltada, se bajó de la cama y se dirigió al cuarto de los niños. Abrió la puerta y se encontró a Travis y a Tyler sentados en sus respectivas cunas, llorando a moco tendido.

—Buenos días, pequeños —dijo ella, acercándose a Travis.

Vio entonces un juguete musical sujeto a un lado de la cuna. Tiró del asa y comenzó a sonar una sencilla melodía. Travis alzó la vista y dejó de llorar como por arte de magia.

—Buen chico —dijo ella, acercándose entonces a la cuna donde estaba Tyler y volviendo a hacer sonar la musiquilla.

Tyler sonrió y se quedó mirándola con los ojos como platos.

Les cambió los pañales y luego, con los dos en brazos, bajó las escaleras y entró en la cocina. Les dio de desayunar, los cambió de nuevo y los dejó sobre la manta que había extendido en el suelo del cuarto de estar. Aprovechó entonces para llamar a una amiga de su hermana para que le diera el teléfono de la mejor agencia de niñeras de Dallas. Tres horas más tarde, estaba entrevistando a cuatro. Entre medias, dio de comer a los gemelos, les cambió los pañales y les acostó para que se echaran la siesta. Como no querían dormirse, les puso un CD de cuentos y canciones infantiles tan repetitivo como el discurso de Estado que hacía su hermano cada vez que se dirigía a la nación. Ella había oído aquel discurso tantas veces y le parecía siempre tan monótono y aburrido que se preguntó si tal vez no resultaría más ameno si lo dijera cantando como en los cuentos infantiles del CD.

La segunda de las candidatas entrevistadas fue la que le pareció más idónea. Solicitó referencias de ella, que recibió en el móvil por SMS en menos de una hora, y envió luego una oferta generosa que fue inmediatamente aceptada. Después de comprobar que los niños estaban dormidos, hizo un pedido de una webcam para poder tenerlos vigilados en todo momento hasta que la niñera entrase de servicio.

Cayó rendida entonces en el sofá y se preguntó si había tenido alguna vez un día tan ajetreado. Se miró el vestido. Era el mismo que había llevado el día anterior. Estaba arrugado y tenía aún las manchas de leche del biberón y de la comida de los bebés. Por no hablar de las babas. Pero estaba tan cansada que le faltaron fuerzas para ir al cuarto de baño a arreglarse.

Sonrió, al recordarlo. Cualquier persona en su sano juicio se habría preguntado por qué estaba poniendo tanto interés en encontrar una niñera para un médico que tenía dos bebés. Tal vez un psiquiatra podría explicarlo de alguna forma más científica, pero lo que ella sabía era que Ryder y los gemelos le habían calado en lo más hondo del corazón.

Ryder salió de la oficina temprano, decidido a no dejar a Bridget en la estacada todo el día con los niños. Al entrar en casa la encontró despeinada y con el vestido manchado y arrugado, dormida en el sofá. Parecía un ángel.

Ella parpadeó unos segundos y luego abrió los ojos.

—Oh, lo siento, perdona un momento —dijo ella, levantándose deprisa del sofá y saliendo corriendo por el pasillo en dirección al cuarto de baño.

Ryder decidió aprovechar para ir a ver a los niños. Subió las escaleras y aplicó el oído en la puerta del cuarto de los gemelos. Solo se oía muy débilmente una canción infantil. Giró el pomo lentamente y entró con mucho sigilo. Los dos niños estaban profundamente dormidos.

Bajó las escaleras y se dirigió al cuarto de estar. Bridget estaba bebiendo un vaso de agua.

—Están dormidos —dijo Ryder.

—Odio decir esto —replicó ella—, pero tenemos que despertarles si queremos que duerman por la noche. Esta noche, no me puedo quedar.

—Tienes razón —dijo él, sin moverse del sitio.

—He contratado a una niñera. Comenzará el lunes. También he comprado una webcam. Así podrás verlos cuando quieras y estarás más tranquilo. Tal vez sea necesario contratar a otra niñera para las suplencias.

—¿Cómo lo conseguiste? —preguntó él con cara de incredulidad.

—Soy una princesa y usé mi varita mágica —dijo ella con una sonrisa—. En realidad, me limité a llamar a la mejor agencia de niñeras de Dallas, entrevisté a las cuatro que me parecieron más cualificadas, mientras cambiaba los pañales a los niños, y elegí a la más idónea. Pedí referencias suyas y asunto resuelto —añadió ella encogiéndose de hombros, como quitando importancia al asunto—. Ahora, ya no tengo nada más que hacer aquí.

—En otras circunstancias, te habría invitado a cenar en algún buen restaurante.

—Una idea maravillosa —dijo ella—. Pero, ya me ves, una princesa que se supone debe ser el símbolo del glamour, y estoy hecha un asco. Me iré a pasar el fin de semana al rancho de mi hermana. Puedes llamarme la próxima semana para informarme de los médicos que hayas seleccionado para ir a trabajar a Chantaine.

—No pensarás realmente que voy a vender a ninguno de mis residentes solo por esto, ¿no?

—No creo que vender sea la palabra adecuada —dijo ella con el ceño fruncido—. Sería más exacto decir que les vas a brindar la oportunidad de adquirir experiencia práctica en un lugar paradisíaco, y con todos los problemas económicos resueltos para que no tengan que preocuparse más que de sus pacientes.

—Dicho así, suena muy bien —dijo él, arqueando una ceja.

—Es la verdad —replicó ella—. Bueno, tengo que irme. Mi guardaespaldas me está esperando.

—¿Me puedes dar tu número del móvil? Recuerda que te debo una cena.

Bridget se quedó mirándolo un instante con una expresión tan sensual y seductora que Ryder hubiera querido tener alguna excusa para que se quedara con él esa noche.

—Hay quien piensa que causo más problemas que los que resuelvo —dijo ella.

—Quien dice eso no te ha visto con los gemelos.

Ella sonrió levemente y se fue a la cocina. Movido por la curiosidad, Ryder la siguió y la vio garabateando un número en el calendario que había junto al frigorífico.

—Y no tardes mucho en llamarme —dijo ella, mientras se dirigía a la puerta.

—No te preocupes por eso —dijo él, sin poder apartar los ojos de sus piernas y de su trasero—. Buenas noches, bella princesa.

—Buenas noches, doctor —respondió ella, dirigiéndole una sonrisa por encima del hombro.

—¿Gemelos? ¿El doctor Ryder? —exclamó Valentina, mirando a su hermana con los ojos como platos—. ¿Y tú qué tienes que ver con todo eso?

Era el sábado a mediodía. Bridget acababa de levantarse y estaba tomando una taza de té.

—Nada —respondió ella—. Pero no tenía elección. Los niños se han quedado huérfanos y Ryder se las ve y se las desea para poder atenderlos. No puede compaginarlo con su trabajo y está buscando una persona que lo ayude con los niños.

Tina la miró con cara de incredulidad.

—¿Estás segura de que estás bien? ¿No necesitarás un poco más de descanso?

—Puedo echarme luego la siesta un rato —respondió Bridget con una sonrisa—, pero eso no va a cambiar nada las cosas. Compréndelo, tenía que hacerlo. No se puede quedar uno de brazos cruzados cuando ve a alguien en apuros, ¿no te parece?

—Sí, cariño, tienes razón. Siento haberte hablado

así —dijo Tina con ternura—. Veo que te ha salido el lado altruista de los Devereaux. Cuando vemos una necesidad tratamos de ofrecer nuestra ayuda. Cuando vemos el dolor, tratamos de aliviarlo. Es nuestro sino. Es algo que llevamos en la sangre y contra lo que no podemos luchar.

Bridget sonrió a su hermana, mientras Katiana, sentada en lo alto de su trona, daba golpes en la bandeja para que le pusieran más comida.

—Lo que realmente quiero es concluir cuanto antes la misión que Stefan me ha encomendado, para así poderme ir a Italia. Pero me estoy encontrando con más dificultades de las previstas.

—¿Cómo es eso? —preguntó Tina mientras le daba a Katiana unas rodajas de melocotón.

—No consigo entender por qué Ryder considera tan negativo para la carrera de un médico que está empezando el que vaya a trabajar a Chantaine. Por otra parte, Stefan me ha pedido que asista a algunos actos oficiales, así que tendré que quedarme en Dallas algunos días más de los que había pensado.

—No me gusta eso —dijo Tina, con el ceño fruncido—. Me había hecho a la idea de que íbamos a pasar juntas la mayor parte del tiempo que estuvieses aquí.

—No te preocupes, trataré de venir al rancho siempre que pueda, pero ya sabes como es Stefan.

—Sí, lo recuerdo muy bien —replicó Tina con un suspiro, mientras le limpiaba a Katiana la boca y las manos con un paño húmedo.

—*Aiba* —exclamó la niña, levantando las manos para que la sacasen de la trona.

—Ahora mismo, Alteza —dijo su madre tomándola en brazos y dándole un beso.

—*Aajo* —ordenó entonces Katiana señalando al suelo.

—Por favor —dijo Tina, mirando a su encantadora hija—. Las cosas se piden por favor.

—*Pofor* —dijo la niña.

—Bueno, casi, casi —replicó Tina con la sonrisa de una madre entregada.

Bridget se quedó mirando a su hermana. Llevaba unos pantalones vaqueros y una camiseta.

—Se me hace raro verte con esa ropa tan de andar por casa.

—Llevo viviendo aquí ya más de dos años.

—¿Te encuentras a gusto? ¿No te agobian las tareas de la casa? —preguntó Bridget—. Si vivieras en el palacio tendrías a tu disposición todas las niñeras y criadas que quisieras.

—No me puedo quejar. Tengo a Hildie, el ama de llaves, que bien podría ser la abuela de Katiana, y a Zach. Me gusta la vida sencilla. Antes de conocer a Zach, tenía siempre la cabeza llena preocupaciones. Ahora todo es mucho más fácil. Solo tengo dos cosas de las que preocuparme: Katiana y él.

—Te comprendo —murmuró Bridget, mientras Hildie, la vieja ama de llaves de Zach de toda la vida, entraba por la puerta con una bolsa de la tienda de comestibles.

—¡Vaya! ¡Cuántas altezas tenemos hoy por aquí! Esto respira realeza. Señorita Tina, ofrézcale a su hermana uno de mis bollitos de fresa. Parece que han desayunado un poco tarde. Aunque no es de extrañar, teniendo en cuenta la hora en que la señorita Bridget llegó anoche a casa —dijo Hildie, alzando una ceja con intención.

Bridget no estaba segura de cómo tomar la indirecta del ama de llaves. Tina le había dicho muchas veces que Hildie tenía un corazón de oro, pero a ella le daba la impresión de que lo que tenía era una mano de hierro con la que gobernaba la casa.

—Buenos días, señora…

—Llámeme Hildie, y permítame decirle que ya es por la tarde. ¿Le apetece unas tortitas o un sándwich de pavo? No me pareció que tuviera buena cara cuando llegó anoche —dijo la mujer.

—Estuve cuidando a unos bebés. Unos gemelos —dijo Tina, muy divertida con la observación.

—¿Unos gemelos? ¿Usted? —exclamó Hildie, con cara de asombro.

—Sé que parece raro —respondió Bridget—. Esperemos que no me vuelva a ver en otra parecida.

—Estaba ayudando a un médico que ha tenido que hacerse cargo de los bebés de su hermano, porque él y su esposa resultaron muertos en un accidente.

—¡Qué cosa más terrible! —exclamó Hildie—. Hizo usted lo que debía, señorita Bridget. Déjeme que le haga una tarta. Se lo merece. Le prepararé la que más le guste.

—Oh, se lo agradezco. Es usted muy amable, pero no hace falta que me haga ninguna tarta.

—Insisto —dijo Hildie, poniéndose con los brazos en jarras.

Tina se encogió de hombros, conteniendo la risa.

—Vas a tener que comerte esa tarta, lo quieras o no. Así que será mejor que elijas la que más te guste. Te garantizo que va a ser la tarta más sabrosa que hayas comido en toda tu vida.

—Bueno, si no hay otro remedio, puestos a elegir, me gustaría la tradicional tarta de chocolate.

—No puede negar que es digna hermana de la señorita Tina —dijo Hildie echándose a reír a carcajadas—. Ella también siente una devoción compulsiva por la tarta de chocolate.

—Yo no siento ninguna devoción compulsiva por nada —replicó Bridget muy indignada—. Esto es solo algo pasajero, como un virus. Se me curará cuando disfrute mi año sabático en Italia.

Hildie volvió a sonreír y la miró con cara de simpatía.

—No se preocupe, Alteza. Puede llevarle un tiempo, pero al final lo verá todo más claro.

Bridget frunció el ceño al oír aquellas palabras tan enigmáticas. Parecía como si Hildie supiera algo que ella no sabía. Mmm… No le agradó la idea.

Bueno, tal vez, la tarta de chocolate le hiciese olvidarse de todo.

Capítulo 3

TRES noches después, Bridget y Ryder estaban
cenando en un exclusivo restaurante de Dallas,
especializado en cocina mediterránea. A través
de la ventana se podía ver una vista magnífica de la
ciudad, pero Ryder solo tenía ojos para Bridget. Sus
bellos ojos azules despedían un brillo especial, mezcla
de calor y sensualidad. Llevaba un vestido negro de
noche con un atrevido escote en uve que cubría mila-
grosamente sus firmes y hermosos pechos. Tenía los
labios pintados, de nuevo, de un intenso color rojo
fuego.

—Gracias por venir —dijo él, una vez que hubie-
ron pedido el menú.

—Gracias a ti por invitarme. ¿Quién se ha quedado
a cargo de los gemelos?

—Una vecina y su hija. Prometí pagarles el doble
y aceptaron en seguida.

—Travis y Tyler son adorables, pero agotadores.
¿Qué tal con la nueva niñera?

—Parece muy eficiente. Hoy ha sido su primer día y parece que ya han empezado a ir las cosas mejor para todos —dijo Ryder, sorprendido él mismo de su optimismo.

—Bien —dijo ella tomando un sorbo de su copa de vino—. ¿Podemos hablar ahora sobre el programa médico de Chantaine?

—¿Tenemos que hablar aquí de negocios?

—Será solo unos minutos. Recuerda que dejamos aplazada la conversación cuando tuve que quedarme con los gemelos para que pudieras asistir a tu reunión de dirección.

—Voy a serte sincero. La verdad es que Chantaine no ofrece ninguna ventaja desde el punto de vista profesional a nuestros residentes. No van a mejorar su formación, ni van a trabajar con especialistas de experiencia, ni van a conseguir ninguna certificación de prestigio.

—El dinero no es suficiente, ¿verdad? —dijo ella inclinando la cabeza con gesto pensativo—. Supongo que la situación sería muy distinta si Chantaine pudiera ofrecerles trabajar al lado de un médico de prestigio, ¿no es así?

—En efecto —dijo él, asintiendo con la cabeza, mientras ella echaba otro trago de vino con aire pensativo—. No sé por qué, pero apostaría a que estás tramando algo.

Ella sonrió y sus labios dibujaron un pequeño corazón de color rojo lleno de sensualidad.

—Y acertarías. Yo siempre estoy pensando en algo. Los Devereaux somos así.

—Estuve mirando en Internet para informarme sobre ti —dijo él—. Nunca te he visto implicada en ningún escándalo. ¿Cómo te las has arreglado?

—Me halaga oírte decir eso. Yo también estuve recabando información sobre ti después de la fiesta.

¿Qué cómo me las he arreglado para no protagonizar ningún escándalo? Bueno, todo es relativo. Aunque pueda sonar cínico, es algo que les debo en gran parte a mis hermanas. Aunque vaya por delante que no me alegro de ello. Ericka tuvo que ingresar en un centro de desintoxicación y, poco después de eso, Tina se quedó embarazada, estando soltera. Todo un escándalo. Así que mis pequeños pecados quedaron eclipsados al lado de los suyos.

—Como aquella vez que montaste un numerito en un club nocturno de Chantaine, ¿no?

—Todo fue por Stefan. Eve estaba conmigo y él no podía soportar que ella no estuviera con él. Pero tampoco pretendo echarle la culpa de todo. Mi hermano acababa de saber que había tenido un hijo de una aventura reciente y estaba tratando de consolidar su relación con Eve.

—Recuerdo haber leído algún artículo sobre un incidente en la que ella resultó herida. Una pandilla de delincuentes…

—Eve me salvó la vida a costa de poner en riesgo la suya —dijo ella en voz baja mientras deslizaba un dedo suavemente por el borde de la copa—. Todo sucedió tan rápido... Eve cayó al suelo como si estuviera muerta. No debería haber puesto en juego su vida por mi causa.

Ryder estaba sorprendido de la expresión de culpabilidad que se reflejaba en su rostro.

—Son cosas que pasan. A veces no hay tiempo material para tomar la decisión más acertada en una situación determinada. Ella es una mujer de Texas. Actuó por instinto.

—Quizá yo tenga mucho que aprender de las chicas de Texas.

—Tus instintos son nobles y generosos, Bridget.

Me sacaste de un apuro, haciéndote cargo desinteresadamente de los gemelos cuando más lo necesitaba.

—Eso es diferente —dijo ella.

—Yo no lo veo así. Pero no voy a mentirte. No puedo prometerte que vaya enviar a ningún médico a Chantaine —dijo él con toda sinceridad, y luego añadió mirándola fijamente—: He estado pensando en ti todos estos días. Te deseo. Sueño con tenerte en mi cama. Me gustaría poder decir que es solo porque el cuerpo tan maravilloso que tienes, pero la verdad es que hay algo más que en ti que me atrae poderosamente.

—Yo... no sé qué decir —dijo ella con la voz apagada.

—No necesitas decir nada. Solo quería que lo supieras.

Ella le sostuvo la mirada y él pudo ver en sus ojos una mezcla de duda y de deseo.

Después de la cena, Ryder llevó a Bridget al hotel e insistió en acompañarla a la habitación.

—Supongo que sabes que mi guardaespaldas me está vigilando, ¿no? —dijo ella en la puerta.

—¿Entramos? —propuso él.

Bridget sintió una extraña sensación, mezcla de temor y de excitación. El guardaespaldas podría contárselo todo a Stefan y ella tendría que seguir eludiendo sus llamadas, tal como llevaba haciendo desde la noche que había pasado en casa de Ryder. Era un fastidio.

—Pero solo un momento, ¿eh? —replicó ella, pasando la tarjeta de la habitación por el lector.

Ryder empujó la puerta y, nada más entrar, Bridget se vio apoyada contra la pared, sintiendo su boca sobre la suya.

—No sabes el efecto que esa boca tan roja produce

en mi corazón —susurró él, volviendo a besarla, ahora con más ardor, saboreándola, invadiendo su boca con la lengua.

Ella sintió un calor súbito por todo el cuerpo. El corazón comenzó a latirle de forma acelerada y descontrolada. Sintió un deseo irresistible de hundir los dedos en su pelo y atraerle hacia sí. Tenía la respiración entrecortada, como si empezara a faltarle el oxígeno en los pulmones.

—Te deseo —exclamó él—. Y sé que tú también me deseas a mí. Deja que me quede un rato.

Era una tentación, se dijo ella. Si le dejaba quedarse, se disiparían, en un instante, sus miedos y sus dudas, y se llenaría el vacío que sentía desde hacia tiempo en el alma.

Él la besó de nuevo y ella sintió como si estuviera dando vueltas alrededor de un planeta desconocido.

—¿Deseas estar conmigo? —le susurró él al oído.

Ella cerró los ojos y respiró hondo tratando de encontrar la respuesta adecuada.

—Sí-y-no —replicó ella, enlazando las palabras, y apoyando la frente en su barbilla—. Esto me parece un poco precipitado.

—Tal vez tengas razón —dijo él, con un suspiro de resignación.

—Lo siento, Ryder.

—Está bien —replicó él acariciándole el pelo—. Sabía que esto no podía funcionar.

—¿Por qué? —preguntó ella, inclinándose hacia atrás para mirarlo a los ojos.

—Yo soy un médico y tú una princesa.

—¿Y?

—No es una buena combinación. Son cosas que no encajan —dijo Ryder, abriendo la puerta—. Dulces sueños, Alteza.

Cuando él salió, ella se quedó pegada a la puerta, con gesto contrariado. ¿Por qué no podían encajar? ¿Por qué ellos no eran una buena combinación? Y lo de los dulces sueños le chirriaba en el oído. Era lo que Eve solía decirle a menudo y a ella le gustaba oírlo de sus labios. Pero en boca de Ryder sonaba muy distinto. A burla. Era casi ofensivo.

Bridget hizo un gesto de amargura y se volvió hacia la puerta. Pero él ya se había ido.

Ryder oyó un golpe sordo y alzó la vista.

Estaba en la reunión de seguimiento y evaluación de los médicos residentes.

El doctor Wayne Hutt, su mayor enemigo en el hospital, volvió a dar un golpe en la mesa.

—¿McCall? ¿Sigues aquí con nosotros?

—Perdón —dijo Ryder—. Estaba examinando mis notas.

—Está bien —dijo Hutt—. Hablábamos del absentismo de los doctores Robinson y Graham.

—El doctor Robinson está muy preocupado por la salud de sus padres que viven en una zona rural de Virginia y el doctor Graham tiene a su esposa embarazada —replicó Ryder—. No hay ningún problema. Solo necesitan un poco de tiempo para reorganizarse.

—¿Cómo puedes estar tan seguro? —preguntó Hutt desafiante.

Ryder trató de controlar la antipatía que sentía por su colega.

—Estoy tan seguro como podría estarlo el doctor Gordon Walters —añadió muy sutilmente sabiendo que todos estaban al corriente de la confianza que el doctor Walters tenía en él.

Hutt frunció el ceño, pero prefirió no responder.

El doctor James Williams, director general del hospital, asintió con la cabeza.

—Les daremos a Robinson y a Graham dos semanas de plazo para que pongan en orden sus cosas. ¿Puede usted encargarse de comunicárselo, doctor McCall?

—Sí, señor.

Cuando la reunión acabó siete minutos después, Ryder regresó a su despacho. Envió un correo electrónico a los doctores Robinson y Graham para concertar una cita con ellos y luego respondió a los más de cincuenta correos que había recibido esa mañana.

Se disponía a ir a hacer la ronda nocturna con sus pacientes, cuando vio entrar al doctor Hutt.

—Hola, Ryder. ¿Cómo tan tarde por aquí? Me sorprende que puedas compaginar tu trabajo con los gemelos.

Ryder se mordió la lengua para no contestarle como merecía.

—Gracias por preocuparte por mí, pero no tengo ningún problema. Acabo de contratar a una niñera muy eficiente. Y ahora, si me disculpas, tengo que hacer mi ronda.

—Un momento —dijo Hutt—. ¿Qué me puedes decir del doctor Walters? Nadie sabe nada de él.

—Está tratando de recuperarse lo antes posible. Pero ya sabes, estas cosas llevan su tiempo —dijo Ryder muy diplomáticamente.

—No me dices nada con eso —replicó Hutt.

—Sabes tan bien como yo que el estado de un paciente es una información confidencial.

—Walters no es tu paciente —dijo Hutt secamente.

—Es mi mentor y mi amigo. Y además lo considero como un padre. El mío murió cuando yo era casi un niño y Walters me ha ayudado en todo. No pienso hablar de su estado.

—Me temo que no debe ser muy bueno —dijo Hutt—. Bueno, Ryder, si esos gemelos son una carga demasiado grande para ti, estoy dispuesto a echarte una mano.

Ryder estaba convencido de que las palabras de Hutt no eran sinceras. Lo único que realmente quería era quitarle el puesto del doctor Walters.

—Gracias por la oferta.

—Hablo en serio, Ryder. Una esposa es vital para un hombre. Mi mujer me hace la vida más fácil y me permite hacer mejor mi trabajo. Cuando uno no tiene una esposa...

—Tengo una niñera muy competente.

—Pero no es lo mismo que una esposa —afirmó Hutt.

—Está bien. Tal vez tengas razón. Buenas noches —dijo Ryder, dirigiéndose hacia la puerta.

Ryder nunca había tenido la menor intención de casarse ni tener hijos. Había visto el matrimonio desastroso de sus padres, la muerte de su padre y el posterior deterioro físico y mental de su madre a consecuencia del alcoholismo que acabó con su vida.

Fue aquella experiencia tan amarga la que llevó a tomar la decisión de hacerse médico y dedicar su vida a su profesión, a tratar de sanar a sus pacientes.

Sus pensamientos volaron entonces hacia Bridget. Recordó la última vez que la había visto, con aquellos ojos azules llenos de sensualidad y aquella boca roja tan seductora. Hubiera querido tenerla allí en aquel instante para estrecharla entre sus brazos y hacerla suya.

Pero no quería comprometerse de forma estable

con ninguna mujer. Lo más importante para él era su profesión y los gemelos.

Bridget echó un vistazo a su alrededor y vio con tristeza que Ryder no había acudido.

Estaba en el salón donde se celebraba un encuentro entre los miembros de la asociación médica. Ryder estaría probablemente cuidando a los gemelos. Sintió una gran emoción al recordarle con los niños. Pero procuró alejar de inmediato esos pensamientos. Había ido allí por negocios y tenía que dejar a un lado los sentimentalismos.

A mitad de la celebración, entraron unos camareros con unas fuentes llenas de camarones y se llevaron las vacías. Ella se acercó a la mesa y se sirvió unos pocos en un plato. Justo en ese momento, un hombre, al que no conocía de nada, la saludó muy sonriente.

—Yo siempre espero aquí a que repongan las fuentes —le dijo un hombre ya de edad y de aspecto muy distinguido.

—Sí, es una buena idea —replicó ella, asintiendo con la cabeza—. Recién hechos están mejor. Permítame que me presente, soy Bridget Devereaux —dijo tendiéndole la mano.

—Doctor James Williams, del hospital Universitario —replicó el hombre, estrechándole la mano cordialmente—. ¿Es usted representante de alguna casa farmacéutica?

—No exactamente —respondió ella con una sonrisa—. Más bien, soy representante de Chantaine, un pequeño país del Mediterráneo. Tenemos escasez de médicos y he venido a ver si puedo contratar algunos. Les ofrecemos todos los gastos pagados y una beca generosa para que puedan continuar sus estudios. El proyecto contempla una estancia de dos años.

El doctor Williams alzó sus espesas cejas de color blanco.

—Parece una oferta interesante. Tendré que hablar sobre el asunto con el doctor que está al cargo de los residentes. Tal vez un par de ellos puedan beneficiarse de su proyecto.

—Se lo agradecería mucho. Aunque me imagino que usted debe ser un hombre muy ocupado, ¿le importaría si me pusiese en contacto con usted dentro de una semana?

—En absoluto. Seguro que su oferta le interesará a más de uno de nuestros residentes. Muchos tienen problemas económicos. Aunque, ¿quién no los tiene con esta crisis?

—Sí, es cierto —dijo ella—. ¿Va a dar usted alguna conferencia esta noche?

—No. Hoy estoy libre. Solo he venido aquí a comer y a saludar a los viejos amigos. Repítame su nombre, por favor. No me gustaría olvidarlo.

—Bridget Devereaux —contestó ella sin querer hacer uso de su título de princesa—. Estoy aquí en representación de Chantaine. Ha sido un gran honor para mí conocerlo.

—El placer ha sido mío, señorita Devereaux —dijo el doctor Williams probando los camarones.

Bridget estuvo conversando luego con otros médicos y al final logró concertar una visita al departamento de pediatría del Centro Médico de Texas para hacer una presentación oficial del sistema de sanidad pública de su país.

Al terminar el acto, se notó cansada. Le dolían los pies.

Se fue al hotel. Se sirvió una copa de vino blanco,

se quitó los zapatos y se puso a ver la televisión, para no pensar en Ryder.

Cerró los ojos y trató de relajarse. Pronto estaría en Italia, acompañada de un italiano muy apuesto. Sonrió imaginándose la escena. Pero en seguida otra cara vino a ocupar su lugar. Era Ryder, estaba sin camisa delante de ella, la estrechaba entre sus brazos y comenzaba a hacerle el amor. Estaba tan ardiente y fogoso que parecía salir un hilo de humo de su cuerpo. Empezó a sentir mareos al pensar en el contacto de su piel con la suya. Las rodillas le temblaban con sus apasionados besos. Nunca había sentido, hasta entonces, nada igual…

Sintió hundirse en el sofá, como si el cuerpo se le estuviera derritiendo.

Ardía de deseo. Pero estaba sola.

Trató de recobrar la calma. Aquello era una estupidez. Él ya le había dicho que no hacían buena pareja, que un médico y una princesa era una combinación que no podía llegar a ninguna parte. Se rebeló ante esa idea que no compartía, pero al instante se dijo que no quería complicaciones en su vida. Ella tenía otras metas. Su futuro inminente estaba en Italia.

Entró al cuarto de baño. Se lavó la cara y se cepilló los dientes, dispuesta a olvidar a Ryder para siempre. Pero cuando se quedó dormida, se puso a soñar con Ryder y los niños.

Unos días después, Ryder se hallaba a mediodía en el hospital, examinando a un muchacho que había operado recientemente de apendicitis. Se dirigía al departamento de administración para cursar el alta cuando vio que le impedían el paso porque se estaba filmando una especie de reportaje en la unidad de pediatría.

Algo disgustado, aprovechó para revisar, en el móvil, los mensajes de texto y responder a los más urgentes. Había dos enfermeras hablando cerca de él.

—Es una princesa que está rodando un video —dijo una enfermera a la otra.

—¿Una princesa? —exclamó él de forma espontánea alzando la cabeza.

—Sí —respondió la enfermera—. Pero es muy agradable. Y nada estirada. Le llevé un café y me dio las gracias. Es muy simpática. Más que muchos médicos.

Minutos más tarde, apareció Bridget, iluminando la estancia con su radiante sonrisa. La acompañaba el jefe de pediatría, visiblemente deslumbrado por su belleza.

—Gracias —dijo Bridget—. Muchas gracias en nombre de Chantaine y del mío propio. Ha sido usted muy amable.

—¿No es encantadora? —exclamó la enfermera—. ¡Y eso que es princesa!

Ryder hubiera querido responder con alguna ironía a la enfermera, pero estaba demasiado ocupado mirando a Bridget. Y al condenado jefe de pediatría. Ella parecía brillar como si tuviera luz propia. Recordó cuando la tuvo en sus brazos y saboreó sus labios rojos como el fuego que sentía ahora arder de nuevo dentro de él.

Bridget le tocó al jefe de pediatría amistosamente en el brazo y luego echó un vistazo por la sala. Cuando sus miradas se cruzaron, Ryder sintió una oleada de deseo, pero ella se limitó a saludarlo con la mano y volvió a prestar atención a su acompañante.

Ryder sintió un ataque de celos inexplicable. Se avergonzó de sí mismo. Aquello era impropio de él. Decidió ir a la habitación de su paciente para hacerle un último reconocimiento. Cinco minutos después, salió y se dirigió por el pasillo en dirección a su despacho, pero al girar en una esquina casi tropezó con Bridget y el doctor Ware, el jefe de pediatría, que estaba charlando con ella muy acaramelado. Por sus gestos, cualquiera juraría que estaba deseando comérsela. Tenía una mano apoyada en la pared, por encima de la cabeza de Bridget, y el cuerpo inclinado hacia ella. Ryder estuvo tentado de darle un empujón y apartarle de allí, pero prefirió seguir su camino como si no los hubiera visto.

Bridget se apartó unos centímetros del doctor Ware y lo llamó.

—Ryder, ¿cómo estás? ¿Y los gemelos? ¿Y la nueva niñera?

—Un momento —exclamó Ware, sorprendido—. ¿Cómo es que sabe tantas cosas de ti, McCall?

—Pura casualidad —contestó Ryder con indiferencia, y luego añadió dirigiéndose a ella—: Todos estamos muy bien desde que tenemos a la nueva niñera. Podría decir que te debo la vida.

—Sabes bien que no es tu vida lo que quiero —dijo ella con una sonrisa.

Ware sorprendido no dejaba de mirar a uno y a otro con cara de perplejidad.

—¿Qué es eso que ella quiere y que usted parece negarle? —preguntó el jefe de pediatría.

—Quiere a mis residentes —dijo Ryder, clavando los ojos en ella.

—Sería solo como un préstamo por dos años y además estarían muy bien remunerados.

—Podría darle uno o dos… —comenzó diciendo el doctor Ware cuando sonó el buscapersonas que llevaba en el bolsillo—. Les ruego me disculpen. Tengo que irme. Tiene mi tarjeta, ¿verdad, Alteza? Llámeme a cualquier hora del día —dijo con un gesto de esperanza.

Bridget suspiró al verlo marchar y se volvió hacia Ryder.

—¿Vas a portarte como un hombre civilizado y me vas a invitar a comer contigo?

—Si no he sido civilizado antes, ¿por qué iba a empezar a serlo ahora? —replicó Ryder.

Lo que Bridget no sabía era que Ryder, cada vez que estaba cerca de ella, deseaba ser cualquier cosa menos civilizado.

—Acabas de decir que me debes la vida —respondió ella con un brillo especial en la mirada.

—Está bien, tú ganas —dijo él con una sonrisa apagada—. Vamos. Pero te advierto que solo dispongo de quince minutos.

Nada más entrar en la cafetería, Ryder se dio cuenta de que mucha gente los miraba con curiosidad, aunque ella parecía no darse cuenta de ello. Tomaron un par de platos del bufé y luego Ryder la llevó a una de las pocas mesas libres que había en el fondo de la sala.

—¿Cómo fue ese video de hoy?

—Espero que haya quedado bien. Hice una entrevista al doctor Ware sobre prevención sanitaria en la infancia. Tendré que hacer también otro sobre la tercera edad. Pero basta de hablar de eso. ¿Cómo están los gemelos? —preguntó ella con mucho interés.

—Creo que la nueva niñera está haciendo grandes progresos con los niños. Estoy ahora mucho más tranquilo que antes. Me sugirió que jugase con ellos e hiciésemos juntos algunas actividades extra, pero hasta ahora no he tenido tiempo.

—¿Qué clase de actividades? —preguntó ella, probando el pollo frito del plato.

—Natación —respondió Ryder, y luego añadió en voz más baja—: Y yoga para niños.

—¡Qué interesante! ¿Practicas yoga? —preguntó ella tomando un sorbo de su vaso de té.

—No he hecho yoga en mi vida, pero la niñera dijo que eso podría contribuir a crear unos lazos más fuertes entre los tres.

—No lo dices muy convencido.

—No entraba en mis planes tener hijos. Necesito tiempo para hacerme a la idea. Una asistente social ha venido a casa un par de veces a ver cómo iban las cosas. Ella también me sugirió que debía dedicar más tiempo a jugar con los niños en vez de pasar tantas horas trabajando.

—Creo que es un buen consejo. Se te nota abrumado y agobiado por tantas responsabilidades. Por eso tienes ese aspecto tan triste y deprimido.

—Gracias por el diagnóstico, Alteza —replicó él secamente, tomando una rodaja de salmón ahumado—. Tiene gracia. Un amigo me dijo algo parecido el otro día.

—Todos estamos expuestos al *surmenage* y a la depresión. Pero yo diría que tú especialmente.

—¿Las princesas sufren también ese tipo de crisis? — preguntó él.

—Por supuesto. Es lo que le pasó a mi hermana Valentina. Estuvo llevando toda la carga de la familia demasiado tiempo.

—¿Y qué medidas de prevención tomas tú?

—Pienso tomarme un año sabático dentro de unas semanas. Mientras tanto, trato de descansar y estar tranquila todo lo que puedo. En cuanto consiga esos médicos que mi país necesita, me tomaré un descanso. Tengo ya dos residentes medio apalabrados con el doctor Ware.

—Me temo que no te va a resultar tan fácil.

—No veo por qué. Tampoco estoy pidiendo un neurocirujano de relumbrón. Me conformo con un médico de medicina general o de familia. De hecho, casi lo prefiero.

—Tú y todo el mundo. Aquí también tenemos escasez de médicos de familia.

—Recuerda que solo sería por un par de años.

—¿Qué opinión te merece el doctor Ware? —preguntó él, para cambiar de conversación.

—Es encantador. Y muy amable. Todo lo contrario que tú.

—Eso forma parte de mi encanto. Es la razón de que me encuentres irresistible.

—No sabía que además de antipático fueras tan engreído —dijo ella con una sonrisa.

—¿Me has echado de menos?

—Por supuesto que no. Me dijiste que entre tú y yo nunca podría haber nada. Y me lo dijiste, después de haberme acosado en la habitación del hotel. Eres tan voluble como esos pájaros que picotean una manzana y luego van...

—¿Quieres callarte un segundo? —dijo Ryder muy serio, agarrándole la mano sobre la mesa—. No puedo dejar de pensar en ti. Sueño contigo por la noche las pocas horas que consigo pegar ojo. No sé la de veces que he marcado tu número y he colgado antes de oír tu voz. Bridget, tú no puedes querer tener una relación con un hombre como yo.

—Yo soy la que debe decidir con quién quiero estar y con quién no, ¿no crees?

—Está bien —dijo él en tono de resignación.

—¿Y qué piensas hacer entonces al respecto? —dijo ella desafiante.

Si le dijera lo que deseaba hacer en ese momento, la policía vendría probablemente a detenerlo.

—Creo que será mejor que te lo diga con hechos en vez de con palabras.

Ryder vio con satisfacción el rubor que tiñó sus mejillas y se preguntó si se extendería también por todo el resto de su cuerpo. Sería emocionante averiguarlo.

Capítulo 4

BRIDGET sintió que le daba un vuelco el corazón cuando, dos días después, sonó su teléfono móvil y vio, en la pantalla, quién la llamaba.

—Hola —dijo ella con voz distante.

—Hola, Alteza. ¿Cómo estás? —contestó Ryder.

—Bien, en un museo de Dallas, en un acto de divulgación del arte para un grupo de niños. Voy a dar una pequeña charla en breves minutos —dijo Bridget, sonriendo a las personas que estaban esperando impacientes su intervención.

—Está bien, no te entretendré entonces. ¿Estás libre esta noche?

—No, pero podría arreglarlo. ¿Qué planes tienes?

—Nadar —respondió él.

—¿Perdón?

—Sí, ir a la clase de natación con los gemelos y luego tomar una pizza.

—Me parece un plan excelente. *Ciao* —replicó ella secamente colgando el teléfono, pero sintiendo una gran felicidad, mientras seguía a los delegados del museo hacia el atril donde la estaban esperando la prensa y un nutrido grupo de chicos.

Bridget pronunció un breve discurso sobre la importancia del arte a todos los niveles, destacando las nuevas estéticas pictóricas. Luego puso sus huellas dactilares en un folio en blanco y lo firmó. La multitud aplaudió calurosamente su intervención, y luego ella se quedó aún un rato más hablando con los chicos sobre las actividades artísticas en que trabajaban.

Finalmente, consiguió reorganizar sus compromisos para poder ir a las clases de natación de los gemelos. Se puso el traje de baño y se miró al espejo. No pareció muy satisfecha. No tenía un cuerpo esbelto, se dijo para sí. De hecho, si era sincera, se le notaba algo de grasa en la cintura. Y además lo tenía tipo campana: era sin duda más ancha por abajo que por arriba.

Sintió una angustia en el estómago. Maldita sea, ya podría tener ahora otra vez quince años. «Olvídalo», se dijo para sí. No iba a pasa nada. Ryder y ella iban a estar toda la tarde dedicados a aquellos dos gemelos de seis meses.

Tres cuartos de hora después, Ryder y ella estaban en la piscina con Tyler y Travis.

Tyler no hacía más que agarrarse a ella como una lapa. Parecía que tenía miedo.

—Tranquilo, pequeño —dijo ella meciéndolo suavemente en el agua.

—Lo estamos pasando bien, ¿verdad? —dijo Ryder, sosteniendo con mano firme a Travis que no hacía más que llorar como un desconsolado.

Ella miró a Ryder disimuladamente. Sintió un escalofrío al ver sus anchos hombros y la musculatura de su pecho y de sus brazos.

—Sí, solo nos quedaría ponernos a cantar.

—Seguro que nos echarían —replicó él—. Estás maravillosa. Pareces una sirena.

—Gracias —dijo ella, muy halagada—. ¿No se está poniendo Travis un poco morado?

—No, es solo de la rabia y del genio que tiene.

—¿Te importaría que nos los cambiáramos un rato?

Ryder accedió sin objetar nada. El que sí protestó fue Tyler, al que no pareció gustarle mucho el cambio. Travis siguió llorando. Bridget se puso a cantarle, en voz baja, una nana aprendida en sus años de infancia, y poco a poco el niño acabó calmándose del todo.

—No tendrás poderes mágicos, ¿verdad? —dijo Ryder.

—No, ha sido solo cuestión de suerte —replicó ella, deslizando suavemente al bebé por la superficie del agua.

Poco antes de concluir la clase, volvieron a intercambiarse otra vez a los gemelos.

Travis daba chillidos de alegría chapoteando en el agua, mientras Ryder, muy sonriente, le metía la cabeza debajo del agua de vez en cuando.

Nada más salir de la piscina, les secaron con unas toallas muy suaves y mullidas. Ryder le frotó el cuerpo a Travis y ella hizo lo propio con Tyler, que le sonrió agradecido.

—Son buenos chicos, ¿verdad? —dijo ella.

—Sí —respondió él, mirándola de arriba abajo—. Estás de infarto con ese traje de baño.

Bridget sintió una oleada de calor recorriéndole el vientre, el pecho, la cara y las piernas.

—Llevas mucho tiempo sin estar con una mujer, ¿verdad? —dijo ella.

—Sí —replicó él—. Pero esa no es razón para que te vea tan diferente de todas las demás mujeres que he conocido.

—Deja ya de halagarme y acaba de vestir a Travis, si no quieres que se resfríe.

Después del baño y de la pizza, Bridget y Ryder dieron de cenar a los bebés y los acostaron. Ryder hubiera preferido acostar a Bridget en su cama y disfrutar de aquellas curvas tan maravillosas que había podido admirar en la piscina, pero tendría que esperar a otra ocasión.

Confiaba en que fuera pronto, se dijo él, mientras su mirada se perdía por las caderas de Bridget que se movían bajo aquella ceñida falda de algodón. La había invitado a la piscina con la intención de poderla ver más ligera de ropa, pero ahora comprendía que había sido un equivocación, pues ahora se pasaría toda la noche sin dormir pensando en ella.

—¿Un poco de vino? —preguntó él, llevando una botella de la cocina al cuarto de estar.

Ella se había hundido en el sofá y había echado la cabeza hacia atrás, proporcionándole sin querer otra imagen erótica para su ya larga colección. Tenía las piernas cruzadas, una encima de otra, y, en esa posición, la falda se le había subido hasta las caderas, dejando al descubierto en su totalidad no solo las piernas, sino también los muslos e incluso... El escote de su camiseta negra era también una verdadera tentación, como puerta de entrada a esos pechos que él ya había sentido en su cuerpo durante breves segundos. Era la primera vez que la veía con los labios sin pintar, pero no por eso sentía menos deseos de besarla.

—Sí, ponme una copa —dijo ella—. Creo que, después de la piscina de esta tarde, vamos a dormir todos bien esta noche.

«Serás tú la que duerma bien», pensó él para sí, mientras le servía una copa de vino.

Él se sirvió otra. Esa noche no estaba de guardia.

—Es increíble lo que pueden aguantar los niños gritando y llorando, ¿no te parece? —prosiguió diciendo ella, mientras él se sentaba a su lado.

—Ahorran muchas energías estando gran parte del día tumbados o durmiendo. Otra cosa es cuando ya son mayores y juegan al rugby o al béisbol.

—¿Has pensado qué deporte te gustaría que hicieran? —preguntó ella.

—Cualquiera es bueno, siempre que les mantenga ocupados y gasten las energías. Cuando están cansados no tienen ganas de dar guerra.

—Vaya, ¿así que ese es el secreto? —dijo ella con una sonrisa—. ¿Y funcionó en tu caso?

—Yo comprendí, desde muy niño, que quería una vida muy diferente de la que veía en casa de mis padres.

—Al menos, tú conociste a tus padres.

—No puedo decir que haber conocido a mi padre haya sido unas de las mejores experiencias de mi vida.

—Bueno, ya sabes el dicho: si no puedes ser un buen ejemplo, sé una terrible advertencia.

Ryder se rio con ganas, sintiéndose un poco más relajado.

—No quiero ser como mi padre. Un borracho y un irresponsable con su familia.

—Tú nunca podrías ser nada de eso.

—¿Por qué no? Yo también conozco algunos refranes: «de tal palo tal astilla» o «la manzana nunca cae muy lejos de su árbol».

—Tú estás ya muy lejos de eso que llamas tu árbol —dijo ella—. Eres noble y sincero, y tienes un gran corazón. Aunque tratas de reprimir tus sentimientos, se ve que quieres mucho a los gemelos. Eso fue lo que más me atrajo de ti cuando nos conocimos en el ascensor.

—¿Ah, sí? Pensé que había sido por lo bien que cantaba —dijo él con una sonrisa.

Ella también sonrió y entreabrió los labios. Pero ya no pudo cerrarlos porque él se inclinó hacia ella y la besó apasionadamente, liberando todo el deseo reprimido hasta entonces.

Ella sintió en sus labios un sabor delicioso a vino tinto, tiramisú y a algo prohibido que no supo describir. Ryder confiaba en su capacidad de autocontrol. Si de algo estaba orgullo era de la fuerza de voluntad de la que había hecho siempre gala. Tenía un alto sentido de la exigencia y de la disciplina. Le había sido muy necesaria para acabar la carrera de medicina y luego el período de residente, y ahora para desarrollar con eficacia su puesto en el hospital.

Pero en ese momento, con ella tan cerca de él, había decidido olvidarse de todo.

Le pasó una mano por detrás de la cabeza y la atrajo hacia sí.

Soltó un gemido de deseo al sentir el contacto de su lengua con la suya. Era como un anticipo del placer que le esperaba cuando gozase del resto de su cuerpo. Le puso una mano en la cadera y la otra justo debajo de los pechos.

Estaba tan excitado que casi no podía respirar. Ella era tan suave, tan femenina, tan ardiente… Sentía cada vez más ansia por poseerla, por sentirse dentro de ella...

Tomó uno de sus pechos con la mano hueca, abarcándolo en toda su plenitud, y sintió el pezón duro y erecto en la palma. Loco de deseo, le desabrochó los botones de la blusa y le metió la mano por dentro del sujetador hasta sentir la suavidad y calidez de la piel de sus pechos. Sintió deseos de poder tocar y acariciar cada palmo de su cuerpo. No recordaba haber sentido nada igual con ninguna otra mujer.

Le quitaría la ropa hasta dejarla completamente desnuda y la acariciaría toda entera con las manos y la boca. Y luego entraría dentro de ella para sentir su calor y su humedad...

Creyó oír entonces un golpe, como una llamada, en algún lugar recóndito de su cerebro. Pero tenía todos los sentidos puestos en ella. La besó con fervor de nuevo en la boca.

Escuchó otro golpe más fuerte. Pero estaba decidido a olvidarse de todo lo que no fuera ella.

De repente la puerta se abrió y Marshall irrumpió en el cuarto.

—Vaya. Creo que he interrumpido algo.

Bridget se apartó de él a toda prisa y se abrochó la blusa precipitadamente.

—¿Quién es? —dijo ella con la voz entrecortada.

—Es Marshall, un viejo compañero del instituto —contestó Ryder—. Es mi mejor amigo, por eso tiene mi llave —añadió mirando a Marshall con gesto de reproche.

Marshall levantó las manos como si pretendiera decir que era inocente de toda culpa.

—Estuve llamando varias veces, pero nadie respondía. Estaba empezando ya a preocuparme. Sé que sueles estar habitualmente en casa a estas horas —dijo Marshall, y luego añadió, tras mirar de arriba abajo a Bridget y soltar un silbido de admiración—: ¿Y a quién tenemos aquí?

—Ten un poco más de respeto —dijo Ryder, frunciendo el ceño, algo molesto—. Es la prin... —se detuvo al sentir que Bridget le pellizcaba el brazo para que no mencionase su título nobiliario—. Es Bridget Devereaux. Bridget, este es Marshall Bailey.

Bridget se levantó del sofá y lo saludó cortésmente.

—Encantado de conocerte, Bridget —dijo Marshall—. No sabes la alegría que me da ver a Ryder con una mujer.

—Marshall… —dijo Ryder, en tono de advertencia, levantándose también del sofá.

—No te lo tomes a mal —dijo Marshall, y añadió luego dirigiéndose a Bridget—: El pobre ha estado mucho tiempo sin otra compañía que la de los gemelos y la mía. Por cierto, ¿cómo os conocisteis?

—Basta ya, señor metomentodo. Has visto que estoy bien, así que ya puedes marcharte.

—No es necesario —dijo Bridget mirando el reloj—. En realidad, estaba a punto de irme. Tengo un vuelo mañana a primera hora.

—¿Adónde? —preguntó Ryder con voz angustiada.

—A Chicago. Tengo una reunión con el jefe del hospital Universitario para presentarle mi propuesta.

—¿Significa eso que renuncias a nuestros residentes?

—No, pero, dado que no has estado precisamente muy receptivo a mi oferta, mi hermano Stefan me ha pedido que investigue otras posibilidades. Tu hospital era nuestra primera opción, pero dado que no se te ve en disposición de ayudarnos...

—Por el amor de Dios, Ryder, ayuda a esta mujer —exclamó Marshall, implorante—. ¿Hay algo que yo pueda hacer?

—No. A menos que tengas el título de médico y una licencia para practicar la medicina.

—Creo que mi coche ya está ahí —dijo ella con una sonrisa—. Gracias por la tarde tan agradable que hemos pasado.

—Te acompaño al coche —dijo Ryder, y añadió luego mirando a Marshall—. Vuelvo en seguida.

Había una limusina esperándola en la acera. Un hombre se acercó muy solícito a abrirle la puerta. Ryder estaba contrariado porque ella se fuese de viaje.

—¿Cuánto tiempo vas a estar fuera? —preguntó él.

—¿Va a echarme de menos, doctor McCall? —dijo ella con una sonrisa burlona.

—¡Qué tontería! Lo único que llevo echando de menos desde hace un mes es poder dormir.

—Ah, bueno, entonces quizá tengas suerte y consigas dormir mejor cuando yo esté fuera —dijo ella dirigiéndose a la limusina.

Él la agarró de la muñeca y la obligó a darse la vuelta. El hombre que sujetaba la puerta del coche se acercó inmediatamente a ellos, alarmado, pero ella le detuvo con un gesto.

—No pasa nada, Raoul.

—Debes disfrutar atormentándome —dijo Ryder.

—¿Yo? —exclamó ella con cara de inocencia—. ¿Cómo podría yo hacer una cosa así?

—No lo sé, pero te aseguro que es lo que estás haciendo conmigo —dijo él besándola por sorpresa, y luego añadió usando las mismas palabras que ella le había dicho hacía un par de días—: Y ahora, Alteza, ¿qué piensas hacer al respecto?

—Te llamaré cuando vuelva de Chicago —contestó ella, mordiéndose el labio inferior.

—Espero tu llamada.

Ryder entró en casa y se encontró a Marshall tumbado en el sofá con una copa de vino.

—No está mal este vino —dijo al verlo entrar.

—Me alegro de que te guste. Pero en adelante llama antes de entrar, ¿vale?

—He llamado, pero no me respondiste. Aunque me hago cargo perfectamente. Esa Bridget es un bom-

bón. Y además se ve que tiene pasta, ha venido una limusina a recogerla. Sabes dónde pones el ojo, ¿eh, pá-
jaro? Pero dime, ¿cómo la conociste?

—En un ascensor —respondió Ryder, no queriendo dar más detalles.

A pesar de la gran amistad que le unía con su viejo
amigo, Ryder sabía que Marshall podía llegar a ser
más chismoso que una portera.

—¿Lo dices en serio? —dijo Marshall, sorprendido—. ¿Estabais solos? ¿Hicisteis algo?

—No pasó nada de lo que estás pensando —replicó Ryder, aunque se dijo para sí que, si no hubiera estado con los gemelos, tal vez las cosas hubieran sucedido de otro modo.

—Bueno, en cualquier caso, me alegro de que al
final hayas entrado en acción.

—Habría entrado más en acción si no hubieras venido a importunarnos.

—Lo siento, amigo, la próxima vez tendrás mejor
suerte. Por cierto, pensé que Suzanne estaría aquí esta
noche. Suele quedarse hasta que llegas.

—Vaya, o sea que no has venido a verme a mí sino
a la niñera. Te lo digo desde ahora, mantén las manos
alejadas de ella. No es tu tipo.

—Lo dirás tú. ¿Por qué no va a ser mi tipo? Es
guapa, agradable y simpática.

—Y seis años mayor que tú —apuntó Ryder.

—¿Y qué? No lo parece. Tiene una mirada dulce y
juvenil. Y una sonrisa encantadora.

—No me gusta lo que estoy oyendo —dijo Ryder—. Suzanne es por ahora la niñera perfecta y no
quiero que me la eches a perder. Los niños y yo la necesitamos.

—Es una persona adulta y puede decidir por su
cuenta si quiere estar conmigo o no.

—Marshall, ella no es como las chicas con las que tú sueles salir. No está acostumbrada a estar con un tipo como tú que solo pretende usarla y luego tirarla a la basura.

—No hace falta que me insultes. Sabes bien que he tenido algunas relaciones estables.

—¿Sí? Dime alguna —exclamó Ryder desafiante.

—Por ejemplo, Wendy, la pelirroja. Estuvimos viéndonos casi dos años.

—Sí, la recuerdo, vivía fuera de la ciudad, ¿verdad? ¿Y con cuántas otras mujeres te estuviste viendo al mismo tiempo?

—Está bien, amigo. Y, ¿qué me dices de Sharona? Estamos viviendo juntos.

—¿Y cuánto tiempo lleváis?

—Siete semanas, pero…

—Con eso está dicho todo. Te lo repito, ¡mantén las manos lejos de Suzanne!

Marshall apuró su copa de vino y se puso de pie.

—Ryder, sabes que no soy un pervertido.

—Yo no he dicho tal cosa.

—Es solo que no he encontrado todavía a la mujer adecuada —dijo Marshall.

—Pues si quieres que las cosas sigan como hasta ahora entre nosotros, ya puedes ir olvidándote de Suzanne.

Bridget regresó de su viaje a Chicago, tres días después. No había conseguido contratar a ningún médico, pero había convencido a uno de los especialistas para que fuera a Chantaine a dar unas conferencias. Cada vez estaba más cerca de su objetivo.

Le apetecía meterse en la bañera con agua caliente para relajarse y luego ponerse cómoda y quedarse en la habitación viendo la televisión, pero tenía un compromiso esa tarde. Tenía que asistir a un acto benéfico a favor de los enfermos de Alzheimer que patrocinaba el hijo del gobernador. No tenía muchas ganas de ir, pero sabía que ese tipo de eventos formaba parte de su trabajo. Pensó en llamar a Ryder, pero desistió. No tenía claro hasta dónde debía llegar su relación, teniendo en cuenta que se marcharía de Dallas en cuanto cumpliese su misión.

Cuando bajó al hall del hotel, vio que Robert Goodwin, el hijo del gobernador, la estaba ya esperando. Era un hombre de aspecto distinguido, más cerca de los cincuenta que de los cuarenta, que le recordó a uno de sus tíos. Pensó que debía tratarle como tal.

Su guardaespaldas, Raoul, que a veces hacía también labores protocolarias, les presentó.

—Alteza, Robert Goodwin.

—Encantada de conocerlo, señor Goodwin —dijo ella tendiéndole la mano—. Gracias por acompañarme a este acto que tiene una causa tan noble.

—El placer es mío, Alteza —dijo él, inclinándose hacia ella con una reverencia y besándole la mano—. Pero, por favor llámeme Robert. ¿Puedo decirte que estás espléndida?

—Muchas gracias, Robert. ¿Nos vamos?

Cuando llegaron al edificio donde iba a celebrarse el acto, Bridget tenía ya elementos de juicio suficientes para pensar que las intenciones del señor Goodwin con ella no eran precisamente las de un tío con una sobrina.

Los reporteros comenzaron a disparar los flashes de sus cámaras cuando ella se bajó de la limusina. Goodwin se pegó a ella para salir en todas las fotos.

—Todo el mundo está entusiasmado de poder contar con la presencia de una princesa esta noche —dijo él—. Hay gente que ha pagado mucho dinero por poder sentarse en nuestra mesa.

—Estoy encantada de poder haber servido de alguna ayuda a la causa.

A veces se sorprendía pensando que un simple espermatozoide hubiera determinado su estatus. Y, más aún, que el propietario de aquel espermatozoide hubiera sido un hombre tan innoble como su padre.

—¿Me harías el honor de bailar conmigo? —dijo Robert, mirándole el escote de forma descarada, nada más entrar al salón.

—Gracias, pero tengo que ir al baño. ¿Me puedes indicar dónde está el servicio de señoras?

—Creo que está en el hall, al fondo a la izquierda.

—Disculpa.

Bridget se dirigió al hall, consciente de que Robert se la estaba comiendo por detrás con la mirada. Se preguntó si podría marcharse de allí, alegando sentirse indispuesta de repente. Después de pensárselo dos veces, decidió volver sin prisa a la mesa.

Pero antes de llegar, se encontró por sorpresa con Ryder.

—¿Cómo tú por aquí? —preguntó él, a modo de saludo.

—Llegué de Chicago esta mañana y, casi sin deshacer las maletas, he tenido que venir a este acto.

—Sí, ya te he visto con el hijo del gobernador —replicó Ryder, con gesto disgustado.

—Podría ser mi tío —dijo ella con una leve sonrisa, como quitándole importancia al asunto.

—Apostaría a que él no piensa lo mismo.

—No es la primera vez que tengo que tratar con una persona que no es de mi agrado. Forma parte de mis obligaciones. Después de todo, vale la pena, si es por una buena causa y contribuyo con mi presencia a aumentar las donaciones.

—Sí, tienes razón —dijo él con una cara de tristeza que a ella no le pasó desapercibida.

—Y a ti, ¿qué te trae por aquí?

—El doctor Walters. Aún no me lo puedo creer. Un hombre que ha sido el alma del hospital para tantos residentes y que ahora es incapaz de reconocerse a sí mismo en un espejo…

—No sabes cómo lo siento —dijo ella, visiblemente compungida—. Después de oírte, me avergüenza confesar que estuve a punto de cancelar mi asistencia a ese acto solo porque estaba cansada del viaje. Tendré que soportar, eso sí, al pesado de Goodwin.

—Si te ves muy apurada, hazme una seña e iré a rescatarte.

—Te lo agradezco, pero no es necesario. Estoy acostumbrada a manejarme con este tipo de personajes. En fin, creo que tengo que volver. Según parece, hay gente que ha pagado dinero para sentarse en mi mesa. Espero que no haya sido solo porque sea una princesa.

—Seguro que no. Tú eres una princesa en muchos otros sentidos.

—¡Qué cosas tan bonitas dices esta noche! Bueno, me voy a mi sitio. Llámame mañana.

—Cuenta con ello.

Bridget regresó a la mesa y trató mostrarse lo más amable posible, aunque sin dar pie a que Goodwin se hiciera falsas ilusiones. Todo un reto.

Nada más servir la cena, el hijo del gobernador se volvió hacia ella.

—No estoy dispuesto a dejarte marchar sin que bailes conmigo.

—Te advierto que bailo muy mal —dijo ella en plan evasivo.

Robert se echó a reír, y volvió a mirarle el escote de nuevo.

—No te preocupes, déjate llevar por mí —replicó él, tendiéndole la mano.

Bridget se levantó con una sonrisa de circunstancias, dispuesta a campear el temporal.

La orquesta tocaba un vals, pero Goodwin se las arregló para bailar pegado a ella como si fuera un bolero. Bridget trató de apartarse un poco, pero él la tenía agarrada de la cintura con tanta fuerza que parecía una tenaza.

De repente, vio a Ryder acercándose por detrás de Goodwin.

—Cambio de parejas. ¿Me permite? —dijo Ryder poniéndole a Robert una mano en el hombro.

—Yo… —balbuceó Goodwin, sorprendido, soltando a Bridget de mala gana.

Ryder tomó a Bridget de la cintura y se pusieron a bailar.

—Gracias a Dios —dijo ella, feliz de estar bailando con el hombre que deseaba—. Lo haces muy bien. ¿Dónde aprendiste a bailar el vals?

—En la Facultad de Medicina. Una mujer generosa me enseñó —respondió él con una sonrisa, pegándose un poco más a ella, aunque no tanto como Goodwin antes—. Estás formidable esta noche. No sabes cómo me disgusta tener que compartirte con otro.

—Ya te he dicho que es parte de mi trabajo. Bueno, me tengo que ir, el deber me reclama.

—Te espero en el hall, en quince minutos —dijo él, mirándola con un brillo especial en los ojos.

—¿Para qué?

—¿No te lo imaginas?

Capítulo 5

SÍ, claro que se lo imaginaba, se dijo ella echando una ojeada al reloj con incrustaciones de brillantes que había pertenecido a su abuela en otro tiempo. Solo faltaban dos minutos para que el anfitrión del acto la presentase oficialmente. Se sentó en la mesa presidencial.

—Y siguiendo la ronda de personalidades ilustres que han tenido la gentileza de acompañarnos esta noche, me complace presentarles a Su Alteza Bridget Devereaux, princesa de Chantaine.

Bridget se puso en pie y sonrió cordialmente a los aplausos de la multitud que la miraba atentamente con mucha curiosidad.

Miró hacia el fondo del salón y vio a Ryder apoyado en la pared, mirándola y señalando con el dedo al reloj. Ella le hizo un gesto con la mano abierta indicándole que necesitaba cinco minutos más. Cuando se sentó de nuevo, Robert se inclinó hacia ella muy sonriente.

—Me quedé antes sin el baile prometido, pero no estoy dispuesto a renunciar a él.

—Ojalá pudiera, pero tengo los pies hechos polvo —replicó ella.

—Seguro que ha sido por culpa de ese entrometido.

—He tenido un día muy ajetreado y estoy pagando ahora las consecuencias.

—Podríamos intentarlo cuando toquen una pieza lenta —dijo él en voz baja.

—Oh no, sería un lastre para ti. Creo que necesito ir a refrescarme. ¿Me disculpas, un momento? —dijo ella levantándose de la mesa.

Caminó bordeando el salón, tratando de pasar, por detrás de las mesas, lo más desapercibida posible. Sintió el corazón latiéndole con fuerza en el pecho. A cada paso que daba, una voz interior parecía decirle: «¿Adónde vas? Esto es una locura, una auténtica locura».

Pero siguió caminando. Efectivamente, debía estar loca, pensó ella.

Nada más llegar al hall, Ryder le agarró la mano y la llevó por un pasillo, casi tirando de ella.

—¿Adónde vamos?

—Confía en mí —contestó él, entrando con ella en la primera puerta que encontraron.

Era una habitación oscura y vacía con un montón de sillas apiladas en un rincón.

—¿Qué estamos haciendo? —preguntó ella casi sin aliento.

—Si te digo la verdad, yo tampoco lo sé —respondió él, hundiendo las manos en la seda de su pelo e inclinando la cabeza hacia ella—. Me siento como si condujera un coche sin frenos por una carretera estrecha que fuera derecha hacia ti.

—Por lo que veo, los dos debemos estar locos.

—Sí, eso parece —dijo él, inclinándose un poco más hacia ella y besándola en la boca.

Bridget sintió que le flaqueaban las piernas y se abrazó a él. La fuerza de su cuerpo le hizo revivir a pesar de lo cansada que estaba. Apretó los pechos contra él y soltó un gemido de placer y a la vez de frustración por no poder sentir el contacto directo de su piel con la suya.

Él susurró algo ininteligible en voz baja, mientras recorría su cuerpo con las manos.

—No sabes cuánto te deseo en estos momentos —dijo él besándola otra vez, loco de pasión.

Bridget comenzó a sentirse mareada. Era como si estuviera en lo alto de un rascacielos y tuviera vértigo. Notó su boca ardiente, húmeda y cálida. A cada contacto de su lengua con la suya, sentía una corriente eléctrica atravesándole el cuerpo de los pies a la cabeza.

—Ven a casa conmigo. Ahora —exclamó él, fuera de sí, apretándole el trasero con una mano y agarrándole un pecho con la otra.

La tentación era grande, pero ella sentía que el deber y la responsabilidad de su cargo estaban por encima de sus pasiones. Había ido a Estados Unidos en representación de Chantaine y tenía asignada una misión muy importante para el interés de su pueblo.

—No, no puedo hacerlo —dijo ella—. Lo siento.

—No sé tú, pero yo me siento a tu lado más insensato que cuando tenía diez años y bajaba las cuestas de mi barrio en bicicleta sin manos.

Bridget sentía lo mismo, pero trató de aferrarse al último hilo de sensatez que le quedaba.

De repente la puerta se abrió y se cerró de golpe. Sintió un nudo en la garganta. Si alguien los sorprendiese allí, el hecho podría llegar en seguida a oídos de la prensa y la imagen de su familia podría verse seriamente dañada.

Contuvo el aliento, esperando oír alguna voz, pero no escuchó más que la respiración entrecortada de Ryder a su lado.

—Está bien —dijo él, como si le hubiera leído el pensamiento—. Parece que no nos han visto. Saldré yo primero. Tú espera un par de minutos, así podré avisarte si hay alguien fuera.

Ella respiró hondo y luego asintió con la cabeza. Ryder le dio un último beso, para tranquilizarla, antes de salir. Bridget se quedó unos instantes como petrificada sin moverse del sitio. Luego se acercó a la puerta y puso el oído para ver si escuchaba algo. Pero la puerta era muy gruesa y no permitía oír nada. Contó hasta cien, abrió un poco la puerta y se asomó a ver. No había gente, ni fotógrafos. Sintió un gran alivio. Salió y cerró la puerta.

—Princesa, estaba ya empezando a preocuparme por ti —dijo Robert a su espalda.

Bridget sintió una punzada en la boca del estómago y se giró de inmediato.

—Eres muy amable, Robert.

—¿Qué estabas haciendo ahí? —preguntó él.

—Tengo un sentido de la orientación horrible. Me fui por la derecha cuando tenía que haberme ido por la izquierda. Menos mal que has venido a buscarme. Ya podemos volver a la mesa.

Robert le pasó la mano por la cintura. Ella, de forma automática, se puso tensa y rígida, pero él pareció no darse cuenta.

—Podemos irnos de aquí, si lo deseas. Podría llevarte a mi apartamento...

—Te agradezco tu amabilidad, pero estamos aquí por una buena causa.

—¿Y después? —insistió él, dispuesto a no dejar escapar a su presa.

—He tenido un día muy duro desde que salí esta mañana de Chicago. Con lo comprensivo que eres, seguro que entenderás las ganas que tengo de irme al hotel a descansar.

Uno de sus consejeros de palacio le había enseñado lo eficaz que era dirigirse a las personas tratándolas como si tuvieran unas virtudes que probablemente no tuviesen.

—En otra ocasión, pues —dijo Robert, claramente decepcionado.

Bridget le dirigió una sonrisa neutra, para no darle falsas esperanzas.

Cuando, al cabo de tres días, Bridget no tuvo noticias de Ryder comenzó a impacientarse. Durante el acto benéfico se había comportado como si estuviese loco de deseo por ella y ahora ni se dignaba a llamarla por teléfono.

Ella había estado a punto de llamarlo varias veces, pero sus múltiples compromisos le habían brindado la excusa para no hacerlo. Ese martes, sin embargo, tenía previsto reunirse con un especialista en salud preventiva para adultos a fin de preparar un video oficial para su programa sanitario de Chantaine. Tal vez podría verlo allí.

Cuando, un par de horas después, llegó al vestíbulo del hospital y se dirigió al despacho de Ryder, vio que no se hallaba allí, pero sí estaba su secretaria.

—Hola. Me gustaría saber si el doctor McCall va a estar hoy por aquí.

—Está ahora ocupado viendo a sus pacientes y luego se reunirá con los residentes. Me dijo que tendría que irse pronto por motivos familiares. ¿Quiere dejarle un mensaje?

—No, no es necesario —respondió ella, preguntándose qué clase de motivos familiares serían esos—. ¿Sabe si los gemelos están bien?

—Sí, los niños están bien. El problema creo que es algo relacionado con la niñera… Disculpe un momento —dijo la secretaria al oír sonar el teléfono.

¡La niñera! ¿Qué podía haber sucedido? Salió del despacho y sacó el móvil con intención de llamar a Ryder. Se moría de ganas por saber qué había pasado. Pero pensó que sería de mala educación interrumpirlo en el trabajo.

Cuando iba por el pasillo, el jefe del departamento de pediatría se cruzó con ella y se detuvo a saludarla muy sonriente.

—Es un placer verla por aquí, Alteza.

—Gracias, doctor. ¿Qué tal está?

—Bien, muy bien. ¿Le gustaría cenar conmigo esta noche?

—Me gustaría, pero tengo una agenda muy apretada estos días. Tal vez en otra ocasión.

—Bueno, seguiré intentándolo —dijo él con una sonrisa.

Con gesto preocupado, salió del hospital y entró en la limusina que la estaba esperando en la entrada. Una llamada podría molestarlo si estaba trabajando, se dijo ella, pero podría mandarle un mensaje de texto. A los dos minutos de haberlo mandado, recibió la respuesta: *Niñera operada con urgencia de apendicitis. Trataremos de arreglarnos con la suplente.*

Ella no tardó en contestarle: *¿Por qué no me llamaste?*

Su teléfono sonó un minuto después.

—Hola —contestó ella.

—Estoy agobiado. Figúrate que me he visto obligado a pedirle ayuda a Marshall.

—¿Por qué no me llamaste a mí?

—Me dijiste que tenías muchos compromisos y me figuré que no tendrías tiempo.

—Aun así, deberías haberme llamado.

—Eres una princesa muy ocupada. ¿Qué podrías haber hecho?

—Podría haber cambiado mi agenda para ir a ayudarte —contestó ella.

—No se me ocurrió pensar que pudieras hacer eso. ¿Puedes venir entonces mañana por la tarde? La niñera que contraté a tiempo parcial necesita un descanso.

—Te lo confirmaré esta tarde a las cinco —dijo ella—. Antes, tendré que hacer algunas llamadas.

—Me temo que alguno se va a enfadar contigo. Yo en su lugar lo haría.

—Te llamo más tarde —dijo ella halagada.

Colgó el teléfono y se quedó mirando a un punto imaginario con una sonrisa de esperanza.

La tarde siguiente, Bridget relevó a la niñera suplente, mientras los gemelos estaban durmiendo. Sabía ya, por experiencias anteriores, que había que aprovechar esos momentos de paz y se puso a preparar los biberones y la merienda de los niños.

Los primeros sollozos no se hicieron esperar mucho. Subió las escaleras corriendo y abrió la puerta del cuarto. Travis estaba sentado en la cuna llorando desconsolado.

—Hola, cariño —susurró ella muy sonriente.

El niño dejó de llorar unos instantes y la miró con los ojos muy abiertos. Luego sonrió y se llevó los dedos de la mano a la boca. Ella le cambió los pañales.

Segundos después, Tyler se despertó con aspecto de ser el bebé más feliz del mundo. Era un poco más miedoso, pero cuando se despertaba nunca se ponía a lloriquear como su hermano.

Bridget dejó a Travis en la cuna y le cambió a Tyler. Luego bajó con ellos las escaleras y les sentó en sus tronas. Les dio el biberón y una papilla de frutas, y luego les puso un video de *Baby Einstein* para que se entretuvieran. Poco después, llegó Ryder con una botella de vino.

—¿Cómo está por aquí todo el mundo? —preguntó él al entrar mirándola a ella, luego a los niños y de nuevo a ella—. ¿Han conseguido acabar ya contigo?

—Aún no, pero están en ello.

Él sonrió, asintiendo con la cabeza.

—He pedido una pizza por teléfono. Supóngo que te quedarás esta noche, ¿no?

—No sé en qué estarás pensando, pero te adelanto que, después de la tarde que he pasado con los gemelos, creo me quedaré dormida antes de las nueve. Hablé esta tarde con la niñera y me dijo que Suzanne estará de baja unos cuantos días más. ¿Es eso cierto?

—Sí. Le practicamos una cirugía laparoscópica, por lo que se recuperará mucho antes que si le hubiésemos hecho una apendicectomía abierta tradicional. Pero aun así…

—Entonces creo que será mejor ponerse en contacto con las otras niñeras que teníamos en la lista. Si quieres me encargo de ello, a ver si tenemos todo arreglado para mañana —dijo ella sentándose en el sofá.

—Eres increíble —dijo él con cara de sorpresa—. Aparentas ser una mujer superficial y luego resultas ser todo lo contrario. Vienes a cuidar a los gemelos, te desvives por buscar médicos para tu país y aún te queda tiempo para asistir a un sinfín de actos oficiales y benéficos.

—Con frecuencia, a la gente de la aristocracia se nos subestima —dijo ella un poco avergonzada por ha-

blar de ese modo—. Eso tiene sus ventajas y sus inconvenientes. Yo trato siempre de buscarle las ventajas.

—¿Te has sentido subestimada con frecuencia? —
preguntó Ryder, sentándose a su lado.

—Yo diría que sí. Soy la cuarta de seis hermanos y
además mujer, así que creo que fui siempre un cero a
la izquierda. Creo que mi padre nunca llegó a pronunciar mi nombre y mi madre se sintió muy pronto de-
sengañada al darse cuenta de que su matrimonio estaba muy lejos de ser el cuento de hadas que se había
imaginado. Mi padre era un mujeriego empedernido.
El Cielo sabe que mi madre puso todo de su parte. Ahí
están los seis hijos que le dio, dos de ellos varones.
Fue una mujer muy valiente y con mucho tesón. Dios
la tenga en su gloria.

—¿Qué concepto tienes entonces del matrimonio?
¿Supongo que no querrás pasar por una experiencia
como la de tus padres?

—¿Quién podría querer eso? —exclamó ella con
un suspiro profundo—. No he pensado mucho en ello.
Cada vez que Stefan me ha propuesto la idea de casarme con alguien, me ha dado un ataque de risa. Es algo
que le saca de quicio —añadió ella, sonriendo.

—No has respondido a mi pregunta.

Bridget lo miró a los ojos y comprendió que a él
no podía engañarle. Parecía como si su mirada fuera
capaz de abrirse un camino en su cerebro para poder
leerle el pensamiento.

—Si te digo la verdad, no lo sé bien. Durante mucho tiempo, he disfrutado con la idea de ser una princesa excéntrica que vive en Italia la mayor parte del año y
que va siempre acompañada de un novio italiano.

—¡Un novio italiano! —exclamó él visiblemente
disgustado—. Sospecho que en esa clase de vida no
habrá cabida para los niños, ¿verdad?

—Sé sincero. Tú tampoco habías planeado estar cuidando de dos niños, ¿verdad? —replicó ella.

—No —admitió él tras algunas dudas—. Pero no porque estuviera en Italia, con una novia italiana.

—No, tú estabas planeando algo más importante: una carrera de Medicina. Algo muy noble y digno, sin duda. Pero, ¿qué sitio podría ocupar un hijo en tu vida, dedicado, como estás, en cuerpo y alma a tu profesión? Un niño sería... un inconveniente.

—Elegí la carrera de Medicina porque quería ayudar a los demás. Sentía que curar y sanar a una persona era algo más importante que formar una familia —dijo Ryder, y luego añadió encogiéndose de hombros con una amarga sonrisa—: Mi familia fue un asco.

—Ahí lo tienes —dijo ella en tono de aprobación—. La mía también. Deseaba estar tan lejos de ellos que por eso quise marcharme a otro país.

—Entonces —replicó él con una sonrisa—, ¿cómo se explica que la princesa Bridget esté cambiando los pañales de mis gemelos y cuidando de ellos?

—No te voy a mentir. Yo pensaba antes que los niños eran solo una fuente de problemas y que no estaban hechos para mí, hasta que tuve a mis dos adorables sobrinitas. Aun así, pensaba que estaban bien, pero solo por un par de horas y con una niñera que les cambiase los pañales y les diese de comer. Pero se vuelve todo tan diferente cuando te miran con esos ojos tan grandes y esa expresión de inocencia...

Ryder se inclinó hacia ella con la cabeza ladeada y la besó en la boca.

Bridget sintió que se derretía sobre la tapicería del sofá. Su aroma masculino la mareaba y despertaba su deseo. Abrió la boca y se entregó rendida a sus besos. Le pasó los brazos por el cuello, se apretó a él y se frotó contra su cuerpo entre gemidos de placer.

Creyó escuchar entonces una voz llamándola desde algún rincón recóndito de su mente.

Pero ella la ignoró y siguió besándolo.

Volvió a oír de nuevo aquella llamada misteriosa, ahora más fuerte. Parecía un lamento.

—¡Uuaaaaaaaaaa!

De mala gana, se apartó bruscamente de él.

—¡Los bebés! —exclamó ella, casi sin aliento, mirando a Travis que se había caído hacia un lado y no sabía ponerse derecho.

—Sí, lo sé. Estoy empezando a comprender lo que es un deseo no correspondido. Bueno, me huelo que hay un pañal sucio en toda esta historia —dijo Ryder sentando a Travis en el suelo.

—Es muy posible. No me importaría cambiarlo, pero no quiero privarte de tus deberes paternos. Es una actividad muy importante que estrecha mucho los lazos de unión entre vosotros —dijo ella muy seria, tratando de contener la risa.

Ryder la miró fijamente a los ojos. Ella trató de serenarse y poner en orden sus emociones y sentimientos. Bajó las escaleras y se dirigió al cuarto de baño. Cerró la puerta y se echó un poco de agua fría por las mejillas y el cuello. Sensatez, eso era lo que necesitaba.

Sonó entonces el timbre de la puerta. Ryder terminó de cambiar a Travis, tiró el pañal sucio a la basura y bajó corriendo a abrir la puerta. Pagó al repartidor y se volvió con la caja de la pizza en la mano. Bridget le miró y sintió que su ritmo cardíaco se aceleraba y que sus glándulas suprarrenales segregaban un torrente de adrenalina. Se preguntó si alguna vez uno de esos seductores italianos tan apuestos y encantadores le había hecho sentir algo parecido.

—Huele bien. Espero que te guste la lasaña —dijo Ryder.

—Lo siento, pero no me puedo quedar. Tengo trabajo que hacer.

—¿Qué trabajo? —preguntó él, con el ceño fruncido.

—Tengo la agenda llena de reuniones y actos sociales. Y además tengo que hablar con la agencia para contratar a la nueva niñera.

Ryder se acercó a ella lentamente, sin dejar de mirarla un solo instante. Ella sintió como si algo le pellizcara el estómago cada vez con más fuerza a cada paso que él daba.

—Sé sincera conmigo. No te vas por razones de trabajo.

—Soy un miembro de una familia real. Siempre tengo cosas que hacer.

Él le sujetó la barbilla con dos dedos de la mano. Ella sintió un nudo en la garganta.

—Cobarde —dijo él, besándola en la boca.

Después de resolver el problema de la niñera con la agencia, Bridget fue a hacer una visita a su hermana, llevaba varios días sin verla. Valentina le había amenazado con presentarse personalmente en Dallas si ella no iba al rancho.

Su hermana bajó corriendo los escalones del porche en cuanto vio la limusina en la entrada.

—Gracias a Dios. Por fin estás aquí —dijo Tina.

Bridget se echó a reír mientras abrazaba a su hermana.

—No es para tanto. Parece como si llevaras diez años sin verme.

—Pensé que íbamos a pasar más tiempo juntas, pero no has hecho más que asistir a eventos sociales, a viajar a Chicago y a recorrerte todos los hospitales del Estado y del país. ¿Y qué es eso de ayudar a ese médico con sus gemelos? ¿Te ha ayudado él acaso a ti en algo?

—Ha tenido muchos problemas con los niños —respondió Bridget—. Afortunadamente, parece que se van resolviendo poco a poco.

—Está bien. Bueno, creo que ya lo has ayudado bastante. Ahora puedes pasar algún tiempo conmigo —dijo Tina entrando en casa con su hermana—. Tengo un plan maravilloso para pasar el día juntas. Dentro de un rato, van a venir al rancho dos esteticienes para darnos masajes y tratamientos faciales. Luego pasaremos la tarde tranquilamente en el lago.

—¿El lago? —exclamó Bridget sorprendida, pues desde que estaba allí solo había visto tierra firme.

—Sí, un lago maravilloso. El verano aquí se hace insoportable, por el calor y la humedad. Tenemos un estanque con un gran columpio, pero vamos al lago. Zach se ha comprado un barco nuevo y uno de sus amigos vendrá esta tarde a estrenarlo con nosotros. Luego, para la cena, haremos unas costillas en la barbacoa.

Bridget se escamó al oír lo del amigo de Zach.

—No estarás tratando de prepararme una encerrona, ¿verdad?

—Por supuesto que no. Solo pensé que te iría bien un poco de compañía masculina. Troy es una buena persona y, además, es atractivo y soltero. Si los dos hicierais buenas migas, vivirías cerca de nosotros y podríamos… —Tina se detuvo al darse cuenta de lo que estaba diciendo y una expresión de culpabilidad cruzó por su rostro—. Está bien, reconozco que es en parte una encerrona. Pero tampoco hay que exagerar. Troy y Zach son socios en los negocios, así que me temo que vamos a tener que aguantarles hablando de finanzas casi toda la tarde.

Bridget pensó automáticamente en Ryder, aunque

sabía que no había ninguna razón para que se sintiese comprometida con él. Sintió un nudo en el estómago.

—No estoy buscando ninguna relación en este momento —dijo Bridget.

—Lo sé. Sé que, en cuanto cumplas tu misión, te irás a Italia y tendrás allí una aventura con algún apuesto italiano. Pero si mientras tanto, encuentras aquí a alguien que te haga tilín…

—¡Tina! —dijo Bridget a su hermana en tono de recriminación.

—Está bien, está bien. Vamos a hablar entonces de tu adorable sobrina.

—Eso está mejor. La he echado mucho de menos —dijo Bridget mientras entraban en la cocina.

—A ella sí, y a mí no, ¿verdad? —replicó Tina con fingido gesto de enfado.

—Sabes que te venero, Tina —dijo Bridget sonriendo—. Pero, ¿por qué me haces estas cosas?

Tina le puso a su hermana una mano en la mejilla y la miró fijamente con ternura.

—No lo sé. Supongo que porque me preocupo por ti. Sonríes y aparentas ser feliz, pero creo ver una profunda oscuridad en tu mirada.

Bridget se sintió emocionada por la demostración de sensibilidad de su hermana.

—Tal vez sea por mi nuevo delineador de ojos —dijo ella bromeando.

—No hay quien pueda contigo. Esto es algo que le decía siempre a Stefan, pero tú eres igual que él, aunque de una manera diferente.

—No sé por qué tengo la impresión de que acabo de recibir un insulto —dijo Bridget.

—Lo superarás —replicó Tina con una sonrisa—. Venga, pasa al salón. Hildie nos ha preparado unos margaritas dobles de tequila con limón.

Capítulo 6

TRAS el combinado de tequila y los masajes, Bridget se sentía en la gloria cuando se reunió con Tina, Zach y Troy en el barco. Estaba tan relajada que bien podría haberse ido a dormir un par de horas. Pero, por educación, intentó mantenerse despierta, aunque se puso las gafas de sol negras para que nadie viera cómo se le caían los párpados.

Troy Palmer era un caballero de Texas muy agradable, un poco más corpulento que Ryder. Tomaron camarones y langosta mientras disfrutaban de la travesía por el lago.

—Agradable paseo —dijo Troy a Zach.

Zach sonrió mientras Tina se apoyaba en su pecho.

—Mi esposa pensó que estaba loco. Me dijo que un barco así me daría mucho trabajo.

—El tiempo lo dirá —dijo Tina—. Pero lo daré por bien empleado si consigo así que pases más tiempo conmigo.

—Supongo que no serás de esos hombres que dejan desatendidas a sus esposas, ¿eh, Zach? —dijo Bridget mientras abría una botella de agua.

—Zach es muy trabajador y me gusta que lo sea —se adelantó a contestar Tina viendo la cara de su marido—. Pero lo amo aún más cuando estamos juntos.

—Yo también te amo, cariño —replicó Zach, más tranquilo.

—Estamos todos muy emocionados viendo lo mucho que os amáis el uno al otro —dijo Bridget—. Pero creo que acabaré tirándome por la borda si no cambiamos de tema.

—Como quieras —dijo Tina echándose a reír—. Troy, cuéntanos algo de tu último viaje a Italia.

—¿Italia? —exclamó Bridget muy interesada.

—Bueno, suelo ir por allí tres o cuatro veces al año por cuestión de negocios. Siempre procuro pasarme por Florencia.

—Oh, Florencia —dijo Bridget con nostalgia—. Es una de mis ciudades favoritas.

—Sí, es una ciudad preciosa, aunque también me gusta bajar a Capri, de vez en cuando…

Sonó, en ese momento, el teléfono móvil de Bridget. Ella hizo, al principio, ademán de no contestar, pero luego se preguntó si podría ser Ryder y cambió de opinión.

—Disculpadme, por favor —dijo ella, tomando el móvil—. Necesito ir al baño.

—Está a la derecha bajando la escalerilla —dijo Zach—. Ten cuidado. No es muy grande.

—No te preocupes —replicó ella con una sonrisa, dirigiéndose hacia allí.

Consultó el buzón de voz para ver si tenía algún mensaje. Había uno de la niñera que había contratado para el día siguiente donde le comunicaba que había cancelado su compromiso. La había llamado a ella porque Ryder debía estar en el quirófano operando.

Se fue al otro extremo del barco y trató de contactar con las otras niñeras de la lista, sin ningún resultado. Decidió llamar entonces a Marshall, que le respondió de inmediato.

—Marshall.

—Hola, Marshall, soy Bridget Devereaux.

—¡Hombre, la princesa! ¡Cuánto honor!

Marshall había estado buscando su nombre por Internet y se había enterado de quién era.

—Tenemos un pequeño problema mañana con la niñera. Te llamaba para ver si podía contar contigo para cuidar de los niños.

—El caso es que mañana voy a tener un día muy ocupado —replicó Marshall.

—Lo comprendo. Yo me ocuparía de ellos, pero, por desgracia, voy a estar fuera de la ciudad.

—Tengo una amiga que...

—No —le cortó ella—. Ya sabes lo especial que es Ryder para esto. No dejaría a los gemelos en manos de cualquiera. Tú no podrías, claro... Eres un empresario muy ocupado...

—¿De cuánto tiempo estamos hablando?

—Cinco horas —dijo ella, conteniendo la respiración.

—¡Uf! —exclamó Marshall lanzando un silbido—. Eso va a ser más difícil.

—Déjame ver lo que puedo hacer. Haré algunas llamadas más.

—Si consigues a alguien que se haga cargo de los niños a primera hora, yo podría estar allí a eso de las diez.

—Muchas gracias, Marshall. Vamos a ver lo que podemos hacer.

—Bridget —le dijo Tina a su espalda—. ¿Con quién estás hablando?

—Con un amigo —respondió Bridget—. Perdóname, Marshall. Tengo pegada aquí a mi hermana.

—Buena suerte. Tenme informado —dijo él.

—Así lo haré —dijo ella colgando el teléfono, y luego añadió volviéndose hacia su hermana con una sonrisa—: Estaba ultimando los detalles de un acto al que tengo que asistir.

—¿En dónde es ese acto? —preguntó Tina.

—En Dallas. Por cierto, tengo que decirte que me encanta este barco. Creo que os va a unir mucho más y vais a ser aún más felices —dijo Bridget tratando de desviar la conversación.

—¿A qué acto de Dallas te refieres exactamente? —insistió su hermana.

—Deja ya de entrometerte en mi vida —respondió Bridget.

—No se tratará de ese médico de los gemelos, ¿verdad? —exclamó Tina con los ojos entornados.

—Se ha quedado sin niñera para mañana y tenemos que buscarle una solución.

—¿Tenemos?

—Si lo conocieras, lo comprenderías. Es cirujano, asesora a los residentes de su hospital y trata de ser un buen padre para sus sobrinos.

—Tal vez debería tomarse más tiempo libre para estar con los niños —murmuró Tina.

—No es tan fácil. Su mentor tiene Alzheimer y él está tratando de cubrir su cargo.

—No estarás enamorada de él, ¿verdad?

—Por supuesto que no —respondió Bridget—. De sobra sabes que prefiero a los italianos.

—Es cierto. Pero me sorprende que sientas afecto por esos gemelos, cuando has dicho siempre que no querías saber nada de niños hasta cumplir los treinta. ¿Es muy guapo ese médico?

Bridget se encogió de hombros. Sí, Ryder era muy atractivo, pero ese no era el motivo por el que se sentía tan atraída por él.

—Sí, no está mal. Pero no es italiano.

Tina se echó a reír y le pasó el brazo cariñosamente por el hombro.

—Esa es mi Bridget. Venga, ven, vamos a disfrutar de la travesía.

—Voy en un segundo. Déjame hacer antes unas llamadas.

—Muy bien, pero no tardes. Troy puede que no sea italiano, pero es muy atractivo y pasa mucho tiempo en Italia.

—Eso está muy bien —dijo Bridget, pese a no sentir el menor interés por aquel hombre—. Estaré allí en seguida.

Al alejarse su hermana, Bridget hizo una llamada y utilizó todos sus métodos de persuasión para conseguir que la niñera que habían contratado a tiempo parcial se hiciese cargo de los niños al día siguiente hasta las diez de la mañana. Luego llamó a Marshall.

—Hola, ¿sabes algo de Ryder? —preguntó él antes de que ella pudiera decirle nada.

—No. ¿Por qué? —dijo ella sorprendida—. Pensé que estaba en el quirófano operando.

—No. Ha debido de salir. Me llamó para decirme que el doctor Walters falleció esta mañana.

—¡Oh, no! —exclamó ella compungida.

—Sí. Está muy afectado. Llevaba algún tiempo sin verlo y tenía previsto ir a visitarlo esta semana. El doctor Walters ha sido como un padre para él.

Bridget vio a su hermana acercándose a ella y trató de terminar la conversación.

—Gracias por decírmelo.

—Gracias a ti por preocuparte por los niños. Hasta mañana.

—Adiós —dijo ella cuando él ya había colgado.

—Se te ve disgustada —dijo Tina.

—Lo estoy.

Ryder llegó a casa poco después de las nueve y media de la noche, con el corazón desolado. Su mentor había fallecido. Aunque la salud mental del doctor Walters estaba muy deteriorada desde hacía tiempo, su muerte inesperada había supuesto para él un duro golpe. Tal vez influyese en ello el hecho de que hubiera perdido también a su hermano Cory recientemente.

Se sentía completamente solo. Tenía a los gemelos y su profesión, pero dos de las personas más importantes de su vida se habían ido para siempre. Solo le quedaba Marshall. Su viejo amigo era la única persona con la que podía hablar abiertamente.

Oyó que llamaban a la puerta. Sería Marshall, pensó. Pero al abrir, su corazón dio un vuelco al ver a Bridget.

—Hola —dijo ella, mirándolo fijamente—. Ya sé que es un poco tarde. No querría…

Él la agarró del brazo y la hizo pasar dentro.

—¿Cómo te has enterado? —preguntó él.

—Por Marshall. Habría preferido que me lo hubieras dicho tú.

—Lo pensé —dijo él, acariciándole el pelo—, pero creo que ya has hecho bastante por los bebés.

—Creí que entre tú y yo había algo más que nuestro amor por los gemelos, pero tal vez me equivoqué. Veo que sigues pensando que la atracción que existe entre nosotros es solo sexo.

Los ojos de Bridget se ensombrecieron de emoción. Se acercó a él, le pasó las manos por detrás del cuello y le abrazó. Estuvieron un buen rato con las mejillas juntas.

Luego él la besó suavemente, sintiendo el calor y la humedad de su boca. Ella respondió entregada y él fue intensificando poco a poco sus besos, saboreándola con delectación como si fuera un manjar de un restaurante. Estaba muy excitado.

—No sé si podré controlarme luego —dijo él, deslizando las manos por su cintura y sus caderas—. Si vas a decirme que no, dímelo ahora.

Se hizo un silencio tenso y prolongado. Bridget le miró con un brillo especial en los ojos.

—Sí —susurró ella finalmente a su oído—. Sí.

Todo lo que él tenía delante se volvió blanco y negro al mismo tiempo. La atrajo hacia sí, apretándola con fuerza contra su cuerpo excitado y le acarició el pelo y los pechos con las manos y luego, de nuevo, la cintura y las caderas. Deseaba recorrer todo su cuerpo, palmo a palmo. La deseaba y la necesitaba más que a nada en el mundo. Más que a su propia vida.

Le quitó la blusa y la tiró a un lado. Luego le puso las manos en los hombros y las fue bajando lentamente hasta los pechos.

Ella soltó un gemido de placer y luego otro más prolongado al sentir sus manos sobre los pezones. Él, animado por su respuesta, le desabrochó el sujetador, ahuecó las manos y le tomó los pechos desnudos, acariciándole luego los pezones con las yemas de los dedos.

—Te deseo tanto… —susurró él.

Ella le quitó la camisa y se apretó contra su cuerpo para gozar de la sensación de sentir sus pechos contra su torso duro y musculoso. Ryder soltó un gemido de deseo. Un fuego inextinguible ardía en su interior. Le quitó a Bridget la ropa que le quedaba y luego él se desnudó también. Le acarició los pechos con la boca y luego bajó lentamente por el estómago y el vientre, recorriendo, saboreando, cada centímetro de su piel con los labios y la lengua.

Recordó entonces que había olvidado los preservativos.

—Dame un segundo —susurró él—. Después me lo agradecerás.

Subió las escaleras corriendo hasta su dormitorio. Tomó la caja de preservativos y volvió de nuevo al cuarto de estar.

—¿Ocurre algo? —preguntó ella.

—Confía en mí —respondió él, besándola de nuevo.

Le pasó una mano entre las piernas y la encontró húmeda y preparada.

Incapaz de contenerse por más tiempo, le separó las piernas y entró dentro de ella. Bridget se aferró con fuerza a su espalda, mientras él se movía rítmicamente cada vez con más vigor. Ella arqueó ligeramente la espalda, para poder sentirle más profundamente.

Él trató de prolongar aquello un poco más, pero el deseo que sentía era tan grande que, tras unos movimientos más enérgicos que los anteriores, alcanzó, entre convulsiones y jadeos de placer, el clímax final. Sintió una sensación de liberación y de vida.

Se dio cuenta entonces de que ella no había llegado, como él, a la cima del placer. Pero eso tenía arreglo. Él se encargaría de hacerla subir hasta allí. Deslizó la mano por entre sus muslos hasta encontrar su pequeño punto erótico. Comenzó a acariciarlo con un dedo.

La respiración de ella se volvió más agitada y comenzó a soltar unos gemidos que tuvieron la virtud de despertar su libido de nuevo. Poco después, Ryder estaba tan excitado como al principio. No podía creérselo. Ya no era un jovencito de dieciocho años.

—Ven a la cama conmigo.

—Sí —contestó ella—. Si me responden las piernas para subir las escaleras.

—Yo te ayudaré —dijo él con una sonrisa de satisfacción.

Él la ayudó a levantarse y, cuando llegaron al pie de la escalera, la tomó en brazos.

—Ten cuidado no te vayas a hacer daño —dijo ella.

—No te preocupes. Si me pasase algo, habría valido la pena —replicó él.

—¡Qué poco romántico eres! —dijo ella dándole un manotazo cariñoso en el hombro—. Se supone que tenías que haber dicho que me encontrabas ligera como una pluma.

—Me acabas de quitar las palabras de la boca. Eres tan ligera como una pluma —replicó él.

Ella lo miró muy sonriente y luego lo besó en la boca mientras subían las escaleras.

Tras entrar en la habitación, Ryder la dejó suavemente en la cama y luego se echó sobre ella.

—Me gusta lo bien que hueles —dijo él aspirando su aroma—. Y lo bien que sabes —añadió pasándole la lengua por el cuello—. Me gustaría estar dentro de ti toda la noche.

Bridget le puso las piernas alrededor de las caderas y se agarró a su cuello con las dos manos, mientras lo besaba apasionadamente. Luego lo miró fijamente un instante.

—Pórtate bien —le susurró ella al oído, mientras

él comenzaba con ella una danza sexual tan primitiva y salvaje como la historia de la humanidad.

Horas después, Bridget se despertó y se vio en los brazos de Ryder. Comprendió entonces que eso no era solo el testimonio de una noche de placer sino la prueba de que ella le pertenecía. Ryder se movió un poco y ella sintió el calor de sus muslos entre los suyos.

—¿Estás despierta? —susurró él, estrechándola entre sus brazos como si temiera perderla—. No estarás pensando marcharte a ningún sitio, ¿verdad?

—No. Solo estaba pensando.

—Yo haré que dejes de pensar.

Ryder cumplió su palabra y le hizo el amor por tercera vez esa noche. Después, se quedó dormida.

El sonido del llanto de un bebé la despertó unos minutos después... ¿O tal vez habían sido horas?, se preguntó ella mirando al despertador de la mesita de noche. Vio que Ryder no estaba en la cama. El segundo bebé empezó a llorar también. Se levantó de la cama y se puso una de las camisas de Ryder, pues se había dejado toda la ropa en la planta baja.

Encontró a Ryder en el pasillo llevando a un niño en cada brazo.

—Siento que te hayamos dado los buenos días de este modo —dijo él con una sonrisa irónica.

Tenía aspecto de haberse acabado de levantar de la cama. Llevaba el pelo despeinado y estaba sin afeitar y sin camisa. Iba desnudo de cintura para arriba. Solo llevaba puesto el pantalón del pijama. Nunca le había visto tan sexy, se dijo ella.

Trató de alejar de su mente aquellos pensamientos y extendió los brazos hacia uno de los bebés. Tyler se agarró a ellos inmediatamente y ella le tomó en brazos.

—No se lo pensó dos veces, ¿eh? No me extraña. Yo, en su lugar, habría hecho lo mismo —dijo Ryder muy sonriente—. Ya les he cambiado los pañales. Sí, no me mires con esa cara de sorpresa. Poco a poco voy aprendiendo.

—Me alegro —dijo ella, mientras dejaban a Travis y a Tyler en sus tronas y ella les ponía los cereales en sus bandejas y se iba luego a prepararles los biberones.

—A ti también se te ve cada vez con más soltura —dijo él, preparando la papilla de avena.

—Me fijé en Suzanne la otra mañana y tomé nota. Es tan eficiente...

—Me sentiré muy feliz cuando vuelva.

—A propósito —dijo ella—. La niñera suplente estará a punto de llegar.

Llamaron a la puerta en ese preciso momento. Bridget miró asustada el aspecto que tenía con la camisa de Ryder, desnuda de cintura para abajo. Se fue al cuarto de estar a recoger su ropa que estaba desperdigada por el suelo y subió corriendo a vestirse.

Ryder se dirigió unos minutos después a su estudio y se cruzó con ella, que bajaba ya vestida y arreglada, en mitad de la escalera.

—¿Te da vergüenza que te vean con un médico americano?

—No. Lo que realmente me preocupa es que pueda llegar a oídos de la prensa. Stefan quiere que la familia real dé una imagen intachable e inmaculada.

—Así que te ves obligada a esconder a todos tus amantes, ¿no?

—No ha habido tantos —replicó ella—. ¿Te gustaría que los paparazzi se apostaran en la puerta de tu casa y te asaltaran a todas horas con preguntas sobre mí?

—Tocado —dijo él—. Bueno, me voy un rato al estudio. La esposa del doctor Walters me ha pedido que escriba unas palabras para su funeral.

—Lo siento mucho, Ryder. ¿Puedo hacer algo por ti?

—Ya hiciste bastante anoche —dijo él, alzando una ceja.

—Pensaba en una taza de té o algo así —replicó ella, ruborizada.

—Sí, un desayuno estaría bien. Prefiero café en vez de té.

—¿Quieres que te prepare algo de comer? —dijo ella, con voz temblorosa.

Había tomado algunas clases de cocina cuando era más joven, pero apenas recordaba otra cosa que la forma de encender el fuego en una placa de vitrocerámica.

—Alteza —dijo él con una sonrisa burlona—. No me la puedo imaginar en la cocina.

—Bueno, no lo hago habitualmente, pero me creo capaz de preparar una comida.

—¿Cuándo fue la última vez?

—Preparé la comida de los gemelos la semana pasada.

Ryder se echó a reír de nuevo. Ahora, con más ganas.

—¿Te refieres a los biberones y a los frascos de frutas?

—No te rías, les gustan mucho —dijo ella—. Está bien, ¿qué te gustaría tomar para desayunar?

—No sé si unos huevos a la benedictina sería mucho pedir —dijo él, y añadió luego al ver la cara de angustia de ella—: Está bien, te lo pondré más fácil: huevos revueltos, tostadas y café.

—Vuelvo en seguida con ello —replicó Bridget, bajando a toda prisa las escaleras que le faltaban, mientras parecía ir repitiéndose en voz baja alguna receta misteriosa.

Aquello era ridículo. ¿Qué podía importarle que Ryder pensase de ella que no era una buena cocinera? Tenía otras cualidades.

Pese a haberlo consultado con la niñera, se le quemó todo el desayuno, los huevos, las tostadas y hasta el café. Lo limpió todo y empezó de nuevo, bajando ahora el fuego un par de puntos. La espera se le hizo eterna, pero finalmente lo consiguió. Lo puso todo en una bandeja y se lo llevó a Ryder al estudio.

Él le abrió la puerta con expresión distraída, tomó la bandeja, le dio las gracias sin mirarla y la cerró. Ella frunció el ceño y respiró hondo. Ryder estaba escribiendo la glosa del doctor Walters. Tenía que tener con él un poco de paciencia y comprensión.

Se puso a arreglar un poco la casa. Falta le hacía. Las niñeras tenían ya bastante con atender a los gemelos como para pedirles más. Un par de horas después, se puso a preparar un poco más de café para Ryder. Subió a su estudio y llamó a la puerta, tratando de guardar el equilibrio con la taza de café en la mano.

—Gracias —dijo él, abstraído, tomando la taza y cerrando la puerta de nuevo.

Ella volvió a llamar. Tenía que recoger los platos sucios.

—¿Qué pasa? —preguntó él, abriendo la puerta con cara de pocos amigos.

—Venía a retirar los platos del desayuno.

—¿Desayuno? —exclamó él, frunciendo el ceño.

—Sí, los huevos y las tostadas que te traje.

—¡Ah, sí! —dijo él yendo a la mesa y regresando con la bandeja intacta, sin haber probado nada.

—¿No te ha gustado mi desayuno?

—Lo siento, pero estoy muy concentrado con este escrito.

Bridget sintió que se le subía la sangre a la cabeza.

—He estado quince minutos preparándote el desayuno y ni siquiera te has dignado a probarlo.

—Lo siento —replicó él con cara afligida.

En otras circunstancias, ella se habría echado a llorar, pero sabía el dolor que Ryder sentía en ese momento.

—Bien —dijo ella tratando de controlarse—. ¿Qué te gustaría para almorzar?

—Nada. Tal vez, un sándwich de jamón. Gracias, B. —respondió él, cerrando la puerta.

¿B.? Nadie la había llamado nunca así en su vida.

Estuvo ayudando a la niñera con los gemelos y luego subió de nuevo al estudio de Ryder con el sándwich de jamón.

—Gracias —dijo él, tomando el sándwich.

—¿Estás bien? —preguntó ella antes de que él pudiera cerrarle la puerta en las narices.

—Estoy muy afectado por lo de mi amigo —respondió él, dándole un beso rápido en la boca.

Bridget se dio la vuelta. Ryder necesitaba su espacio y ella estaba decidida a respetarlo.

Ryder terminó por fin de escribir la glosa al doctor Walters. No sabía ni qué hora era hasta que consultó el reloj. Las cuatro y media. Bastante más tarde de lo que había pensado.

Afortunadamente, había tenido la previsión de cancelar todos sus compromisos y aquel día no tenía quirófano. Estiró el cuello y miró a su alrededor. Vio entonces un sándwich de jamón bastante mustio sobre la mesita que había al otro lado del estudio.

Sintió, a pesar de todo, una gran alegría al recordar la imagen de Bridget llevándole la comida. Tomó el plato y bajó las escaleras esperando ver la cara fresca y sexy de Bridget Devereaux. Pero fue Marshall, y no ella, el que le estaba esperando en el cuarto de estar.

—Hola, amigo —dijo Marshall—. ¿Cómo te va?

—Bien. ¿Y los gemelos?

—Durmiendo la siesta.

—¿Y Bridget? —preguntó Ryder.

—¿Estaba aquí? —dijo Marshall arqueando una ceja y pasándose la mano por el pelo.

—Sí. Me preparó el desayuno y un sándwich para el almuerzo —dijo Ryder, frunciendo el ceño.

—Así que te preparó el desayuno, ¿eh? —dijo Marshall con aire de detective privado.

—Sí, se presentó aquí muy temprano. Tú deberías saberlo, fuiste el que le informaste del fallecimiento de Walters. He estado todo este tiempo escribiendo una glosa para su funeral.

—Lo siento, hermano. Supongo que debió irse hace un rato. La niñera no me dijo nada.

—Está bien —dijo Ryder algo angustiado—. Supongo que tendría otras cosas que hacer.

—Claro, no olvides que es una princesa —apuntó Marshall.

—Sí, tienes razón —dijo Ryder.

—Creo que estás empezando a enamorarte de ella.

—¡Qué tonterías dices!

Capítulo 7

EL doctor Walters era algo más que un médico brillante. Fue una figura paternal para muchos que, como yo, no conocimos a nuestro padre. Exigía mucho a sus residentes, pero al mismo tiempo les apoyaba en todo. Fue el mejor hombre que he conocido —dijo Ryder, mirando a todos los que se habían congregado allí para honrar la memoria del doctor Walters.

Vio entonces a Bridget. Llevaba un elegante vestido negro y un sombrero a juego. Su presencia le infundió ánimos. Continuó con el discurso que había preparado y luego al terminar se dirigió hacia ella y se sentó en el asiento vacío que había a su lado.

—Gracias por venir —le dijo él en voz baja, tomando su mano entre las suyas.

—Creí mi deber estar a tu lado en este momento —susurró ella.

Ryder se sintió emocionado al escuchar sus palabras y le apretó la mano con ternura. Aquello era un sentimiento nuevo para él. Pero no podía ser amor, se dijo para sí.

Un par de horas más tarde, Ryder y Bridget se reunieron con la señora Walters. La viuda parecía haber envejecido diez años en los últimos meses.

—Usted era su favorito —le dijo a Ryder, con una sonrisa cargada de tristeza—. Se suponía que él no tenía ningún favorito, pero lo tenía.

—Él fue para mí el padre que nunca tuve —replicó él claramente emocionado—. Me comprendía y quería sacar de mí lo mejor. Tuve la inmensa suerte de que fuera mi mentor.

—Sí, fue un hombre maravilloso, excepcional. Pero nunca tuvimos hijos —dijo la señora Walters con una mueca de amargura—. Nuestra vida familiar estuvo siempre supeditada a su trabajo en el hospital. Creo que podría haber pasado más tiempo con su familia. Con sus hermanos y conmigo. Se dio cuenta de eso ya tarde, cuando empezó a perder facultades… Pero bueno, creo que estoy empezando a divagar —dijo con un gesto de amargura, y luego añadió dándole a Ryder unas palmaditas en la mano—: Nunca olvide que, por mucho que ame su profesión, un médico es ante todo una persona.

—Gracias, señora Walters, nunca lo olvidaré —dijo Ryder.

Media hora después, se despidieron de la viuda y Ryder acompañó a Bridget al coche.

—¿Vamos a mi casa?

—Sí —respondió ella.

Cuando, minutos después llegaron a casa, vieron a la niñera en el sofá leyendo un libro.

—Hola. ¿Ha ido todo bien? —dijo ella—. Los gemelos se han portado muy bien y están dormidos.

—Me alegra oírlo —dijo Ryder—. Voy a cambiarme de ropa. ¿Se puede quedar un rato más?

—Sí, hasta las seis. Luego tengo una clase.

—Gracias —dijo él, y luego añadió mirando a Bridget—. Hay un lugar al que me gustaría llevarte.

—Si hay que caminar o nadar, tendré que cambiarme de ropa —replicó ella.

—Ya verás cómo te gusta.

Siete minutos después, se hallaban contemplando una cascada artificial, pero no por eso menos espectacular.

—Es impresionante —exclamó Bridget, mientras se acercaban a la cascada y empezaban a sentir, en la cara, las gotas de agua pulverizada—. ¿Vienes aquí a menudo?

—Sí —respondió él, apretándole la mano.

—Lo comprendo —dijo ella cerrando los ojos—. Yo siempre que veo el agua, me acuerdo de Chantaine. Añoro el efecto relajante del agua cuando llevo mucho tiempo sin verla. Tú, en cambio, has pasado la mayor parte de tu vida en el interior, sin ver el mar, ¿no?

—Sí, pero me pasa igual que a ti, necesito ver el agua, de vez en cuando, para sentirme a gusto conmigo mismo. Especialmente, cuando tengo una preocupación. Y cuando digo agua, me refiero, naturalmente, a algo más que a una ducha o a una piscina —replicó él, con una sonrisa.

—Debes sentirte muy afectado por el fallecimiento del doctor Walters.

—Es más que eso. Ahora que ya no está y su puesto ha quedado vacante, siento una gran preocupación por el futuro de los residentes. El otro candidato al puesto tiene una visión muy distinta de la que tenía Walters. Es más insensible. Si resultara elegido, apartaría del programa del hospital a todos los que le fueran con algún tipo de problemas familiares o profesionales. El doctor Walters era más tolerante y estaba siempre abierto a escuchar y a tratar de ayudar a todos. Quería formar a un médico primero como persona, para que fuera capaz de comprender el dolor de sus pacientes y poder curarlos así de forma más eficaz.

—Los residentes de tu hospital han sido muy afortunados teniendo al doctor Walters como tutor. Pero, según lo que su esposa nos dijo, debe resultar muy difícil compaginar ese puesto con la vida familiar —dijo ella suspirando—. Salvando las distancias, es algo parecido a lo que les ocurre a los miembros de mi familia. Sentimos la obligación de dedicar la mayor parte del tiempo al servicio a nuestro país. Me pregunto a veces si unas clases de yoga podrían servirnos de ayuda —añadió ella sonriendo para distender un poco el ambiente.

Ryder se echó a reír por la ocurrencia.

—¿Cómo te las arreglas para hacer que me sienta mejor en un día tan triste como este?

—Esa es una de mis muchas habilidades —dijo ella con una sonrisa mirando de nuevo a la fuente—. ¿No te han dado nunca ganas de saltar por debajo del chorro aunque te mojes?

—Sí —respondió él—. En el pueblo donde yo me crié, teníamos una pequeña fuente en la plaza. Cuando era pequeño, solía saltar por la pileta, dando grandes zancadas. Una vez, me mojé tanto los pies, que pillé un resfriado que me tuvo en la cama una semana.

—Yo estuve a punto de hacer algo parecido en una de esas maravillosas fuentes de Roma, pero sabía que si lo hacía me detendrían y sería un motivo de escándalo para mi familia.

—Así que te reprimiste, ¿no?

—Sí, pero espero poder hacerlo algún día. Tal vez cuando consiga reclutar a esos médicos que Chantaine necesita y me pueda ir de vacaciones a Italia.

—¿Es por eso por lo que te corre tanta prisa conseguir contratar a esos médicos?

—Mi país los necesita con urgencia, Ryder. Es algo que vi con claridad cuando mi cuñada resultó herida de aquella forma tan terrible al arriesgar su vida por salvar la mía…

—No tienes por qué sentirte culpable de lo que pasó.

—Sí, ya lo sé. Ocurrió todo muy rápido. Hasta a los miembros de seguridad les pilló por sorpresa —dijo ella con una mirada sombría como si estuviese reviviendo la escena—. Sé que no tuve la culpa, pero ella no habría estado allí si yo no le hubiera pedido que fuera a verme. No estaba obligada a poner en riesgo su vida por mí. Desde entonces, me paso buena parte de la vida asistiendo a actos benéficos e inauguraciones de escuelas y empresas. Pero, claro, eso no es tan eficaz como si estuviera trabajando en un laboratorio de investigación para encontrar solución a alguna de esas enfermedades tan terribles que hay en el mundo.

—No, pero contribuyendo a recaudar dinero para la ciencia, colaboras indirectamente a ello. No subestimes tu labor. Haces mucho más que la mayoría de la gente.

—Puede ser —replicó ella no muy convencida—. Ahora solo me queda encontrar la forma de convencer a los médicos para que vayan a Chantaine. Al menos, cuento ya con un especialista dispuesto a ir allí a dar unos seminarios —dijo ella con cara de resignación, y luego añadió, cambiando de tema, con una sonrisa—. Pero dejemos ya de hablar de Chantaine y de mí. ¿Qué tal te sientes? ¿Puedo hacer algo para aliviar tu dolor? —preguntó con un tono solemne.

A Ryder se le ocurrió, de inmediato, la forma de hacerlo. La vio en la cama junto a él, haciendo el amor como la otra noche. Deseaba tenerla de nuevo.

Ella pareció leerle el pensamiento y abrió los ojos como platos.

—No lo estarás pensando en serio, ¿eh? —exclamó ella—. Los hombres siempre veis en el sexo la solución a todo.

—Hay maneras mucho peores de mitigar el dolor.

—Es cierto, pero me temo que, con la niñera en casa, no va a ser fácil poner en práctica tu remedio —dijo ella con una sonrisa.

—Tienes razón. Creo que será mejor que vuelva al hospital. Tal vez trabajando consiga olvidarme de todo.

—No, eso no —dijo ella muy espontánea, mordiéndose la lengua en seguida—. Podríamos ir también a la suite de mi hotel.

Ryder sintió un estremecimiento solo de pensar que podría tenerla de nuevo. No encontraba explicación científica a lo que le pasaba con Bridget. Por muy triste y agobiado que se estuviese, todo se volvía más alegre y de color de rosa cuando estaba junto a ella.

—Esa es una oferta que no puedo rechazar —dijo él, acariciándole el pelo.

Ryder pasó toda la tarde haciendo el amor con Bridget en la habitación de su hotel.

—Es hora de irse —dijo ella, dándole un beso en la mejilla, al oír la alarma del móvil que había dejado en la mesita de noche.

—¿Qué prisa tienes? —dijo él, agarrándola de la mano antes de que se bajara de la cama.

—Son las cinco y media, y la niñera se va a las seis —contestó ella con una dulce sonrisa.

—Maldita sea, ¿tan tarde es? —exclamó él, mirando el reloj para confirmarlo—. Vendrás a casa conmigo, ¿verdad? Creo que tengo algo para cenar.

—Lo siento, pero no puedo. Tengo un compromiso esta noche. Tengo que asistir a un foro para la prevención de la violencia callejera. Como puedes comprender, es un tema que me llega muy de cerca. El fiscal del distrito de Dallas me acompañará.

Ryder sintió una punzada en la boca del estómago al oír esas palabras. El fiscal Aiden Corbin tenía fama de ser un mujeriego recalcitrante.

—No me gusta nada que te acompañe —dijo Ryder, levantándose de la cama—. Aiden Corbin fue elegido fiscal hace dos años y es un perro de presa cuando se trata de mujeres.

—¿Qué es un perro de presa? —preguntó ella, frunciendo el ceño.

—Un hombre dispuesto a hacer cualquier cosa para conseguir llevarse a una mujer a la cama.

—¿De veras? —dijo ella mirándolo de soslayo con una sonrisa—. Me parece que he conocido ya a más de un perro de presa desde que estoy en Dallas.

—¡Eh! Yo no soy un perro de presa. Soy un profesional de la medicina que trato de curar a mis pacientes y atender lo mejor que puedo a los gemelos de mi hermano.

—Me cuesta creerlo viéndote ahí de pie, desnudo —replicó ella, mirándolo de arriba abajo con unos ojos tan ardientes que él sintió ganas de llevarla a la cama y hacerle del amor de nuevo.

—No estoy acostumbrado a estar con una mujer

que tiene que ir por ahí con un palo para deshacerse de mis rivales.

—¿Rivales? —exclamó ella—. Esos hombres no representan para mí lo mismo que tú.

—¿Y qué represento yo para ti? —preguntó él con los ojos muy abiertos.

—Algo muy distinto. Además, yo no necesito un palo para deshacerme de los hombres que me molestan. Debes recordar que si se sienten atraídos por mí, es sobre todo porque soy una princesa y se sienten fascinados por todo lo que ellos creen que eso conlleva.

—No subestimes tu sex-appeal.

—Mmm... —murmuró ella—. Si me quitas el título, soy una mujer del montón.

—Estás muy equivocada. Eres una mujer muy hermosa e inteligente. Y además eres... mágica —replicó Ryder, asombrándose él mismo de sus palabras.

Ella, muy halagada y con los ojos brillando de emoción, le echó los brazos al cuello.

—Eso es lo más bonito que me han dicho nunca. Creo que no tienes razón, pero eso no quita para que me parezca maravilloso que pienses así de mí. Gracias, Ryder. Nunca olvidaré tus palabras —dijo ella dándole un beso en la mejilla.

Ryder creyó detectar, en esas cuatro palabras de agradecimiento, algo que le recordó que su relación con ella tenía fecha de caducidad. Él sabía mejor que nadie que no tenía tiempo material para entablar una relación estable con una mujer. Siempre había estado dedicado en cuerpo y alma a su carrera. ¿Por qué ahora iban a ser las cosas diferentes con ella?

Esa noche, Ryder, después de haber acostado a los gemelos y haber visto los minutos finales del partido de béisbol, se puso a ver las noticias locales. Justo cuando estaba a punto de cambiar de canal, aparecieron unas imágenes de Bridget con el fiscal del distrito.

—Su Alteza Real, la princesa Bridget Devereaux de Chantaine, acompañada del fiscal del distrito de Dallas, Aiden Corbin, asistió esta noche a un debate especial en el auditorio de Dallas. Informa nuestro enviado especial, Charles Pine.

—Alteza, bienvenida a Dallas. Siento curiosidad por saber cómo, en una isla tan pequeña y paradisíaca como Chantaine, puede haber problemas de violencia callejera.

—Como usted dice, Chantaine es un país maravilloso y habitualmente pacífico. Tiene un índice de delincuencia de los más bajos del mundo. Sin embargo, últimamente hemos venido observando algunos brotes de violencia, con la aparición de algunas bandas urbanas. Esa es la razón por la que estamos tratando de poner las medidas adecuadas para prevenir este tipo de problemas en el futuro. El señor Corbin se ha ofrecido, muy generosamente, a viajar a nuestro país a presentar sus experiencias y conocimientos sobre el tema.

—Vaya halagos viniendo de una princesa, ¿eh, señor Corbin? —dijo el periodista bromeando.

Corbin ofreció su mejor sonrisa a las cámaras. Aunque a Ryder le pareció lasciva.

—La princesa está siendo muy generosa, colaborando activamente con su presencia en multitud de actos públicos y benéficos, durante su visita a nuestra ciudad. Considero que lo menos que puedo hacer para corresponder a su gentileza es compartir mis conocimientos.

Ryder estaba convencido de que Corbin quería compartir con ella algo más que sus conocimientos. Sintió un ardor en el estómago. Tal vez, solo fuese la pizza que acaba de tomar para cenar. Sonó su móvil en ese momento. Miró la pantalla: era Marshall.

Descolgó. Pero antes de que pudiera decir esta boca es mía, Marshall entró directo al asunto.

—Oye, ¿Qué está haciendo tu chica con ese canalla de Corbin?

—Es solo cuestión de negocios —dijo él, tratando de disimular.

—¿Negocios con ese perro? —exclamó Marshall—. Si fuera mi mujer, no permitiría que se acercase a ese tipo a menos de cien metros.

Ryder se mordió la lengua. Él pensaba igual que su amigo.

—Vaya —dijo Marshall después de un breve silencio—. Veo que no dices nada. ¿Significa eso que te da lo mismo? Porque si es así, tengo que decirte que es una pieza exquisita y…

—Ni se te ocurra pensarlo —dijo Ryder furioso—. Te descuartizaría con un cuchillo carnicero en menos de sesenta segundos.

—Venga, hombre —dijo Marshall con una carcajada—. Estaba de broma. Yo ya tengo compañía. Pero no me extraña tu reacción. Me di cuenta en seguida de que algo se estaba cociendo entre vosotros. La forma en que tú actuabas con ella, la forma en que ella actuaba contigo...

—¿A qué formas te refieres?

—Bueno, la chica se ha desvivido por atender a los gemelos y conseguirte una buena niñera —respondió Marshall—. A propósito, hablando de niñeras y atenciones, le llevé a Suzanne una buena ración de pollo el otro día. Me pareció que sería un detalle con ella.

—¿Le llevaste comida a Suzanne? —dijo Ryder con tono airado—. Te dije que la dejaras en paz.

—Fui solo a llevarla un poco de pollo. Pobre chica, se la ve tan delgada y desmejorada... —dijo Marshall—. Tendrías que darle un descanso más a menudo.

—No la habrías llevado pollo si no esperases sacar algo de ella.

—Me ofendes, Ryder. Sabes que soy una buena persona. Escucha, no tengo tiempo para zarandajas, no pierdas de vista a tu pequeña princesa si no quieres que la gacela caiga en las fauces del lobo. Aiden Corbin tiene fama de cazador furtivo. Buenas noches, señor doctor.

Cuando Ryder abrió la boca para responderle, Marshall ya había colgado.

Ryder sabía que Marshall acostumbraba a llamarlo «señor doctor» con retintín cuando pensaba que se estaba dando demasiado pote o que estaba picando demasiado alto. El problema era que lo que le había dicho sobre Corbin era cierto. Pero tampoco era menos cierto que él no tenía ningún derecho real sobre ella. Lo único que podía hacer era dejar que se las arreglara sola. ¿Por qué iba a preocuparse por una mujer con la que iba a tener solo una relación pasajera? No la había hecho nunca antes y no estaba dispuesto a hacerlo ahora.

Durante los dos días siguientes, Bridget dejó a Ryder dos mensajes en el móvil, pero no recibió contestación. Le preocupaba que pudiera haber sucedido algo. Le conocía ya lo suficiente como para saber que no era muy dado a contarle nada cuando las cosas no iban bien. Así que decidió acercarse un momento a su despacho en el hospital.

Ryder estaba reunido con un residente, pero justo cuando se disponía a dejarle un mensaje a su secretaria, el residente salió del despacho.

—Le diré que usted está aquí —dijo la secretaria.

Un instante después, Ryder abrió la puerta.

—Pasa —dijo secamente.

Preguntándose la posible causa de aquel tono de voz tan desabrido, Bridget entró en el despacho y se quedó mirándolo fijamente mientras él cerraba la puerta.

—Estaba preocupada al no tener noticias tuyas. ¿Estáis todos bien?

—Sí, no hay ningún problema. Suzanne está de nuevo en casa y los niños están bien.

Ella frunció el ceño. Nunca le había visto tan frío y distante.

—¿Estás seguro de que estás bien? Pareces algo…

—Ocupado —dijo él con voz firme y segura—. Dispongo solo de dos o tres minutos.

—¿Perdón?

—He dicho que dispongo solo de dos o tres minutos. Tengo que asistir a una reunión.

—Ryder, ¿por qué te comportas conmigo, como si fuéramos dos extraños, como si nunca hubiéramos estado juntos en la cama?

—No existe ningún tipo de compromiso entre nosotros —dijo él con una mirada sombría.

Bridget se sintió al oír esas palabras como si hubiera recibido una bofetada.

—¿Y por eso tienes que comportarte conmigo de esta manera tan grosera e indiferente?

—Ambos sabemos que nuestra relación tiene los días contados. Tú tienes tus razones y yo las mías. No hay ningún motivo para fingir que las cosas sean distintas de lo que son.

—Yo nunca he fingido nada contigo. Solo estaba preocupada por ti. Siento haberme equivocado —dijo ella volviéndose hacia la puerta.

Ryder la agarró del brazo justo antes de que llegara a tocar el pomo.

—¿Qué te pasa? ¿Por qué te comporta así? —le dijo ella, desconcertada.

—Nuestra relación no es normal.

—Bueno, tú no eres normal y yo tampoco, ¿por qué deberíamos serlo?

—No tengo derecho a pedirte explicaciones sobre los hombres con los que sales.

Bridget pareció entonces verlo todo claro.

—¡Maldita sea! ¿Así que todo esto es por ese fiscal?

—Te vi en las noticias de la noche —dijo él—. Estuvo coqueteando contigo.

—¿Y qué? ¿Crees acaso que consiguió algo de mí? ¿De verdad piensas que me acostaría con un hombre como él después de haber estado contigo? ¿O crees acaso que me voy con el primer hombre que se cruza en mi camino?

—Oportunidades no te faltan —respondió él.

Ella vio que estaba a punto de derrumbarse. Era un hombre acostumbrado a llevar el control de todo y ahora estaba descontrolado.

—Eso es solo porque soy una princesa, no porque yo lo busque. Y vamos a dejar de una vez las cosas claras. Desde que estoy aquí en Dallas, no he tenido ninguna aventura más que contigo. Aunque no sé si aventura es la palabra correcta. A mí, nunca me ha gustado. Ya sé que nuestra relación no tiene sentido. Los dos vamos en direcciones distintas. Pero siento una atracción irresistible hacia ti. Maldita sea, eres algo muy importante para mí.

Él se quedó mirándola un buen rato y luego soltó una pequeña carcajada, pero sin reírse.

—Suscribo plenamente tus palabras. Estoy dispuesto a montar este caballo hasta el final de la carrera si tú también lo estás —Bridget se quedó un tanto perpleja, pues no estaba acostumbrada a ese tipo de metáforas hípicas, por eso él añadió después de una pausa—: Quiero decir que llegaremos juntos hasta la meta y luego nos daremos un beso de despedida.

La palabra despedida no era su favorita, pero ella sabía que no había otra.

—Está bien, de acuerdo —respondió ella, poniendo la mano suavemente sobre la suya.

—Ven esta noche a casa.

—Me gustaría, pero tengo un compromiso previo.

—Maldita sea —exclamó él—. Dime solo que no es con ese Aiden Corbin.

—No —dijo ella negando con la cabeza—. Es con el jefe de pediatría.

—Maldita sea —repitió él, de nuevo—. Eso es aun peor.

—Me dijiste que si conseguía llevar a Chantaine especialistas de renombre para dar unas clases maestras, tendría más oportunidades de que los residentes se sintieran atraídos por la oferta.

—¿Por qué no puedes elegir a médicos mayores y casados? —se quejó él.

—Preséntamelos —dijo ella con una sonrisa.

Ryder inclinó la cabeza y la dio un beso tan largo que ella creyó perder el aliento.

—¿Y mañana por la tarde?

—Tengo otro compromiso —contestó ella—. Pero creo que podré arreglarlo.

—Bien. Mañana por la tarde tenemos otra clase de natación con los gemelos. Pediré algo de cenar para nosotros —dijo Ryder dándole otro beso y diciéndole luego al oído—: Te lo habrías pasado mejor esta noche conmigo que con el jefe de pediatría.

Cuando Ryder llegó a casa esa noche, unos minutos después de lo esperado, encontró la camioneta de Marshall parada frente a la puerta. Al entrar, lo vio con Tyler en las rodillas y a Suzanne cambiando los pañales a Travis.

Tyler dio un grito de alegría y Marshall hizo una mueca de resignación.

—Parece que alguien se alegra de verte —dijo Marshall poniendo al bebé en brazos de Ryder.

Ryder, emocionado, le dio un beso al niño con mucho mimo.

—Ya les he dado de cenar, pero les veo un poco alterados. Supongo que Marshall debe tener la culpa —dijo Suzanne con una leve sonrisa.

—¡Eh! Yo solo estaba tratando de entretenerlos hasta que llegaras a casa —replicó Marshall, tomando ahora a Travis en brazos—. Lo hacía para ayudar un poco a Suzanne, que tiene que estar muy cansada después de haber estado casi todo el día bregando con ellos.

¡Ay, ay, ay!, se dijo Ryder para sí, mirando a su amigo con recelo.

—Está bien. Me alegro de que estén tan animados. Suzanne, ¿puedes esperar un minuto que tengo que hablar con Marshall?

—Naturalmente —contestó ella—. No tengo prisa, puedo quedarme un rato más.

—Gracias —dijo Ryder agarrando a su amigo de una oreja y saliendo a la calle.

Cada uno llevaba a un niño en los brazos. Ryder a Tyler y Marshall a Travis.

—¿Qué diablos crees que estás haciendo? —le preguntó Ryder muy enfadado nada más salir.

—¡Eh! ¡Eh! Solo estaba tratando de ayudar a tu niñera. No querrás que se te vaya otra vez por culpa del trabajo que le dan los gemelos, ¿verdad?

—Suzanne no ha tenido nunca la menor intención de irse. Solo ha estado unos días convaleciente tras su operación de apendicitis —replicó Ryder.

—Razón de más para echarle una mano. Estos chicos, cada día que pasa, se están haciendo más grandes y dan más trabajo.

—No necesita que le eches ninguna mano. Apártate de ella. Creo que ya te lo advertí, ¿no?

—Estás nervioso y excitable porque no has conseguido nada de tu princesa, ¿verdad?

—Maldita sea, métete en tus asuntos y deja en paz a los demás —exclamó Ryder.

—Te estás comportando como un imbécil —dijo Marshall, con un suspiro de resignación—. Oye, me gusta Suzanne. Creo que me gusta de verdad y quiero intentarlo.

—Ella no es tu tipo.

—Bueno, míralo de esta otra forma. Tal vez haya estado saliendo todos estos años con el tipo de mujer equivocada y ella sea la que me conviene.

—Si me echas a perder a Suzanne, te mataré.

—Dame, al menos, una oportunidad —dijo Marshall implorante—. Ella es...

Ryder soltó una maldición por lo bajo.

—Está bien, pero si...

—Vale, vale, no sigas —dijo Marshall, y añadió luego cambiando de conversación para no dar pie a que su amigo se arrepintiese—: ¿Cuándo se supone que vas a volver a ver a tu princesa? Por el bien de todos, espero que sea pronto.

Entraron en casa. Marshall le dio el brazo a Suzanne y se marcharon a cenar a un restaurante de la zona. Ryder los vio salir con recelo. Los niños siguieron despiertos aún media hora más, robándole las últimas energías que le quedaban.

Cuando despertó a la mañana siguiente, oyó a Travis llorando a pleno pulmón. Entró en la habitación de los gemelos, lo sacó de la cuna y lo tomó en brazos.

—¿Qué te pasa amiguito? ¿Estás bien?

El llanto de Travis se fundió en un gemido, y Ryder tuvo el presentimiento de que el bebé estaba echando de menos a sus padres verdaderos. La idea le produjo una profunda angustia. El pobre niño no conocería nunca a sus padres. Estaba destinado a quedarse con su tío.

Y sabía que él nunca sería el padre que su hermano habría sido.

Capítulo 8

RYDER se reunió esa mañana con el jefe de personal y con el doctor Hutt para discutir el futuro del programa de los residentes.

—Hemos tenido algunas discusiones sobre el enfoque que deberíamos dar al programa en el futuro, ahora que el doctor Walters ya no está con nosotros — dijo el jefe de personal.

—Este programa es uno de los atractivos principales que los residentes encuentran en nuestro hospital, con relación a otros —dijo Ryder—. Considero que no debería hacerse ningún cambio.

—Estoy de acuerdo en que el programa debe continuar —dijo el jefe de personal—. Pero el doctor Walters tenía su manera particular de llevarlo y creo necesario introducir algunos cambios.

—Hay que exigirles más a nuestros residentes — apuntó Hutt—. Han elegido voluntariamente ser médicos y esta profesión demanda un esfuerzo especial en aras de la salud de los pacientes. Deben estar dispuestos a dar lo mejor de sí mismos. A nadie se nos escapa que ello exige muchas horas de dedicación y una formación continua en todas las especialidades.

—Sí, pero tienen que aprender también a tratar a sus pacientes de forma personalizada y no como una simple estadística para el hospital —replicó Ryder, algo molesto.

—Creo que eres demasiado blando con ellos —dijo Hutt.

—Y tú les tratas como si fueran máquinas porque es así como tratas también a tus pacientes.

—Caballeros, por favor —intervino el jefe de personal—. Dejen a un lado los insultos personales.

—Lo siento —dijo Ryder tratando de controlarse—. Pero el doctor Walters era una persona muy importante para mí. Sería una falta de respeto a su memoria que no tuviera presente sus puntos de vista en esta discusión.

—El doctor Walters fue también mi tutor —exclamó Hutt—. Yo besaba el suelo por donde él pisaba. Él fue precisamente el que me enseñó la importancia de la disciplina.

—Estoy de acuerdo, pero el doctor Walters también hacía mucho hincapié en el factor humano.

—Ambos tienen razón —dijo el jefe—. Aunque mantienen puntos de vistas diferentes, los dos han demostrado su capacidad para ocupar el puesto. El problema es que el doctor Walters se pasaba casi todo el día en el hospital y creo que ninguno de ustedes está en condiciones de comprometerse a hacer nada parecido.

—Yo tengo una esposa muy comprensiva.

—Y yo una niñera muy competente.

—Por tanto —dijo el jefe de personal, sin tener en cuenta los comentarios de ambos—, voy a adoptar una solución salomónica y les voy a nombrar tutores a los dos.

Aquello le cayó a Ryder como un jarro de agua fría.

—No creo que el doctor Walters aprobara una decisión como esa.

—Por desgracia, el doctor Walters ya no está aquí para darnos su consejo. Dadas sus obligaciones familiares actuales, no puedo asignarle el puesto a usted, doctor McCall. Los dos deberán trabajar juntos y llegar a entenderse. De lo contrario, tendré que buscar otros candidatos. Muy bien, caballeros, nos volveremos a reunir dentro de dos semanas.

Ryder se dirigió hacia la puerta, con intención de salir dando un portazo, pero se contuvo.

—Esto es de risa —dijo Ryder.

—Oye, a mi tampoco me gusta trabajar contigo. El que fueras el favorito de Gordon no significa que el resto de nosotros no lo apreciáramos. Era un hombre excepcional. Eso nadie lo niega —replicó Hutt, y luego añadió mirando a Ryder con gesto desafiante—. Por cierto, ¿de dónde sacaste el dinero para terminar la carrera cuando se murió tu madre?

Ryder hizo un esfuerzo sobrehumano para no darle un puñetazo.

—Walters me asesoró en ese sentido, indicándome que podía dar clases para pagarme los últimos años. Supuso mucho esfuerzo para mí, pero no me quedaba otra salida. Era eso o ponerme a trabajar de camarero. ¿Y tú? ¿Cómo conseguiste hacer la carrera?

—Lo sabes de sobra. Mis padres me la pagaron. Al principio de entrar en el hospital no me tomé la profesión muy en serio, pero Walters me dijo que o cambiaba de actitud o me marchaba a otra parte. Y con un control periódico sobre mi rendimiento consiguió hacerme cambiar. Así fue como aprendí la importancia de la disciplina.

—Conmigo fue algo parecido. Solo que yo aprendí esa lección diez años antes que tú, porque no me quedaba otra solución —dijo Ryder haciendo ademán de marcharse.

—Solo por curiosidad —dijo Hutt, agarrándolo del brazo—. ¿Cómo verías la posibilidad de renunciar al puesto para dejármelo a mí en propiedad?

—Si te soy sincero, nunca se me ha pasado esa idea por la cabeza. Y te digo más, tú no estás capacitado para ese puesto. No puedes comprender que hay jóvenes cuyos padres no pueden pagarle una carrera o no pueden acceder a la profesión que les gusta solo porque su familia no conoce a ninguna persona influyente. Creo que no tienes ni tendrás nunca la sensibilidad necesaria para comprender esas cosas.

Esa tarde, mientras estaba en la piscina con Bridget y los gemelos, Ryder tenía la cabeza en otro sitio. Ella se dio cuenta en seguida y se puso a jugar con Tyler echándole agua por la cara y metiéndole un poco la cabeza en el agua para que fuera perdiendo el miedo.

—Muy bien, Tyler, eres un chico muy valiente.

Travis, viendo a su hermano, no quiso quedarse atrás y metió él solo la cabeza debajo del agua hasta que, algo asfixiado, la sacó asustado y se puso a llorar.

—Vamos, no es nada, es solo que el agua se te ha ido por el otro lado —dijo Bridget, pasándole a Tyler a Ryder y tomando a Travis en los brazos—. Eres aún muy pequeño para bucear. Mira lo que yo sé hacer —dijo ella, metiendo la boca en el agua y poniéndose a soplar.

Ryder la imitó y metió también la cabeza dentro del agua y se puso a soplar con fuerza haciendo unos sonidos extraños. Travis se lo quedó mirando con los ojos muy abiertos.

—Hazlo otra vez —dijo ella.

—Como ordene, Su Majestad.

Ryder lo repitió de nuevo y Travis se echó a reír. Bridget tampoco podía contener la risa.

Él en cambio la miró con unos ojos de deseo que no dejaban lugar a dudas de sus intenciones.

—¡Qué bien lo haces! Repítelo un par de veces más —le pidió ella—. Y tú y yo vamos a hacerlo esta vez juntos —le dijo a Travis—. Vamos.

Los cuatro metieron la cabeza en el agua, mientras Ryder lanzaba una vez más aquellos rugidos que parecían salir de una ballena gigante.

Cuando los niños sacaron la cabeza, ya no tenían cara de susto sino de estar pasándoselo bien.

—¡Qué valientes sois, me siento muy orgullosa de vosotros! —dijo Bridget.

—A mí nunca me dices esas cosas —murmuró Ryder.

—Tal vez necesites esforzarte para mejorar un poco más —replicó ella.

Él le miró fijamente los pechos que se marcaban insinuantes bajo el bañador.

—Su Majestad podría volver loco a cualquier hombre —dijo él, sin dejar de mirarla.

—No me llames así. Además, no es el tratamiento correcto. Debes decir: Alteza. O si quieres que me enfade puedes llamarme como me llama el ama de llaves de mi cuñado: Altiveza.

—Me gusta —replicó él con una leve sonrisa—. Te va bien. Altiveza.

—Bueno, ahora que pareces más relajado, ¿se puede saber qué te pasa, que te veo ausente? ¿Has dejado a algún paciente con algún problema grave?

—No —respondió él, con el ceño fruncido—. ¿Por qué lo dices?

—Porque, aunque haces todas las cosas que nos ha dicho el monitor de natación, parece como si no estuvieras aquí. La mayoría de las mujeres, en mi lugar, se sentirían ofendidas.

—Tal vez sería mejor que no estuviese aquí, porque cada vez que te miro con ese traje de baño que llevas me entran ganas de hacer alguna barbaridad. Pero ya que lo preguntas, te confesaré que han surgido algunas complicaciones con el puesto que dejó vacante el doctor Walters. Si Dios no lo remedia, voy a tener que tratar con el demonio de Hutt.

—No creo que sea para tanto. Probablemente sea más fácil tratar con él que contigo.

Ryder le lanzó una mirada asesina.

—Si no te importa tratar con alguien capaz de mentirte en tu propia cara...

Ella prefirió no contestar y esbozó una sonrisa de circunstancias.

El monitor de natación dio por terminada la clase y Bridget y Ryder salieron de la piscina con los niños. Les quitaron los pañales impermeables que les habían puesto para el agua y les pusieron unos normales limpios.

—Eres muy buena con ellos —dijo Ryder—. Creo que los dos están enamorados de ti. Por no decir, los tres.

Bridget sonrió, sintiendo una oleada de calor muy dentro de ella.

—No creí que pudiera llegar a quererlos tanto.

—Yo tampoco —dijo Ryder, acunando a Tyler contra su pecho—. Como tampoco creo que pueda llegar a hacer bien el papel de padre. No tuve un buen ejemplo.

—Yo tampoco —dijo ella—. Mi padre no conseguía recordar siquiera mi nombre.

—¿Estás de broma?

—Mi madre se dedicó solo a traer hijos al mundo. Pero vinieron demasiadas niñas. Solo paró cuando nació el segundo varón, que vino detrás de Phillipa y de mí.

—Tampoco te llevabas especialmente bien con tu madre, ¿verdad?

—No tuvo un matrimonio feliz. Se casó con mi padre muy ilusionada, pero pronto se desengañó. No me siento preparada para ser una buena madre. Mi única esperanza es que haya sacado algo de mis hermanos. Stefan es un buen padre y Tina una madre modelo.

—Veo que ninguno de los dos hemos tenido unos buenos padres, a pesar de que crecimos en ambientes muy diferentes. Tú naciste en el seno de una familia real y yo en la pobreza. Aún no sé cómo tengo la suerte de poder estar aquí con una princesa.

—Y con los gemelos, no se te olvide. Es increíble la compenetración que tienen contigo.

—No sé si seré capaz de criarlos, hacerlos felices y lograr que tengan un porvenir en la vida.

—Claro que sí —dijo Bridget,—. Si alguien puede hacerlo, ese eres tú.

—Lo bueno de las clases de natación es que deja agotados a los niños y luego duermen como benditos —dijo Ryder, sentado en el sofá al lado de Bridget, con las manos agarradas—. Lo malo es que a mí también me dejan exhausto.

—Pues a mí, no quiero decirte —replicó ella con una sonrisa.

—Si estás tan cansada, será mejor que te quedes aquí esta noche.

—Tengo una limusina esperándome —dijo ella mirándolo de reojo—. Eso no es ningún problema.

—No lo será para ti, pero sí para mí —replicó él inclinando la cabeza hacia ella y besándola.

Bridget suspiró cuando sus bocas se separaron después de largos segundos.

—¿Vas a quedarte entonces? —preguntó él—. Te prometo que te despertaré a mitad de la noche.

Ella le agarró la cabeza con la mano y puso sus labios en los suyos.

—¿De veras? —replicó ella con una sonrisa sensual.

A la mañana siguiente, Bridget se despertó al oír el llanto de los bebés y vio que su cama estaba vacía. Había pasado la noche con Ryder y él debía haber salido temprano. Se puso una de sus camisas, sin abrocharse los botones, y se dirigió al cuarto de los niños.

Cuando entró en la habitación, casi se tropezó con Suzanne.

—Oh, lo siento —dijo Bridget.

—No se preocupe —dijo la niñera—. Llegué un poco tarde, justo cuando el doctor salía por la puerta. Vuelva a la cama, si quiere. Yo cuidaré de los niños.

—No, yo me encargaré de Travis —dijo Bridget, tomándolo en brazos—. No llores, mi vida. Debes estar aún cansadito de la paliza que te diste ayer en la piscina, ¿verdad?

—Si sigue así, señorita, acabarán robándole el corazón —dijo Suzanne sonriendo.

—Sí, nunca pensé que pudiera llegar a sentir tanto cariño por estas dos criaturas que te manchan el vestido de papilla, gritan y lloran como almas que lleva el diablo y en cuanto te descuidas huelen que apestan.

Siempre que alguien me preguntaba si me gustaban los bebés, yo solía responder que sí, pero siempre que fueran de otros.

—A mí, me pasa, en cambio, lo contrario —dijo Suzanne—. Yo quería tener niños, pero no pude tenerlos. Mi marido tenía también mucha ilusión y supongo que por eso me dejó.

Bridget bajó las escaleras con la niñera, con cara de conmiseración.

—Pero hoy hay otras vías: la adopción, las madres de alquiler, la fecundación in...

—Sí, pero él quería tenerlos de forma natural —replicó Suzanne.

—Tu marido debía ser algo anticuado. Pero no te preocupes, ya encontrarás un hombre mejor.

—Puede ser, pero no pienso volver a casarme de nuevo. La ruptura fue muy dolorosa —dijo Suzanne claramente afligida—. ¿Y usted? ¿Tiene algún plan de matrimonio a la vista?

Bridget parpadeó, incómoda por la pregunta y trató de salir airosa con una respuesta convencional, mientras dejaba a Travis en la trona.

—De momento tengo planeado ir a pasar unas largas vacaciones a Italia. Luego, ya veremos.

—¿Y qué hay del doctor?

—Oh, él no está interesado en el matrimonio. Está muy ocupado con los niños, sus pacientes y los residentes del hospital. Estoy segura de que no entra en sus planes casarse a corto plazo.

—Los planes pueden cambiar en un instante —replicó Suzanne—. Apuesto a que tampoco pensaba que tuviera que hacer de padre de los gemelos de su hermano.

—Es cierto —dijo Bridget, cada vez más incómoda con aquella conversación—. Ha tenido que suponer un gran cambio en su vida. Por eso mismo, no creo que quiera complicársela más.

—Mmm... —murmuró Suzanne no muy convencida.

Bridget se sintió más aliviada al ver zanjado ese tema de conversación.

—¿Puedes darle de desayunar a los niños? Me gustaría darme una ducha.

—No hay problema. Tómese su tiempo —dijo Suzanne.

Bridget se metió en la ducha de Ryder y se sintió reconfortada bajo el agua caliente. El olor del jabón y todo el ambiente le recordaba a él. Se preguntó si no estaría cometiendo un gran error manteniendo una relación que estaba destinada, de antemano, al fracaso. Prefería pensar que solo les unía una atracción física recíproca pero pasajera. Estaba confusa. Sentía mucho cariño por los niños, pero tenía una misión que cumplir que complicaba las cosas.

Salió de la ducha y se vistió, dejando que se le secase el pelo al aire. Ya se peinaría cuando llegase al hotel. Bajó a donde estaban los niños y se puso a jugar con ellos.

Sonó su teléfono móvil al poco rato. Era Stefan. Frunció el ceño. Había tratado de eludir sus llamadas, informándole, por correo electrónico, del progreso de su misión. Stefan era una persona maravillosa y con muy buen corazón, pero, como hermano mayor, tenía tendencia a controlarla demasiado.

—Hola, Stefan, ¿cómo estás? —lo saludó ella, alejándose de los gemelos para que su hermano no pudiese escuchar sus gritos.

—Bien. Necesito saber cómo va el programa de reclutamiento de médicos…

Tyler se puso a chillar en ese momento. Bridget,

sobresaltada, se fue corriendo hacia uno de los cuartos de baño de la planta baja y se encerró por dentro.

—¿Qué fue eso? —dijo Stefan—. Sonaba como el alarido de un animal salvaje.

No andaba muy desencaminado, se dijo ella.

—Era un bebé. Supongo que no quiere dormir la siesta —contestó Bridget—. En relación con el programa médico, me he encontrado con un problema…

—¿Un bebé? ¿Y qué estás haciendo tú con un bebé? A ti no te gustan los niños.

—Se trata de un bebé que conocí por casualidad. La familia estaba pasando por una crisis y traté de echarles una mano. Ahora van ya las cosas mejor. Sobre lo que me dices de…

—No será uno de los sobrinos gemelos del doctor Ryder McCall, ¿no? Valentina me dijo que pasas bastante tiempo con ese doctor y con los niños.

Su hermana la había traicionado. Tendría que tener más cuidado en adelante con lo que le contaba.

—Resulta que el doctor McCall es el tutor de los residentes del Centro Médico de Texas. He estado tratando de convencerlo para que colabore con nuestro programa, pero dice que trabajar en Chantaine no da ningún prestigio a sus residentes porque carecemos de proyectos especializados y de programas de investigación.

—Así que Chantaine no es lo bastante prestigioso, ¿eh? —dijo él, muy contrariado.

Bridget le dijo que la razón de que no hubiera conseguido más avances era debida a que el jefe responsable del programa de los residentes había caído enfermo y el hospital estaba tratando de cubrir su puesto. Lo que, en parte, era verdad. No quería contar a su hermano todos los detalles porque sabía que se ofendería aún más.

—Yo reaccioné de la misma manera que tú —respondió Bridget—. Le dije que era el hombre más grosero que había conocido. Pero sigo tratando de arrancarle un compromiso.

Hubo un largo silencio. Stefan debía estar, sin duda, cavilando algo.

—Bridget, no estarás tratando de seducir a ese hombre para convencerlo, ¿verdad?

Bridget se echó a reír. No sabía si por disimular o por lo nerviosa que estaba. Ya podía encomendarse a todos los santos si Stefan se enteraba de lo que estaba pasando.

—¡Como si eso fuera tan fácil! —exclamó ella—. Ese hombre es casi tan terco como tú.

Se hizo otro silencio prolongado, en el curso del cual Bridget pudo sentir, a través de la línea, el estado de tensión de su hermano.

—Eso no me suena nada bien. ¿Has contactado con otros hospitales?

—Sí, pero con idénticos resultados, aunque con mejores palabras. Por eso, se me ha ocurrido invitar a especialistas de prestigio a ir a Chantaine a dar seminarios y cursos de formación. Ya tengo el compromiso firme de tres doctores. Es posible que así se animen los residentes.

—Buen trabajo. Tal vez tengamos que ampliar ese número.

—Sí. Tengo la esperanza de poder convencer a más especialistas en otros hospitales.

—Bridget —dijo Stefan, ahora con la voz más serena—. Sé que gran parte del interés que tienes en este programa es por lo que le sucedió a Eve.

—Sí. Gracias a Dios, la atendieron a tiempo.

—Sí, fue una suerte, después de todo. Bueno, mantenme informado de… todo

—¿Qué quieres decir? —dijo ella, frunciendo el ceño

—Quiero decir, que eres una mujer encantadora y muy atractiva. Puede que esos hombres con los que tratas se sientan fascinados por tener una relación con una princesa. No me gustaría ver dañada tu reputación por culpa de una decisión equivocada o de un malentendido.

—No me ofendas ni subestimes, Stefan. ¿Crees que esta es la primera vez que me he visto obligada a parar los avances de alguno?

—No hay razón para que te sientas ofendida. Solo estoy velando por ti. Oye, ¿a qué tipo de avances te refieres? Se supone que Raoul está ahí para protegerte, ¿no?

—Stefan, creo que ya hemos hablado bastante del asunto. Si no tienes alguna sugerencia útil que hacerme, tengo muchas cosas que hacer y estoy segura de que tú también.

—Bridget, no me cuelgues. Aún no he terminado —dijo Stefan con voz de mando.

Ella estuvo tentada de colgarle, pero se contuvo.

—Te escucho —dijo ella, finalmente.

—Phillipa va a ir a Texas a haceros una visita. Ha estado trabajando muy duro para presentar su tesis doctoral y parece algo deprimida estas últimas semanas. Eve opina que le vendría bien un cambio de aires para que se olvide así un poco de los estudios.

—¿Crees que está enferma? —preguntó ella muy preocupada.

—No, ya la han visto los médicos de la familia. Pero después del problema que Ericka tuvo con las drogas, no quiero correr ningún riesgo.

Bridget se sobresaltó al oír aquello. Su hermana Ericka había llegado a tener un problema serio de drogadicción y había tenido que pasar un largo período de rehabilitación. Gracias a Dios, lo había superado y ahora estaba felizmente casada con un director de cine francés.

—No me puedo creer que, después de lo que todos sufrimos con lo de Ericka, Pippa pueda…

—Yo tampoco, pero ha perdido peso y parece triste y distraída. Un cambio le sentará bien.

—Entre Valentina y yo trataremos de animarla —dijo Bridget.

—La idea es que pase la mayor parte del tiempo en el rancho, pero estoy seguro de que querrá ir a ver Dallas.

—Muy bien, no te preocupes. ¿Qué me dices de Eve y de Stephenia?

—Eve está espléndida. Stephenia está muy rebelde. Pero creo que ya está aprendiendo a leer. Le leo algo casi todas las noches —dijo él en un tono mezcla de exasperación y de ternura.

—Eres un hombre afortunado, Stefan. Tienes una esposa y una hija que te adoran —dijo Bridget, y luego añadió sin poderse resistir—: Y unos hermanos leales y serviciales.

Él se echó a reír.

—Estoy de acuerdo con todo menos con eso de serviciales.

—Creo que no está en los genes de la familia. Dale un abrazo de mi parte a Eve y a Stephenia.

—Lo haré —replicó su hermano—. Y mantenme informado. Si no consigues nada del doctor McCall en los próximos días, buscaremos otras personas más dispuestas a colaborar.

—Entendido —dijo ella con voz temblorosa.

—Bueno, esto es todo por ahora. Seguiremos al habla.

Bridget respiró hondo al colgar el teléfono. Estaba confusa.

Regresó al cuarto de estar con la idea de salir a la calle a despejarse un poco.

—Ya he acostado a Tyler —le dijo Suzanne al entrar—. Y Travis no tardará en cerrársele los ojos.

—Yo le llevaré —dijo Bridget recogiendo al bebé de la manta—. ¿Cómo está el señorito?

Travis emitió un sonido ininteligible y pegó la boca a su mejilla dándole un beso con saliva.

—Estás hecho todo un conquistador —exclamó ella derritiéndose de ternura.

El niño acercó de nuevo la boca a su mejilla y le dio otro beso.

—Así no hay quien se te resista —dijo ella acunándolo en los brazos.

Travis se acurrucó sobre su pecho y apoyó la cabecita en su hombro. Dio un profundo suspiro y en pocos segundos se quedó dormido. Ella lo notó por su respiración rítmica y pausada.

—Parece que tiene usted un efecto tranquilizante sobre él —susurró Suzanne.

Travis suspiró de nuevo y se agarró a ella con fuerza como si fuera la persona con la que se sintiera más seguro en el mundo. Bridget se sintió tan emocionada que le entraron ganas de llorar. Miró al bebé. Era tan pequeño y vulnerable. Sintió deseos de hacerse cargo de él, de cuidarle para que siempre estuviese seguro y nunca le pasase nada...

Subió con él las escaleras, muy despacio, entró en el cuarto de los niños y lo dejó suavemente en la cuna. Miró luego a Tyler que estaba profundamente dormido.

—Tiene mucha mano con los niños para ser una princesa —dijo Suzanne desde la puerta—. ¿No tendrá una varita mágica escondida en el bolsillo de atrás del pantalón?

Bridget, halagada, salió en silencio de la habitación y cerró la puerta con mucho cuidado.

—Bien, debo irme ya. Tengo algunos compromisos ineludibles. Pero si tiene algún problema con los gemelos, llámeme.

—Yo soy la que debe cuidarlos, me pagan para eso. Pero parece como si usted sintiera la necesidad de ayudarlos. ¿Por qué?

—Es difícil de explicar. Es como si, cuando te miran a los ojos, se adueñasen de tu corazón.

Capítulo 9

BRIDGET estuvo todo el día tratando de encontrar a especialistas que quisieran ir a Chantaine. Tuvo que aguantar las sonrisas despectivas de algunos, pero gracias a su constancia consiguió un compromiso en firme y otros dos posibles.

Solo había podido hablar con Ryder por teléfono un par de veces. Llegó muy cansada al hotel por la noche. Estaba a punto de dormirse cuando sonó el móvil. Era Ryder.

—Hola.

—Mañana por la noche. Cena a las siete. No acepto excusas. Hace mucho que no nos vemos.

Ella se echó a reír, encantada de volver a oír su voz.

—Vaya. ¿Ahora los médicos dan órdenes como los reyes?

—Tal vez —replicó él—. Perdona, pero no puedo hablar en este momento. Estoy con un paciente.

—¿A estas horas?

—Es diabético y ha tenido algunas complicaciones en el postoperatorio. Voy a quedarme una hora más para asegurarme de que evoluciona correctamente. Recuerda, mañana por la noche.

A la mañana siguiente, al despertarse, Bridget recibió una llamada de su hermana Tina.

—Vamos a ir a cenar esta noche a la ciudad y nos gustaría que vinieras con nosotros.

—¡Oh! Lo siento, pero ya tengo un compromiso —dijo Bridget.

—¿Es de negocios o de placer? Porque si es de placer, podemos salir juntos.

Bridget no supo qué contestar. Su cena con Ryder prometía ser de placer, pero si salía a colación el programa médico de Chantaine, podría convertirse en una cena de trabajo.

—Por tus dudas, deduzco que es una cena de placer —dijo Tina, antes de que a Bridget se le ocurriera alguna excusa—. Te recogeremos a las seis y media. Iremos al Longhorn Club.

—Tendrá que ser a las siete. No creo que Ryder pueda cambiar su hora de salida del hospital. Ha estado muy ocupado últimamente. Llevamos ya tres días sin vernos.

—¡Tres días! —repitió Tina—. ¡Cuánto tiempo! Eso significa que estáis empezando a ser una pareja formal. Razón de más para que lo conozcamos.

Bridget frunció el ceño ante la intromisión de su hermana en su vida privada.

—¿Qué miembro de la familia real le dio a tu marido el sello de aprobación cuando estabais saliendo? —preguntó ella con cierto sarcasmo.

—Ninguno. Fue mi embarazo el que lo decidió todo —dijo Tina sin avergonzarse—. Tú no estarás embarazada, ¿verdad?

—No, claro que no —respondió Bridget.

—De todos modos, lo vuestro debe ser algo serio para que me hables así —dijo Tina—. La única manera que tienes de desmentirlo es viniendo esta noche con tu médico a cenar con nosotros. *Ciao*, cariño —dijo Tina, colgando a continuación.

Bridget dejó el teléfono en la mesita con gesto contrariado y se dejó caer en la cama.

Ryder tendría que enfrentarse al interrogatorio que le harían Tina y su marido. No podría reprocharle nada si salía huyendo del restaurante.

Trató de darle una vía de escape mandándole un mensaje.

Cambio de planes. Mi hermana y su marido quieren que cenemos con ellos. Si no te apetece, lo comprenderé.

Se quedó esperando su respuesta y al ver que no llegaba, sospechó que debía estar preparando alguna excusa. Contrariada, decidió ir a darse una ducha.

Cuando salió, vio que el móvil lucía de forma intermitente, señal de que acababa de recibir un mensaje. Lo leyó inmediatamente: *De acuerdo. ¿Dónde es?*

Bridget sintió una alegría inmensa. Le respondió dándole el nombre del restaurante, junto con una advertencia de que su hermana le sometería a un interrogatorio que podría rivalizar con el de un veterano agente de la CIA.

Cuando su hermana llegó con Zach a recogerla al hotel por la noche, Bridget estaba hecha un manojo de nervios. Mientras se dirigían al restaurante, Tina aprovechó para sonsacarla.

—Cuéntanos algo de tu médico.

—Vas a tener ocasión de conocerle en seguida. Es

una persona volcada en su trabajo que está tratando ahora de reorganizar su vida para poder atender a los gemelos que le dejó su pobre hermano —respondió ella, aprovechando en seguida para cambiar de conversación—. Y hablando de hermanos, Stefan me dijo que Phillipa va a venir a hacernos una visita. Parecía preocupado. ¿Has tenido ocasión de hablar con ella?

—La he llamado varias veces, pero nunca ha respondido a mi llamada, cosa que me ha dejado bastante intranquila. ¿Y tú?

—Le dejé un mensaje diciéndole que estaba deseando volver a verla. Tal vez necesite un poco de descanso y no quiera que la agobiemos a preguntas. Me he preguntado si su posible depresión podría tener algo que ver con los estudios, pero creo que no, Phillipa siempre ha sido muy buena estudiante y nunca ha tenido problemas en ese aspecto.

—Creo que, en nuestro rancho, encontrará la paz y la tranquilidad que necesita. Y si algún día quiere divertirse un poco, podemos venir a la ciudad. Ni que decir tiene que tú también puedes quedarte en el rancho el tiempo que quieras —dijo Tina.

—Tengo una misión que cumplir y no puedo hacerlo desde el rancho —respondió Bridget.

—¿Y qué me dices del doctor McCall? ¿No podría él ir a Chantaine?

Bridget se echó a reír solo de pensarlo, pero sintió una angustia muy honda al mismo tiempo.

—Eso queda descartado. Está tan ocupado con su trabajo en el hospital y con los gemelos…

—Pero con esa relación tan estrecha que tenéis…

—No es tan estrecha —dijo Bridget de manera categórica.

—Si estás buscando médicos a los que no les disguste dedicar parte de sus vacaciones a impartir clases en Chantaine, creo que yo conozco a unos cuantos —dijo Zachary muy solícito.

—Oh, eso sería fabuloso. Por favor, ponme en contacto con ellos —dijo Bridget.

—Zachary consiguió contratar a un ginecólogo para el pueblo que tenemos cerca del rancho. Seguro que él también podrá ayudarte —afirmó Tina.

—El quid de la cuestión es encontrar a la persona adecuada —dijo Zach—. No a todos los médicos les gusta ejercer su profesión en un gran hospital. Comprendo que hayáis pensado en el Centro Médico de Texas como primera opción, pero tal vez te sea más fácil encontrar, en un pequeño pueblo, a un médico bien cualificado dispuesto a pasar un par de años en una isla exótica desde la que puede saltar fácilmente a cualquier país de Europa.

—Gracias —dijo Bridget, muy pensativa, considerando esa posibilidad—. No había caído en eso.

Tina le apretó el brazo a su marido.

—¡Qué marido tan inteligente tengo! ¡Está lleno de recursos!

—Conseguí conquistarte a ti. Con eso ya está dicho todo, ¿no? —replicó él.

Bridget sintió nostalgia al oírles. ¿Cómo se sentiría si Ryder y ella se dijeran alguna vez esas cosas? Decidió no pensar en eso. Ella tenía otros planes. Italia la estaba esperando.

Cuando llegaron al restaurante, un local muy exclusivo de la ciudad, se sentó junto a Zach y su hermana. Ryder llegó quince minutos después, con aire distraído.

—Lo siento —dijo él, inclinándose hacia ella y besándola en la boca—. No sabes cuánto te he echado de menos —le susurró al oído, y luego añadió muy ceremonioso dirigiéndose a Tina y a Zach—: Alteza..., consorte de Su Alteza...

—Llámame Tina, por favor —dijo ella tratando de contener la risa.

—Hola, ¿qué tal? Yo soy Zach —dijo el marido, tendiéndole la mano.

—Encantado. Yo soy Ryder. Disculpadme si miro de vez en cuando el móvil para revisar los mensajes. Tengo un paciente diabético en estado crítico.

—¿Es el mismo paciente que estuviste viendo la última noche? —preguntó Bridget.

—Sí —dijo Ryder—. Ha experimentado alguna mejoría, pero sigue con problemas vasculares.

Bridget, sentada a su lado, le agarró la mano por debajo de la mesa.

—Si tienes que irte...

—No, de momento puedo quedarme. Solo que tendré que estar al tanto de los mensajes.

—Estamos muy contentos de tenerte con nosotros —dijo Tina—. Has conseguido interesar a Bridget y eso no es nada fácil.

—Tina… —dijo ella con las mejillas como amapolas.

—¿En serio? —exclamó Ryder—. Es una noticia alentadora. Allá donde va, siempre tiene a varios hombres revoloteando alrededor de ella.

—Ya te he dicho que eso es solo porque les fascina poder estar con una princesa.

—No creo que sea solo por eso —dijo Ryder.

El camarero se acercó para tomarles la nota. Después de pedir los platos, Ryder se puso a revisar los mensajes que le habían llegado.

En medio de la cena, pidió disculpas y se levantó de la mesa para hacer una llamada.

—¿Este es el futuro que te espera? —preguntó Tina—. No ha hecho otra cosa durante toda la cena que estar pendiente del teléfono.

—Si tú tuvieras a una persona querida en el hospital, supongo que te gustaría saber que su médico se preocupa por ella, ¿verdad?

—Supongo que sí —respondió Tina, con el ceño fruncido—. Lo único que quería decirte es que me cuesta verte feliz al lado de un hombre que solo piensa en su profesión.

—Ryder y yo no tenemos ninguna clase de compromiso —dijo Bridget inclinándose hacia su hermana—. Lo pasamos bien juntos, eso es todo.

—Mientras él no disfrute demasiado de tu compañía… —dijo Zach con una sonrisa maliciosa.

—No estoy embarazada, si es eso lo que querías saber.

—Eso ha sido un golpe bajo —dijo Tina.

—Os lo merecíais —dijo Bridget, a punto de perder el control—. Por lo que Stefan me dijo, te faltó tiempo para contarle todos los chismorreos sobre Ryder, ¿verdad? No esperaba eso de ti.

—Como hermana mayor, tengo el deber de velar por ti.

—Eso fue lo mismo que Stefan te dijo a ti, ¿verdad? —replicó Bridget en tono desafiante.

Mientras el camarero retiraba los platos, Ryder volvió con cara de satisfacción.

—Parece que traes buenas noticias, ¿no? —le dijo Bridget con una sonrisa.

—Sí. El paciente está mejorando.

—Excelente —dijo Tina, sin demasiado entusiasmo—. Bridget me ha dicho que te has hecho cargo de la custodia de tus sobrinos. Ha debido ser muy traumático para todos. Lamento la pérdida de tu hermano y tu cuñada.

—Gracias —dijo Ryder—. Bridget ha sido de mucha ayuda. Hasta que ella llegó todo estaba manga por hombro. No sé lo que habría hecho sin ella. Hasta me buscó una niñera.

—Es curioso, Bridget nunca ha demostrado especial afecto por los niños —dijo Tina.

«Muchas gracias, hermanita», se dijo Bridget para sí.

—Yo tampoco —replicó Ryder sin rodeos—. Pero ella llegó en el momento justo. Ha sido mi salvación. Y los niños la adoran.

—¿Y tú qué? —preguntó Tina—. ¿Cuáles son tus intenciones?

—¡Tina! —exclamó Bridget, indignada.

—Es una buena pregunta —dijo Zach, saliendo en apoyo de su esposa.

Bridget apretó los puños por debajo de la mesa.

—No tienes por qué responder a esa pregunta, Ryder.

Él le tomó de nuevo la mano por debajo de la mesa.

—Bueno, Bridget y yo acabamos de conocernos. No sabemos lo que nos deparará el futuro. Aunque, si nos atenemos al presente, es cierto que nuestras vidas llevan caminos muy diferentes y todo apunta a que nuestra relación será solo temporal.

Bridget sintió que se le caía el mundo encima. Estaba de acuerdo con su análisis de la situación, pero se sintió herida en lo más hondo al escuchar sus palabras. Ella era temporal.

Quince minutos después dieron por terminada la cena. Ryder se despidió de Tina y de Zach, y luego le dio un beso a Bridget en la comisura de los labios.

—Te echo de menos —le susurró él al oído—. Llámame.

Bridget entró en el todoterreno de Zach y se sentó en la parte de atrás, tratando de controlar la indignación que sentía. Tina iba en el sitio del acompañante.

—Comprendo que te guste —dijo Tina—. Es un hombre independiente y está claro que no va detrás de ti porque seas de la realeza. Es más, no parece que le preocupe lo más mínimo que te vayas a Italia —añadió ella con una leve sonrisa.

Bridget sintió deseos de decirle cuatro cosas a su hermana, pero se contuvo.

Se hizo un silencio tenso y prolongado.

—Bridget, ¿estás bien? Parece que estás muy callada —dijo Tina finalmente, girando la cabeza en el asiento para mirarla.

—Estoy algo cansada —respondió ella.

—¿Estás segura? Siempre has sido un ave nocturna.

—Sí.

Aunque Bridget estaba resentida con su hermana, no quería discutir con ella. No debía haber dejado que Ryder fuese a aquella cena. Hasta entonces todo había ido bien, aunque su relación fuese incierta. Él era diferente de todos los hombres que había conocido. Por él y por los bebés había reconsiderado más de una vez su viaje a Italia.

Afortunadamente, poco después, Zach detuvo el coche frente a la puerta del hotel. Ella se sintió liberada. En cuanto subiese a la suite, se vería libre de aquel interrogatorio.

—Gracias por la cena. Ha sido un placer volver a veros —dijo ella saliendo del coche cuando el mozo del hotel le abrió la puerta.

—Bridget —dijo Tina, bajándose también del todoterreno—. Me parece que algo no ha ido bien esta noche.

—No —dijo Bridget—. Ya te he dicho que estoy algo cansada.

—No sé, te noto disgustada.

—¿No crees que tengo razón para estarlo? —dijo ella a punto de perder la paciencia—. Estuvisteis interrogándonos a Ryder y a mí toda la noche. Tenía planeado pasar una tarde maravillosa con él, pero los dos renunciamos a ella solo por complaceros. Y vosotros...

—Lo siento mucho, Bridget —dijo Tina, bajando la cabeza desolada—. Zach y yo solo queríamos estar seguros de que ese hombre no quería aprovecharse de ti.

—¿Te hubiera gustado que a Zach le hubieran hecho lo mismo cuando salíais juntos?

—No sabía que sintieras por Ryder lo mismo que yo sentía por Zach —dijo Tina.

—No importa lo que tú creas o dejes de creer, lo que importa son mis sentimientos. Soy una mujer adulta, Tina. No necesito una hermana, ni un hermano, ni un cuñado, ni nadie que me dé consejos —dijo ella alzando la barbilla—. Confía alguna vez en mí, por variar.

—Tienes razón, querida. No sabes cuánto lo siento —dijo Tina, apunto de echarse a llorar.

—¿Crees realmente que soy tan estúpida como para sentirme atraída por el primer hombre que se cruza en mi camino? Sé que me comporté como una niña caprichosa cuando me quedé en Italia varios días cuando tú más me necesitabas. Pero al final volví para estar a tu lado y apoyarte en todo. No soy tan insensible.

—Oh, Bridget —dijo Tina, agarrándole las manos—. Nunca pensé eso de ti. Siempre te tuve por una hermana maravillosa. Lejos de reprocharte nada, me siento en deuda contigo, intercediste por mí ante Stefan cuando más lo necesitaba. Perdóname, no era mi intención molestarte.

«Demasiado tarde», se dijo Bridget, mordiéndose el labio por dentro.

—No te preocupes —dijo dándole un abrazo a su

hermana—. Y ahora, discúlpame, pero tengo que irme a descansar. Mañana voy a tener un día muy duro. Te quiero.

Bridget mandó un saludo a Zach con la mano, le dio otro abrazo a su hermana y entró en el hotel. Una vez en su suite, se dejó caer en la cama y rompió a llorar.

Estuvo todo el día siguiente asistiendo a una serie de compromisos que tenía en su agenda.

Ya a eso de las cuatro y media, regresó al hotel a cambiarse para asistir a una cena.

Recibió entonces una llamada. Era Suzanne.

—Alteza, tal vez no debería haberla llamado, pero pensé que debería saberlo —dijo la niñera con la voz quebrada por el llanto.

—¿Qué pasa? ¿Qué ha ocurrido? —preguntó Bridget alarmada.

—Travis. Se puso con cuarenta de fiebre y tuvimos que llevarlo al hospital.

—¿Y Ryder? ¿Dónde está? —preguntó Bridget, con el corazón en un puño.

—En el hospital con Travis. Yo me he quedado en casa con Tyler.

—Salgo corriendo para allá —dijo Bridget, sin pensárselo dos veces.

Ryder nunca se había sentido tan impotente en la vida como en ese momento, viendo a su sobrino, al que empezaba ya a considerar su hijo, llorando con todas sus fuerzas mientras era sometido a una larga serie de pruebas médicas.

—Lo siento, McCall, pero creo que vamos a tener que hacerle una punción lumbar.

—Haz todo lo que tengas que hacer para que se

cure —dijo Ryder, más pálido que las paredes del hospital, consciente de la gravedad de Travis.

Oyó entonces un ligero alboroto en la puerta de la sala. Una enfermera entró, poco después.

—Lo siento, doctor, pero hay una mujer ahí afuera que dice ser una princesa y que insiste en entrar para ver al niño.

—Déjela pasar.

Ryder miró a Travis postrado en la mesa de reconocimiento. ¡Cómo echaba de menos ahora sus gritos y pataletas y no aquel silencio y aquella inmovilidad!

Segundos después, Bridget entró en la sala, vestida con una bata del hospital. Miró a Ryder. Luego se acercó al bebé y lo tocó en un brazo.

Ryder, sin poder ocultar su desesperación, se acercó a ella y le tomó la mano.

—No te preocupes, se va a poner bien. Es un niño muy fuerte —le dijo ella para tranquilizarlo.

—Sí, de los dos, es el que aguanta más tiempo llorando —dijo él, tratando de disimular el miedo que sentía.

Los dos se quedaron mirando a Travis. Después de unos minutos, entró la enfermera.

—¿Podemos tenerle en brazos? —le preguntó Bridget a la enfermera.

—Bueno, pero solo un rato. Y tengan cuidado con la vía intravenosa.

Bridget se sentó y tomó a Travis en brazos. Sintió que respiraba ahora mejor. Se lo dio luego a Ryder y él creyó sentir algo parecido.

El pediatra entró entonces muy sonriente en la sala, con los resultados de las pruebas.

—Es una simple infección. Con antibióticos, se pondrá bueno en un par de días.

—¿Está seguro, doctor? —preguntó Bridget—. Se le ve tan apagado...

—Con la medicación adecuada, estos pequeños se recuperan tan rápido que casi parece un milagro —dijo el pediatra con mucha cordialidad.

—Gracias, Carl —dijo Ryder, muy emocionado—. Sé que has demorado tu hora de salida por esto. Te debo una.

—Me alegro de que haya salido todo bien —dijo el pediatra, y luego añadió mirando a Bridget con cara de interés—: Creo que no tengo el gusto de conocer a tu mujer.

Ryder sintió una extraña sensación al escuchar esas palabras de su colega, pero se apresuró a corregir el error en deferencia a ella.

—No es mi esposa, pero ha sido una suerte tenerla con nosotros. Es Bridget Devereaux.

Carl hizo un gesto respetuoso con la cabeza.

—Usted produce sobre el bebé el mismo efecto que un sedante. Debe tener un don natural.

—Es usted muy amable —replicó ella con una leve sonrisa—. No creo que tenga ese don que usted dice, pero me alegro de que Travis se pueda poner pronto bien. Muchas gracias.

—No hay de qué. Creo que será mejor que le tengamos aquí en observación el resto de la noche. Le daremos de alta, con toda seguridad, por la mañana, como muy tarde.

El doctor se dirigió a la puerta, prometiendo tenerles al corriente de todo.

Ryder se quedó mirando a Bridget, mientras sostenía a su sobrino Travis, con la misma ternura que si fuese su propio hijo. Algo parecía estar cambiando dentro de él. Era como si aquellos espesos muros de piedra, detrás de los que se había refugiado tanto tiempo para ocultar sus sentimientos, comenzaran a desmoronarse. Sintió una emoción tan grande que desvió por un instante la mirada para reunir las fuerzas necesarias para recobrar el control.

Cuando volvió a fijar la mirada en Bridget, pudo ver cómo una lágrima rodaba desde su mejilla hasta la bata blanca que le habían puesto a Travis. La imagen le llegó al alma. Ella no era precisamente de esas mujeres que se echaban a llorar fácilmente.

—¿Estás bien?

—Lo siento —respondió ella, sin levantar la cabeza—. Tenía tanto miedo... Es tan pequeño e indefenso... y me sentía tan impotente...

—Sí —dijo él, limpiándole las lágrimas con las yemas de los dedos—. Yo me sentía igual.

—Son tan frágiles. En un momento los ves jugando y dando gritos y al siguiente...

—Gracias por haber venido —dijo él, conmovido, dándole un beso en la mejilla.

—No tenía esta noche ningún compromiso que pudiera ser para mí más importante —dijo ella, alzando la vista de nuevo.

Ryder sintió al mirarla una sensación completamente nueva para él. ¿Qué demonios le estaba pasando? Ya trataría de averiguarlo después. Lo más importante, de momento, eran los niños.

Tal como el pediatra había previsto, Travis comenzó a mejorar a las pocas horas de forma milagrosa. Se tomó un biberón entero y aún pareció querer tomar algo más consistente.

—Nos dijeron que nada de sólidos todavía —dijo Bridget dándole al niño un puré de manzana.

—Pues parece como si quisiera comerse una carne asada —dijo Ryder muy contento por la mejoría de Travis.

El pediatra llegó a los pocos minutos, examinó al bebé y le dio el alta.

Bridget dijo que quería ir con ellos a casa. Tomó a Travis en brazos. Hacía una espléndida mañana de verano. Pero nada más salir por la puerta del hospital, una pareja de reporteros gráficos, uno con un micrófono y otro con una cámara, se abalanzaron sobre ellos.

—Princesa Bridget, por favor, solo unas palabras. Lleva conviviendo ya un tiempo con el doctor Ryder McCall y sus sobrinos. ¿Se trata de una relación seria o es solo una aventura?

Ryder, fuera de sí, se interpuso entre el periodista y ella, antes de que pudiera decir nada.

—Eso no asunto suyo. Déjela en paz, por favor, y tenga un poco de consideración. ¿No ve que estamos saliendo del hospital con un bebé?

—Pero la gente quiere saber —replicó el reportero.

—Tonterías. La gente no necesita saber cosas que no son de su incumbencia —dijo Ryder.

—Parece que usted no comprende que los actos de un miembro de la realeza son de interés público —objetó el reportero, tratando de apartar a Ryder para entrevistar a Bridget.

—Le he dicho que la deje en paz —gritó Ryder, dando un empujón al periodista que cayó al suelo rodando.

El guardaespaldas de Bridget apareció en seguida y escoltó a ella y al niño hasta la limusina.

El periodista hizo un gesto de dolor desde el suelo y se dirigió a su compañero de la cámara.

—¿Lo has tomado todo? Este reportaje puede valer una fortuna.

Capítulo 10

DEBES salir ahora mismo de la casa del doctor McCall —dijo Stefan a Bridget por teléfono.

—No puedo. Acabamos de traer a Travis del hospital y necesita muchos cuidados. Ryder no puede hacerse cargo de todo.

—Bridget, tú no eres la madre de esos niños. Tienes otras obligaciones y, ahora que los paparazzi te han localizado, estarán acechando la casa del doctor McCall las veinticuatro horas del día. Por tu seguridad, así como por tu reputación, no puedes quedarte ahí.

—¡Al diablo con mi reputación! Si voy a ser crucificada por la prensa, que sea al menos por una buena causa.

—Mi deber es velar por los intereses de la familia. Phillipa irá pronto a veros. Será necesario montar un dispositivo de seguridad en la casa de tu amigo el doctor, si piensas quedarte allí. Aunque no sé cómo se lo tomará. Tengo la impresión de que no le gusta mucho

que se inmiscuyan en su vida privada, ni que le digan
lo que tiene que hacer.

—En eso, se parece a ti.

—¿A quién me parezco? —exclamó Ryder entrando por la puerta, después de un día agotador.

Bridget se sobresaltó y tapó el móvil con la mano.

—Es mi hermano, que está imposible.

—Yo no estoy imposible —dijo Stefan, que la había escuchado—. Pásame con tu doctor.

—Déjame hablar con tu hermano —dijo Ryder.

—Habría preferido que os hubierais conocido en
otras circunstancias.

—Lo siento, cariño —dijo Ryder.

—Bueno, ¿me pones con él o no? —dijo Stefan
impaciente.

Bridget le pasó el teléfono a Ryder, a regañadientes.

—Empieza llamándolo Majestad —le susurró ella.

—Majestad, encantado de conocerlo —dijo Ryder—. Su hermana ha sido para mi familia como un
regalo caído del cielo.

Bridget miró la expresión que ponía Ryder mientras
escuchaba lo que debía estar diciéndole su hermano.

—En mi posición, como tutor de los residentes del
hospital —replicó Ryder—, no me puedo dejar in-
fluenciar por lo que pueda sentir por su hermana. No
puedo enviar a nadie a Chantaine si no es en beneficio
de su carrera.

A Bridget le pareció oír que su hermano estaba hablando un poco más alto de lo debido.

—Estoy seguro de que comprende mi posición —
dijo Ryder—. Así como usted tiene el deber de velar
por los intereses de su país, yo también tengo el de velar por los de mis residentes.

Bridget miró impaciente a Ryder que escuchaba
atentamente a su hermano.

—No. No tengo ningún inconveniente en que monten en mi casa un dispositivo de seguridad para que Bridget pueda entrar y salir cuando quiera. No quiero que vuelva a suceder lo que pasó ayer… Bien, creo que estamos de acuerdo en algunas cosas. Adiós, Majestad. Encantado de haber hablado con usted. Espero conocerlo personalmente en alguna ocasión —dijo Ryder, colgando el teléfono y dándoselo a Bridget.

—¿Y? —dijo ella, mirándolo sin pestañear.

—Tu hermano es un negociador muy duro. No es tan encantador como tú. Y estoy seguro de que tampoco tan apasionado.

Ella no pudo evitar una sonrisa y un suspiro.

—Puedo ser para ti una fuente de problemas. Y mi familia también.

—Todo puede ser un problema en esta vida —dijo él, encogiéndose de hombros—. Pero todo depende de si vale la pena... Vamos al cuarto de estar. Creo que Travis te reclama.

Bridget se quedó en casa todo el día. Ryder dio el visto bueno para que instalaran en su casa todos los dispositivos de seguridad que había pedido Stefan.

Cada vez se daba más cuenta de la importancia que Bridget y los bebés tenían en su vida.

Esa noche, en contra del consejo de Raoul, ella se quedó a dormir.

Ryder se la llevó a su cama y la desnudó. La besó y acarició cada centímetro de su piel, sintiendo latir casi al unísono el ritmo de sus corazones. La miró fijamente a los ojos mientras la poseía. Y sintió entonces un extraño sentimiento totalmente desconocido para él.

Bridget agarró del brazo a Ryder cuando trató de levantarse de la cama a la mañana siguiente.

—¿No quieres que me vaya?

—No —dijo ella, poniéndole las manos en su pecho desnudo—. Pippa va a venir a Dallas.

—¿Pippa? —exclamó él, con cara de sorpresa.

—Sí, mi hermana Phillipa —dijo ella—. Tiene algunos problemas. Trataré de animarla un poco. Así que, a partir de ahora, tendremos menos tiempo para estar juntos.

—¿Qué tipo de problemas? —preguntó él, apoyándose en el antebrazo izquierdo.

—No estoy segura. Tal vez, algo de estrés o de depresión. Pero debe ser importante para que mi hermano la haya mandado a pasar unos días con Valentina y conmigo.

—Por lo que veo tienes una familia muy problemática.

—Ya te lo advertí —contestó ella.

—Sí, es verdad. ¿Cuándo podré volver a verte entonces?

—Yo te llamaré. No sé aún cuándo llegará mi hermana.

—Llámame hoy. Tengo quirófano, pero miraré los mensajes entre operación y operación.

Bridget cumplió con sus compromisos del día y volvió a casa de Ryder a última hora de la tarde. Tras acostar a los gemelos, se tomaron unos sándwiches que Suzanne y Marshall les habían preparado. Luego se sentaron cómodamente en el sofá, frente a la televisión. Estaban echando en ese momento un partido de béisbol, al que ninguno de los dos prestaba atención.

—Parece que congenian bien —dijo Bridget.

—¿A quién te refieres? —preguntó él, agarrándole la mano.

—A Suzanne y a Marshall.

—Por favor, no me hagas reír. Marshall no ha tenido nunca una relación seria con una mujer. No sé si habrá estado más de tres semanas seguidas con alguna.

—Bueno, nunca se sabe —dijo ella, encogiéndose de hombros—. Tal vez haya encontrado al fin su media naranja. El amor de su vida.

—¿Qué opinas tú de eso de la media naranja? —dijo él, mirándola con curiosidad.

—Creo que es como una llama que aparece de forma espontánea en tu vida, pero que luego tienes tú que encargarte de mantener su fuego. ¿Y tú, que piensas de eso?

—No sé. La verdad es que siempre pensé que esas cosas solo pasaban en las novelas…

—¿Y ahora?

—Ahora, no estoy tan seguro.

Bridget prosiguió con su campaña de captación de médicos para Chantaine. Tenía puesta una de sus últimas esperanzas en la entrevista que había concertado con el administrador de otro centro hospitalario de Dallas. Allí se habían mostrado más abiertos a su propuesta.

Esa noche, después de acostar a los gemelos, se fue con Ryder a la cama e hicieron el amor de forma más apasionada que nunca. Luego, ella se acurrucó sobre su pecho, mientras él la envolvía con sus brazos, y sintió latir su corazón con la misma fuerza que el suyo.

Nunca se había sentido tan cerca de otro ser humano en su vida.

Travis se recuperó rápidamente. Había momentos

en que parecía desganado y apático, pero en seguida recobraba sus energías de siempre.

Phillipa llegó al aeropuerto Fort Worth de Dallas, donde Bridget la estaba esperando con los brazos abiertos.

—Hola, querida —dijo Bridget abrazando a su hermana—. No sabes las ganas que tenía de verte.

Miró a Pippa discretamente y trató de ocultar la impresión que le produjo. Estaba muy desmejorada. Había perdido peso, tal como Stefan le había dicho, y tenía ojeras.

—Yo también me alegro mucho de estar contigo —replicó Pippa, abrazando a su hermana.

—Ya te puedes ir preparando para la humedad que hay aquí en Dallas. Iremos derechas al rancho de Tina. Está deseando verte. Me extraña que no haya llamado todavía.

Un minuto después, sonó su móvil.

—No te había dicho… Sí —exclamó Bridget, descolgando el teléfono—. Sí, ya ha llegado. Está conmigo. Tan pronto recojamos el equipaje iremos directas a tu casa… Sí, sí… *Ciao*.

Entraron las dos en la limusina que las estaba esperando a la salida de la terminal. Bridget le ofreció a su hermana un margarita y se pusieron a charlar sobre Ryder y los gemelos.

—Por supuesto, a Stefan no le parece bien —dijo Bridget—. Si por él fuera, estaríamos todas en un convento.

—Es cierto —dijo Phillipa—. ¿Cómo consigues llevarte bien con él?

Bridget miró detenidamente a su hermana. ¿Sería el suyo un problema amoroso?

—No enfrentándome a él. Procuro evitar hablar directamente con él por teléfono, ya sabes lo suspicaz que es. Le informo de mis actividades por correo electrónico o mensajes de texto. Si Eve se quedase embarazada, creo que se volcaría en ella y nos dejaría más tranquilas.

—Eve no tiene prisa por tener otro bebé. Prefiere dedicar todo su tiempo a Stephenia.

—¡Qué le vamos a hacer! —exclamó Bridget—. Bueno, debes saber que Tina nos tiene preparadas unas sesiones de masaje y spa, y Zach nos llevará en su fabuloso barco a hacer una travesía por el lago. Y, dentro de cuatro días, asistiremos a una gran fiesta benéfica.

—¡Una fiesta benéfica! —repitió Phillipa, no muy entusiasmada precisamente.

—¡Bah!, no tienes por qué preocuparte —le tranquilizó Bridget—. Es una gala benéfica en Dallas. Tina y Zach van a asistir. Pero si no te agrada, hacemos acto de presencia y nos largamos. Ya he tenido bastante con Stefan. Pero antes tendremos que ir de tiendas para que te compres algo elegante para la ocasión.

—¿No tendremos que quedarnos entonces toda la noche? —preguntó Pippa.

—Por supuesto que no. ¡Qué cosas tienes! —respondió, dándole una palmadita a su hermana en la rodilla—. Creo que esos estudios te han dejado un poco trastornada.

—No, nunca he tenido problemas con los estudios. Fue Stefan el que insistió en que me tomara un descanso —dijo Pippa suspirando, y luego añadió, tras echar un trago de su margarita—. Bridget, no tienes idea de lo mucho que necesitaba verte.

Bridget se sintió aún más preocupada por esas palabras, pero logró esbozar una sonrisa.

—Pues ahora te vas a cansar de verme.

Pippa sonrió y Bridget se sintió como si hubiera conseguido una pequeña victoria.

Cuando llegaron finalmente al rancho, Tina, que estaba esperándolas en el porche, bajó corriendo las escaleras.

—¡Phillipa! —exclamó ella, abrazando a su hermana con todas sus fuerzas—. ¡Qué bien te veo! Me encanta tu corte de pelo. Y el vestido que llevas es una preciosidad. ¿Dónde ha ido a parar mi hermana, la bibliotecaria?

—Sigo siendo la misma —dijo Phillipa—. Una estilista me hizo algunos retoques antes de venir.

—Estás espléndida. Aunque aquí en Texas, en verano, hay que ir con pantalón corto y sandalias —dijo Tina muy desenfadada—. Pero, pasa. Katiana está deseando ver a su tía Pippa.

Entraron en casa, mientras Bridget y Tina se intercambiaban una mirada de preocupación.

Bridget y Phillipa estuvieron jugando con su encantadora sobrina hasta la hora de la cena, en que la buena de Hildie les sirvió unos suculentos y abundantes platos.

Entre el viaje, los margaritas, la cena y las continuas atenciones de sus hermanas, Phillipa comenzó a quedarse amodorrada. Tina la llevó a uno de los dormitorios de la casa y regresó luego al cuarto de estar con Bridget y Zach.

—La encuentro rara. Stefan dijo que estaba estresada por los estudios, pero... no sé... ¿Qué creéis de verdad que la pasa? —preguntó Tina, con el ceño fruncido.

—Un hombre —dijo Bridget, mientras bebía un vaso de agua con hielo.

—¿Por qué dices eso? —exclamó Tina, alzando las cejas.

—Algo me dijo Pippa por el camino.

—¿Quién es él? —preguntó Tina, impaciente.

—No se lo pregunté. La vi demasiado sensible. Fue solo un comentario que hizo, a raíz de estar yo criticando a Stefan por su afán de mantenernos alejadas de los hombres.

—Eso es cierto —dijo Tina.

—Muy cierto —apostilló Zach, desde detrás del periódico que estaba leyendo.

Tina miró a su esposo y se echó a reír.

—Estábamos hablando de Ryder —dijo Bridget.

—Mmm... —murmuró Tina.

—A mí me parece un buen tipo —dijo Zach—. Sobre todo desde que me enteré que le dio un buen mamporro a ese periodista que estaba molestándote.

—¿Haces ahora apología de la violencia? —exclamó Tina, mirando extrañada a su marido

—Proteger a una mujer es un instinto natural en el hombre. Yo diría que una virtud —dijo Zach.

—Estoy seguro de que a Stefan le encantaría escuchar esa opinión —dijo Bridget con ironía.

—Lo que habría que recordar a Stefan es lo que debió haber hecho para proteger a su esposa Eve —dijo Zach sin rodeos, poniéndose a leer de nuevo el periódico.

—Dejemos la fiesta en paz. Creo que lo que Pippa necesita es un masaje y un paseo en barco —dijo Tina—. Y tal vez un margarita doble de esos que Hildie prepara tan bien.

Tres días después, las tres hermanas fueron de compras a Dallas. A Bridget se la veía algo distraída. Tenía un retraso. Pero no porque llegase tarde a ninguna cita, sino porque no le había venido aún el período. Con las veces que había hecho el amor con Ryder, podía haberse quedado embarazada, pensó ella. Él siempre había usado preservativos, pero…

—¿Qué opinas? —le preguntó Tina mientras Phillipa se probaba un vestido—. Creo que el color teja le sienta muy bien.

—Sí, es muy bonito —contestó Bridget mirando a Pippa—. Y le da más vida a la cara.

—Aunque, un tono pastel o incluso un azul marino tampoco le quedaría nada mal…

—Sí, creo que sí —dijo ella, sin demostrar el menor interés.

—¿Estás enferma? —le preguntó Pippa.

—Pippa tiene razón. Algo te ocurre —afirmó Tina—. Nunca te he visto tan indiferente en una tienda de modas.

—No es nada —dijo ella—. Es solo que tengo un montón de vestidos que aún no he estrenado. Bueno, creo que ya hemos estado suficiente tiempo de compras.

—¡Suficiente tiempo de compras! —exclamó Pippa, con los ojos como platos—. No me puedo creer que digas eso. ¡Tú, que eras capaz de pasarte un día entero encerrada en una tienda!

—Está bien, lo confesaré. Tengo tanta hambre que me comería las *cookies* del ordenador.

—Bueno, eso lo explica todo —dijo Tina, echándose a reír—. Conozco un par de restaurantes por aquí cerca. ¿Qué te parece unas patas de cangrejo?

Al oír aquello, Bridget sintió que se le revolvía el estómago.

—Creo que será suficiente con un buen sándwich.

Las tres hermanas entraron a tomar algo a un restaurante cercano.

Nada más hacer los pedidos, sonó el teléfono de Bridget. Ella se levantó de la mesa.

—Ryder, ¿eres tú? Es como si hubieran pasado tres meses desde la última vez que te oí.

—Lo mismo me pasa a mí —dijo él—. ¿Qué tal? ¿Te estás divirtiendo con tus hermanas?

—Podría decir que sí —respondió ella—. Aún no sabemos lo que le pasa a Phillipa, pero creo que se trata de un hombre. Espero que nos lo acabe contando. ¿Cómo están los gemelos?

—Bien. La única manera de que ellos y yo estuviéramos mejor sería que tú estuvieras aquí.

—Oh, qué cosas dices. Seguramente se habrán olvidado ya de mí.

—De ninguna manera. Están deseando verte.

—El otro día, me preguntaba si creíste alguna vez que podrías verte cuidando de dos niños. ¿Has pensado alguna vez en formar una familia?

—Nunca ha sido una prioridad en mi vida —dijo él—. Mi carrera ha sido lo más importante hasta ahora… Espera un momento —Bridget le oyó hablando unos segundos con otra persona—. Escucha, tengo que irme. ¿Estás bien? Te noto algo rara. ¿Por qué has mencionado eso de formar una familia? ¿No estarás embarazada?

—¡Qué cosas se te ocurren! ¿Cómo iba a estarlo? Hemos tomado precauciones.

—No hay ninguna precaución completamente segura, salvo la abstinencia.

—Oh, eso es ridículo. Todo está bien. No te preocupes. No hay ningún problema.

—Gracias por tranquilizarme —dijo él—. Los dos tenemos ya bastantes problemas.

—Es cierto —dijo ella, sintiendo como si una ave de presa le estuviese desgarrando el corazón.

—Bueno, me tengo que ir. Te llamaré más tarde.

—*Ciao* —dijo ella, mirando como hipnotizada a su teléfono móvil.

¿Y si estaba embarazada? Ryder había dejado claro que no quería otro bebé. ¿Tendría que arreglárselas ella sola? Sintió una sensación de pánico, mientras un sudor frío corría por su piel. Y quizá tuviera que enfrentarse además a la desaprobación de su familia.

—Bridget —dijo su hermana Tina, sacándola de sus negros pensamientos—. Tu sándwich lleva ya más de diez minutos esperándote en el plato. ¿Se puede saber qué te pasa hoy?

Bridget respiró hondo y trató de sacar fuerzas de flaqueza.

—Oh, Tina, ya sabes cómo soy. Me descompongo cuando tengo varias cosas en la cabeza. Aún estoy pensando en los bebés y en el programa de los médicos para Chantaine. Gracias por preocuparte por mí. Creo que ahora me comeré ese sándwich —dijo Bridget dirigiéndose a la mesa y rezando para que su hermana no le hiciera más preguntas.

Aquella noche, las tres hermanas se vistieron en la suite del hotel de Bridget. Ella eligió un vestido verde muy favorecedor, se pintó los labios con un llamativo rojo carmesí y se dio en la cara un luminoso toque de polvo mineral. Quería sentirse muy segura de sí.

—Estás espléndida —le dijo a Pippa dándole un abrazo al verla vestida.

—Creo que exageras, como es tu costumbre.

—Esta vez no. Mírate y verás —dijo Bridget señalando al espejo de cuerpo entero que había en la habitación.

—¿De qué estáis hablando? —dijo Tina saliendo del cuarto de baño.

—Phillipa me estaba diciendo que soy una exagerada porque le he dicho que está espléndida esta noche —replicó Bridget.

Tina se acercó a Phillipa y le puso las manos en las mejillas.

—No ha exagerado, cariño. Por primera vez en su vida, creo que Bridget se ha quedado corta.

Phillipa cerró los ojos y los apretó con fuerza como si estuviera conteniendo las lágrimas.

—Estáis siendo muy cariñosas conmigo. Sé que lo hacéis porque estáis preocupadas por mí.

—Solo queremos que estés bien. Eres nuestra niña —dijo Tina acariciándole el pelo.

—Yo no soy ninguna niña. Ya soy una mujer y tengo mi propia vida. Solo necesito reencontrarme a mí misma.

—Aquí lo puedes conseguir, cariño —dijo Tina.

Phillipa sonrió a su hermana. Sonó entonces el móvil de Tina. Era Zachary.

Pocos minutos después, Zachary llegó en la limusina conducida por un miembro del equipo de seguridad de Bridget. Las tres princesas y Zach se dirigieron al acto social que se celebraba esa noche. Al llegar y bajarse del vehículo, fueron recibidos por una nube de flashes de cámaras y de reporteros gráficos.

—Bienvenida a la gala benéfica de Dallas, Alteza. Es un honor contar con su presencia esta noche —dijo un reportero—. Pero, ¿qué me puede decir de los rumores que corren sobre la relación de su hermana Bridget con uno de nuestros médicos?

—He venido aquí esta noche con mis hermanas y mi marido para asistir a un acto benéfico a favor de la gente de Texas, que considero mucho más importante que esos rumores, ¿no le parece? —respondió Tina.

Les abordó a continuación otro periodista y Tina respondió a todas sus preguntas con el mismo aplomo

y seguridad, sin perder en ningún momento la sonrisa.

Bridget recordó por qué su hermana había representado siempre a Chantaine con tanto éxito.

—Es maravillosa, ¿verdad? —dijo Bridget a Pippa.

—Todo lo que se diga de ella es poco —respondió
Phillipa.

Tina volvió con ellas, una vez que los reporteros la
dejaron en paz.

Zach las acompañó hasta la mesa que había en la
cabecera del salón y se pusieron todos a charlar ani-
madamente con otros invitados.

Luego el anfitrión, micrófono en mano, dio comienzo a las presentaciones oficiales y al capítulo de
agradecimientos. Bridget se quedó de piedra cuando
Nic LaFitte se acercó al estrado a recibir un premio de
reconocimiento. Los Devereaux llevaban enemistados
con los LaFitte, desde que el padre de Nic protagoni-
zó, muchos años atrás, un escándalo que dañó consi-
derablemente la reputación de la familia real.

—¿Qué está haciendo LaFitte aquí? —susurró a
Tina.

—Zach dice que es uno de los hombres más influ-
yentes de esta ciudad. Todo el mundo lo respeta —
dijo Tina con un gesto de desagrado.

—Está claro que no lo conocen bien —dijo Bridget, y añadió luego dirigiéndose a Phillipa—: Parece
que no vamos a conseguir librarnos nunca de él. Tal
vez sea un diablo y por eso puede estar en todas partes.

Al ver que Phillipa no le respondía, Bridget se giró
para mirarla. Estaba pálida. Tenía la cara más blanca
que la nieve.

Capítulo 11

NO me siento bien —dijo Phillipa—. Disculpadme, un momento.

—¿Quieres que te acompañe? —preguntó Bridget, muy preocupada por su hermana.

—No. Solo necesito tomar un poco el aire —replicó Phillipa, levantándose de la mesa con un sonrisa forzada—. Vuelvo en seguida.

—¿Adónde va? —preguntó Tina a Bridget en voz baja.

—Al servicio. Ha dicho que necesitaba un poco de aire fresco.

Tina frunció el ceño y miró a Nic LaFitte bajando del estrado.

—¿Crees que puede tener algo que ver con LaFitte?

—No me puedo imaginar a ninguna de nosotras saliendo con ese tipo y menos a ella.

Tina asintió con la cabeza y Bridget miró con inquietud al reloj.

—Voy a ver qué hace Pippa —dijo Bridget, levantándose de la mesa.

—Voy contigo —dijo Tina, siguiendo a su hermana.

Cuando llegaron al servicio de señoras, vieron que Pippa no estaba allí.

—¿Dónde estará? —murmuró Bridget.

—Este LaFitte… Esto me da mala espina —dijo Tina, saliendo del servicio.

—No me puedo creer que Pippa sea tan tonta. Es lo bastante inteligente y sensata como para no caer en las garras de ese desaprensivo —afirmó Bridget, acompañando a su hermana.

—Me pregunto si habrá salido afuera.

—Es posible. Dijo que necesitaba tomar un poco el aire —replicó Bridget, y luego añadió señalando al cuarto ropero—: No creo que esté ahí, ¿verdad? Es el último lugar que cualquiera elegiría con este ambiente tan cálido y húmedo. La puerta está cerrada.

—Yo tampoco lo creo —dijo Tina, encogiéndose de hombros—. Pero podemos echar un vistazo.

Bridget se acercó y abrió un poco la puerta. Puso el oído y escuchó débilmente unas voces.

—Esto es una locura, no puede funcionar —dijo una voz femenina.

—¿Por qué no? —dijo una voz masculina—. Lo único importante es que tú me deseas y yo a ti también.

—El deseo es solo algo pasajero. Hay otras cosas más importantes que eso.

—Sí, es cierto. Pero entonces ¿por qué estás aquí conmigo?

Tina trató de ahogar una exclamación de sorpresa al reconocer las voces, pero su sonido debió escucharse dentro, porque Phillipa y Nic LaFitte aparecieron en la puerta, pocos segundos después.

—Apártase de mi hermana —exclamó Bridget, furiosa.

—Eso es algo que tiene que decir ella misma, ¿no le parece? —dijo LaFitte.

—Solo está utilizándola para tratar de redimir con ella el mal nombre de su familia —dijo Tina.

—No todo el mundo encuentra mi apellido reprobable. Algunos incluso lo respetan.

—Sí, un respeto que habéis comprado con dinero —replicó Tina, con los ojos encendidos—. Deje a Phillipa en paz. Usted no tiene categoría moral para acercarse a ella. Si le queda un poco de dignidad, haga el favor de mirar por su reputación y salga de aquí ahora mismo.

—Sí, saldré. Pero será Phillipa la que tome la última decisión sobre el futuro de nuestra relación —respondió LaFitte, apretando los dientes, y luego añadió mirando a Pippa que estaba completamente pálida—: *Ciao*, querida. Llámame cuando te sientas con más ánimo.

—¡Oh, cariño! —exclamó Bridget, abrazando a Phillipa, nada más irse LaFitte.

—¡Pobre Pippa! —dijo Tina abrazándola también—. Los LaFitte son una familia sin moral. No me cabe la menor duda de sus intenciones.

—Nic ha sido muy amable conmigo —dijo Philippa.

—Lo creo —dijo Tina—. Es una serpiente como todo el resto de su familia. Y tú eres demasiada ingenua para darte cuenta.

—¿Pretendes decirme con eso que no se puede sentir atraído por mí como mujer? —preguntó Phillipa, muy ofendida y con la voz quebrada.

Bridget sintió que se le partía el corazón al ver así a su hermana.

—Por supuesto que no. Eres una mujer muy hermosa y atractiva, que gustas a todos los hombres. Pero debes tener cuidado para no caer en manos de alguien que no te merezca.

—Y ese LaFitte no te merece —apostilló Tina.

Minutos después, abandonaron la sala. Bridget y Tina se disputaron a su hermana. Las dos querían pasar la noche con ella. Al final, Bridget fue la ganadora.

—Así se evitará el viaje al rancho. Tengo una suite muy espaciosa. Estoy segura de que después de un ron con limón descansará toda la noche —dijo Bridget con una sonrisa.

—Pero Zach y yo podríamos protegerla mejor del acoso de LaFitte —replicó Tina.

—No ha sido un acoso —susurró Phillipa—. Me sentí atraída por él. Le envié un mensaje aceptando una cita y así fue como empezó todo.

Tina suspiró resignada, mientras entraban en la limusina. Se hizo un silencio tenso y largo.

—Bueno, lo importante es que al final hayas recobrado la cordura —dijo Tina.

—Dejémoslo ya por esta noche. Creo que ya has tenido suficiente —dijo Bridget dando un abrazo a Pippa—. Lo que tienes que hacer ahora es descansar un poco. Verás lo a gusto que vas a dormir esta noche. Ya tendrás tiempo de pensar en LaFitte. Hoy estás muy cansada. Ya pensarás mañana si lo crees necesario. Después de todo, mañana será otro día.

—Hermana, pareces Scarlett O'Hara en *Lo que el viento se llevó* —dijo Tina.

—No me molesta la comparación. El final de esa película siempre me ha parecido un dechado de sabiduría —replicó Bridget.

—Por favor no discutamos más esta noche —dijo Phillipa.

—Si no estamos discutiendo... Casi siempre estamos de acuerdo en todo, ¿verdad, Tina?

—Creo que lo que todos necesitamos es descansar. De hecho, creo que Zach y yo vamos a quedarnos a pasar la noche en el hotel de Bridget.

—¿Qué? —exclamó Zach, sorprendido.

—Sí —dijo Tina muy segura de sí—. Pasaremos allí la noche. En una suite aparte, por supuesto. Estoy segura de que a Hildie no le importará quedarse cuidando a la niña. Y así, por la mañana, podremos desayunar todos juntos.

Momentos después, la limusina se paró a la entrada del hotel y Bridget y Phillipa subieron en el ascensor hasta el ático.

—Gracias por todo —dijo Phillipa.

—Nada de gracias. Para eso están las hermanas, para ayudarse la una a la otra.

—Sí, pero Tina parece odiar a Nic a muerte —dijo Pippa con voz temblorosa.

—Toda nuestra familia odia a los LaFitte. Reconozco que parte de ese odio carece de fundamento. Después de todo, si nuestro padre se hubiera casado con la mujer que al final se casó con LaFitte padre, ninguna de nosotras existiría. Pero lo más grave fue que LaFitte mató a un tío abuelo nuestro —dijo Bridget suspirando—. Y, después de todo el daño que nos hicieron, ahora van presumiendo por ahí de personas ricas y respetables.

—Su madre se está muriendo.

—¿En serio? —dijo Bridget mirando fijamente a su hermana—. ¿Qué tiene?

—Cáncer. Han pasado un verdadero infierno. Está ya en fase terminal.

—Eso es algo que no le deseo ni a mi peor enemigo —replicó Bridget consternada.

—Yo tampoco —dijo Phillipa mientras el ascensor llegaba al ático.

—Tienes que prometerme que no pensarás en nada de eso esta noche —dijo Bridget, tomando a Pippa de la mano—. Debes descansar y olvidarte de todo. Mañana cuando te levantes, pediré que te den un masaje y trataré de que Tina no te agobie a preguntas.

—Te encuentro muy cambiada, hermana —dijo Pippa—. Antes eras más exigente conmigo. Ahora te veo mucho más comprensiva. ¿Desde cuándo te has convertido en mi hada madrina?

—¡Uf! En cualquier momento puedo volver a ser la de antes. Disfruta de la tregua.

A la mañana siguiente, Bridget, tal como había prometido, pidió un servicio de masaje para su hermana. Apenas había terminado cuando Tina llamó a la puerta.

—Hola, Tina. Estamos en la terraza con un zumo de lima en la mano. ¿Te gustaría unirte a nosotras? —dijo Bridget a su hermana mayor—. Pero, por favor, hagas lo que hagas, no agobies a Pippa, ni le hables de LaFitte. Está ahora muy tranquila después del masaje.

—No te preocupes, cuando lleguemos al rancho, ya la llevaremos de paseo en el barco de Zach.

—Pero no trates de hacer de casamentera con ella, como lo hiciste conmigo. Pippa está encaprichada de LaFitte y necesita cerrar ese capítulo antes de poder pasar al siguiente.

—Pareces saber mucho sobre el tema —dijo Tina, arqueando una ceja con aire receloso.

—Veo que, en el fondo, sigues subestimándome.

Tina se marchó con Pippa, y Bridget se quedó sola

en su habitación del hotel. Sintió entonces un silencio pesado como una losa. Aún no le había venido el período. Sintió la tentación de bajar a comprar uno de esos tests de embarazo en alguna farmacia cercana, pero rechazó en seguida la idea. Los paparazzi podrían estar esperándola en la puerta y seguirla hasta la farmacia. Tal vez, al día siguiente… Sonó su teléfono móvil en ese momento.

—Hola, Ryder.

—Por fin tengo el placer de oír tu voz. Estaba empezando a pensar que habías desaparecido o que te habías ido a Chantaine o a Italia sin avisarme —dijo él.

—Yo nunca haría eso —replicó ella—. He estado con mis hermanas. ¿Cómo están mis niños?

—Desesperados por no poder verte. La propia Suzanne dice que te echan de menos. Ven a pasar con nosotros el fin de semana.

Bridget se sintió confusa. Por un lado, deseaba con toda su alma ver de nuevo a Ryder, pero por otra seguía con la preocupación de saber si podía estar embarazada.

—Creo que debo interpretar tu silencio como un sí —dijo Ryder—. Pasaré a recogerte a las cinco.

—Espera —replicó ella—. Creo que será mejor que Raoul me lleve. Así no romperemos el protocolo de seguridad y mi hermano no se enfadará conmigo.

—Está bien. Los gemelos quieren enseñarte un juego que han aprendido. Nos vemos.

Unas horas después, montada en la limusina, Raoul se puso a darle unas instrucciones de seguridad, sobre cómo debía evitar riesgos, manteniéndose alejada de las ventanas y cosas por el estilo. Pero ella parecía ajena a todo, como si estuviera en otra galaxia.

—Alteza, ¿entiende lo que le estoy diciendo? —preguntó Raoul—. Creo que no me ha escuchado una sola palabra de lo que le he dicho.

—Eso no es cierto. He escuchado casi la mitad. Soy consciente de los riesgos, pero no voy a permitir que eso arruine mi vida. No hay muchas oportunidades de ser feliz y no pienso renunciar a ninguna. Nunca se sabe cuándo se te va a presentar la siguiente.

—Eso es muy profundo, Alteza —dijo Raoul—. Aunque, después de más de cinco años a su servicio, no me sorprende. Usted es una persona muy sensible e inteligente, aunque nunca trata de alardear de ello —dijo él, mirándola a través del espejo retrovisor.

—Gracias, Raoul —dijo ella muy emocionada por la imprevista declaración de su guardaespaldas—. Te mereces una medalla por aguantarme a todas horas.

—Es un privilegio para mí protegerla, Alteza. Pero, manténgase apartada de las ventanas y llámeme antes de salir de casa.

Ella se echó a reír mientras él detenía el coche frente a la casa de Ryder.

—No olvide lo que le he dicho, Alteza —dijo Raoul, abriéndole la puerta del vehículo—. *Ciao*.

Antes de que subiera al porche, Ryder salió corriendo a saludarla.

—Tus hombres te están esperando —dijo él, estrechándola entre sus brazos.

Bridget se sintió feliz y contenta de estar allí con él. Era como si volviera a casa.

Ryder la levantó en vilo y se puso a dar vueltas con ella en el aire, mientras ella se agarraba a sus hombros con fuerza sin poder contener la risa.

Sonó en ese momento un grito a pocos pasos de distancia de donde estaban.

Bridget miró al suelo y vio a los gemelos acercándose a ellos.

—¡Ryder, míralos! —dijo ella muy asustada—. Se están moviendo. Tenemos que hacer algo.

Ryder se echó a reír y le puso las manos en los hombros.

—Sí, se mueven. Y, dentro de poco, gatearán y luego aprenderán a andar y luego correrán y…

Tyler se agarró a los pies de Bridget y se puso a dar gritos.

—Oh, cariño —dijo ella agachándose hacia él, muy emocionada—. Veo que estás más gordito.

Ryder recogió entonces a Travis del suelo y se lo dio a Bridget. Ella le dio un beso al niño y le arrulló en su pecho, henchida de amor y ternura.

—¡Oh, mis hombrecitos! ¡Cuánto os he echado de menos!

—¿A todos? —preguntó Ryder.

—Sí, a los tres. Especialmente a ti —contestó ella, sentándose en el sofá con el bebé en su regazo—. He estado muy preocupada estos últimos días. Uno de los enemigos más acérrimos de nuestra familia ha seducido a la pobre Phillipa. Solo pretende aprovecharse de ella, pero espero que Phillipa recobre el sentido común y se dé cuenta de sus verdaderas intenciones.

—Pensé que los Devereaux erais gente pacífica que no teníais enemigos —dijo Ryder sentándose en el sofá junto a ella.

—Y así es. Pero esos LaFitte han sido una lacra para nuestra familia. Uno de ellos asesinó a un tío abuelo mío y otro le quitó la novia a mi padre. Desde entonces están en nuestra lista negra.

—Lo primero sí es grave, pero lo segundo… Oye, ¿y yo? ¿Estoy también en esa lista negra?

—Es probable. Pero como puedes ver, eso no ha sido obstáculo para que haya venido a verte.

—Me alegro. He llamado a un italiano para que nos traigan la cena. Y una botella de vino tinto.

—Es una tentación, pero llevo unos días bebiendo

solo agua. Estoy haciendo una dieta a base de agua de limón y lima. Se supone que así se eliminan todas las toxinas. ¿Tienes limas?

—¿Limas? —exclamó Ryder, con cara de sorpresa.

—Bueno, no importa. Beberé agua mineral.

Después de jugar un rato con los niños, subieron a su cuarto y les acostaron en sus cunas. Luego bajaron en silencio las escaleras y se pusieron a cenar en el cuarto de estar. Ella aparentó estar disfrutando de la comida italiana, pero no pudo probar nada y al final se fue a la cocina disimuladamente y tiró casi todo el plato en el cubo de la basura.

¿Significaba eso que estaba embarazada?, se preguntó ella. No podía haber otra explicación. A ella le encantaba la comida italiana. Respiró hondo y volvió al cuarto de estar.

—Una cena deliciosa —dijo ella, sentándose a su lado.

—No debe haberte gustado tanto cuando no te lo has comido todo —dijo él, pasándole un brazo por el hombro.

—Comí bastante tarde. Y además estoy guardando la línea —dijo ella con una sonrisa.

—Creo que tu línea es perfecta. Y no tienes que preocuparte por ella, yo te la guardaré —dijo Ryder bromeando, mientras deslizaba suavemente los labios a lo largo de su cuello.

Ella se echó a reír, en parte por sus palabras y en parte por sus caricias.

Luego acercó su boca a la suya y lo miró fijamente a los ojos.

—Bésame.

—¿Es una orden?

—Más o menos.

Él sonrió e hizo lo que la princesa le había mandado.

A la mañana siguiente, Ryder se despertó temprano, abrazado a Bridget. Tenía una mano alrededor de su cintura. Estaba desnuda. Sintió la suavidad de su piel en la palma de la mano.

Era una mañana excelente. La mejor que podía imaginarse: Bridget estaba con él.

No podía recordar cuándo se había sentido tan feliz y relajado. Sería maravilloso poder estar así toda la vida con ella al lado. El paraíso debía ser algo parecido, pensó él.

Sintió que Bridget se removía un poco en la cama y luego la vio bajarse corriendo en dirección al cuarto de baño. Un par de minutos después, volvió, se metió de nuevo en la cama y se acurrucó a su lado. Ryder comenzó a atar cabos.

—Bridget, ¿estás embarazada?

Ella se quedó callada unos segundos que a él se le hicieron eternos. No podía ser, se dijo él.

—No sé —contestó ella, finalmente—. Lo único que sé es que tengo un retraso.

—¿De cuántos días? —preguntó él con la voz entrecortada.

—Una semana y media —dijo ella, sin atreverse a mirarlo a la cara.

—Deberías hacerte un test.

—No. No puedo hacerme esa prueba. La prensa me está vigilando. Yo también quiero saber si estoy embarazada, pero será mejor esperar unos días. La prueba será más concluyente y estaré menos expuesta al acoso de la prensa —dijo ella, volviéndose ahora hacia él.

—Si estás embarazada, tienes que empezar a tomar vitaminas lo antes posible y seguir un régimen especial.

—Y si no lo estoy, puedo volver a mis hábitos de siempre, ¿no? Vino tinto y margaritas.

Ryder se mordió el labio inferior por dentro para no reírse.

—Sigo creyendo que deberías hacerte esa prueba.

—Solo tres días más —dijo ella—. No va a pasar nada por esperar tres días.

—Bridget, si llevas un hijo mío en tu vientre, me casaré contigo, si lo deseas. Yo nunca abandonaría a un hijo mío —dijo él acariciándole las mejillas.

—Bueno es saberlo —dijo ella con los ojos húmedos de la emoción—. Pero, ¿podemos hablar de otra cosa, hasta entonces?

Ryder pasó el fin de semana más feliz de su vida, recluido en casa con Bridget. Sacaron a los gemelos de paseo, jugaron con ellos, y pasaron las noches juntos. Muy juntos. Volvió el lunes al trabajo preguntándose si ella estaría embarazada.

Se reunió a primera hora con el doctor Hutt.

—El doctor Robinson sigue teniendo problemas económicos por culpa de su familia. Le distrae de sus deberes —dijo Hutt.

—Tenemos que encontrar una solución. No podemos apartarle del programa —replicó Ryder.

—Estoy de acuerdo contigo —afirmó Hutt, dejando a Ryder sorprendido—. Se me ha ocurrido una idea. ¿Qué tal si le incluimos en el proyecto de tu amiga la princesa? Sería una solución perfecta, ¿no te parece? Ella corre con los gastos y él se pasa unas vacaciones pagadas en su país. Todos salimos ganando.

—¿Hablas en serio? —preguntó Ryder.

—Sí. No todos los residentes son de una familia como la tuya, ni tampoco como la mía. Tenemos que aprender a tratar con todos, independientemente de su clase social.

Ryder se quedó estupefacto. Hutt parecía otro hombre. Mucho más humano.

—Hutt, ¿desde cuándo has empezado a ver las cosas de forma diferente?

—Desde la última vez que estuvimos reunidos. Esa noche no pude dormir. Soñé con el doctor Walters. Él me reprochaba mi conducta y te animaba a ti a seguir adelante con su programa.

Ryder movió la cabeza a uno y otro lado sin poder dar crédito a lo que estaba oyendo.

—No acierto a comprenderlo. ¿Cómo has podido convertirte en un hombre tan razonable de la noche a la mañana?

—Es asombrosa la perspectiva que tu mujer te puede ofrecer si te sientas a hablar con ella de igual a igual —respondió su colega con una sonrisa de oreja a oreja.

—Mándale mis respetos y mi admiración a tu esposa —dijo Ryder estrechándole la mano.

—Y los míos a tu princesa —dijo Hutt en justa correspondencia.

Al día siguiente, Bridget llamó a Ryder, mientras estaba operando en el quirófano. Al salir vio el mensaje: *Necesito verte hoy. Tengo buenas noticias. Llámame para quedar.*

Ryder tenía un día muy ajetreado, pero se las arregló para verse con ella en un bar de copas de la zona, después del trabajo.

—¿Has sido un día muy duro? —preguntó ella con un martini en la mano.

Él sintió una especie de decepción al verla tan desenvuelta y con una copa en la mano. Los últimos dos días, había empezado a hacerse a la idea de que iba a tener un hijo con ella.

—Por lo que veo, no debes estar embarazada, ¿no?

—No, no lo estoy —dijo ella levantando su copa muy sonriente—. ¡Salud!

—¡Salud! —exclamó él también de forma mecánica—. ¡Maldita sea!

—¿Por qué dices eso?

—Tal vez podría haberte obligado a casarte conmigo si hubieras estado embarazada.

Ella se echó a reír y tomó otro trago del martini.

—No me gustan los matrimonios en los que uno de los dos se casa a la fuerza —replicó ella.

—No sé —dijo él—. Pero creo que en nuestro caso las cosas podrían haber funcionado.

—Tal vez, pero ahora ya no tenemos necesidad de comprobarlo. Mi otra buena noticia es que un centro médico ha aceptado participar en nuestro programa. Está dispuesto a cedernos al menos dos de sus residentes. Stefan está convencido de que este acuerdo será muy beneficioso para nuestro país.

—¡Vaya, qué casualidad! —exclamó Ryder—. El doctor Hutt y yo acordamos esta mañana enviar a uno de nuestros residentes a Chantaine. Es de medicina general y tiene mucho talento, pero tiene también algunos problemas económicos. ¿Te interesaría?

—Por supuesto —dijo ella—. Estamos abiertos a todas las especialidades. Por cierto, vamos a necesitar, en un futuro inmediato, un nuevo director para el Centro de Salud de Chantaine.

—Supongo que todo esto significa que te irás a Chantaine… o a Italia —dijo él con un nudo en la garganta y otro en la boca del estómago.

—Sí. No de inmediato, pero sí muy pronto. Tengo intención de volver con Phillipa.

Capítulo 12

RYDER volvió a casa a las nueve y media de la noche después de haber estado cenando con Bridget. Le había pedido a Suzanne que se quedase hasta un poco más tarde para cuidar a los niños, pero fue Marshall quien salió muy alegre a recibirlo, ofreciéndole una cerveza.

—Hola, amigo. Felicítame. Suzanne y yo nos casamos el pasado fin de semana en Las Vegas. La he mandado a casa porque estaba muy cansada. La he tenido muy ocupada todo el fin de semana, ¿sabes? —dijo Marshall con una sonrisa, guiñándole un ojo.

Desconcertado por tercera vez en el mismo día, Ryder miró fijamente a su viejo amigo.

—¿Qué?

—Que Suzanne y yo nos hemos casamos. Pero no te preocupes, está decidida a seguir siendo tu niñera, a pesar de que la he dicho que ahora podría ser toda una gran señora.

Ryder tomó la jarra de cerveza y bebió un sorbo.

—¡El Señor me ampare!

—Bueno, eso no es una gran felicitación, pero me la tomaré como si lo fuera —dijo Marshall, dándole un pequeño puñetazo amistoso en el hombro—. Te encuentro un poco raro, amigo, ¿se puede saber qué te pasa?

—He tenido un día de locos —respondió Ryder, sentándose en un extremo del sofá—. ¿Estás seguro de que Suzanne quiere seguir haciéndose cargo de los gemelos?

—Sí —dijo Marshall, sentándose al otro lado del sofá—. Ya sabes que ella no puede tener hijos, ¿verdad? Por eso la dejó su marido. Fue una estupidez por su parte, pero una suerte para mí.

—Bridget me dijo algo al respecto —replicó Ryder, sin poder apartar sus pensamientos de ella, ni olvidar que pronto se iría y les dejaría solos a los gemelos y a él.

—Bueno, pues le dije que había muchas formas de cascar una nuez. De tener un bebé, ya me entiendes. Estudiaremos todas las posibilidades, desde la fecundación in vitro hasta la adopción. Ella se mostró muy sorprendida de que yo estuviera tan abierto a esas soluciones. Es una mujer maravillosa. Haría cualquier cosa por ella. Recuerdo lo que me costó al principio convencerla para que saliese conmigo, pero yo insistí hasta conseguirlo porque supe desde el primer momento que era la mujer de mi vida y no estaba dispuesto a dejarla escapar.

—Enhorabuena —dijo Ryder estrechando la mano a su amigo—. Te llevas una gran mujer.

Ryder sintió envidia de que su amigo hubiera vencido todos los obstáculos que podrían haberle apartado de Suzanne y ahora fuera feliz con ella.

—Sí. Y hablando de grandes mujeres, ¿qué hay de tu princesa?

—Creo que se va a volver a Chantaine muy pronto.

—Vaya. Pensaba que entre tú y ella…

—No. Fue solo algo pasajero. No podía ser. Ella es una princesa y yo tengo mis ocupaciones en el hospital con mis pacientes y aquí en casa con los gemelos.

—Mmm… Habría jurado que lo vuestro iba en serio. Es una lástima, hacíais muy buena pareja. Lo siento, amigo —dijo Marshall dándole a Ryder unas palmaditas en el hombro—. Espero que no te importe, pero mi esposa me está esperando en casa.

—Está bien. Pero déjala dormir para que mañana esté en condiciones de cuidar a los niños.

Marshall soltó una carcajada y salió por la puerta.

Ryder le vio a lo lejos y se sintió más solo que nunca. No podía dejar de pensar en ella. Soltó una maldición. Se había enamorado de una mujer. ¡De una princesa! Había millones de mujeres en el mundo, y había tenido que enamorarse precisamente de una princesa.

Apretó los dientes. Ella se iba a marchar. Tenía que hacerse a la idea y olvidarla cuanto antes.

Bridget se sentía desolada ante la perspectiva de tener que dejar a Ryder y los niños. Pero había terminado su misión y debía volver a Chantaine antes de tomarse su año sabático en Italia. Aunque ahora no sentía la misma ilusión que hacía unos meses.

Ryder no había contestado a ninguna de sus llamadas. Decidida a verle por última vez, se fue al hospital y se presentó en su despacho. Pero no estaba allí ni él ni su secretaria.

Cerca de tres cuartos de hora después, llegó Ryder.

—Hola, Bridget. Lo siento, pero estoy muy ocupado y no tengo tiempo para visitas.

Bridget sintió aquella muestra de indiferencia y lejanía como una punzada en el corazón.

—Lo comprendo. Pero no quería irme sin veros, a los gemelos y a ti, por última vez.

—¿Por qué? No hay necesidad de fingir. Dentro de unos días, ya no significaremos nada en tu vida. Solo ha sido una etapa que ya ha terminado.

Bridget dejó caer la cabeza, abatida por la forma en que él valoraba su relación.

—¿Una etapa? ¿Eso es todo lo que he sido para ti? ¿Una etapa?

—No hay necesidad de hacer de esto un drama —dijo Ryder con una amarga sonrisa—. Ambos sabíamos que esto llegaría. Solo que tal vez ha llegado un poco antes de lo esperado. Te agradezco todo lo que has hecho por los gemelos. Se lo han pasado muy bien contigo. Pero los dos sabíamos desde el principio que nuestra relación no tenía futuro. Estoy seguro de que yo no soy el hombre adecuado para ser el esposo de una princesa y tú no eres el tipo de mujer para aguantar abnegadamente a un medico con el tipo de trabajo que yo tengo.

Bridget se sintió peor que si hubiera recibido una bofetada. Parecía, por sus palabras, como si él pensase que ella era un mujer egoísta y frívola, de esas que solo piensan en sí mismas.

—Me tenías engañada. No sabía que me tuvieras en tan baja estima —dijo ella, tragándose el nudo que tenía en la garganta—. Me he pasado los últimos días llamándote por teléfono para encontrar la manera de verte y estar contigo, porque no soportaba la idea de pasar el resto de mi vida sin los niños y sin ti. Me enamoré de un hombre que creí sincero e íntegro y que pensé que sentía lo mismo que yo, pero veo que me equivoqué.

—No —replicó él—. No te equivocaste, yo también me enamoré de ti, y mucho más de lo que tú te puedas imaginar. He estado tratando inútilmente de olvidarte estos últimos días

—No quiero que te olvides de mí —dijo ella con los ojos llenos de lágrimas—. Ni quiero que hables de nosotros como de algo del pasado. Tú eres muy importante en mi vida.

—Lo nuestro no puede funcionar, Bridget. Tenemos que aceptar la realidad. Tú tienes que regresar a tu país. Tú tienes allí tus responsabilidades y yo aquí las mías.

Ella trató de guardar la compostura, pero no pudo. Dejó caer la frente sobre su pecho.

—Esto es muy duro —dijo ella, con las lágrimas rodándole por las mejillas.

—Lo es —replicó él, pasándole la mano por el pelo y apretándola contra su cuerpo.

—Prométeme que nunca me olvidarás —dijo ella levantando la cabeza para mirarlo.

—Te lo prometo. Nunca te olvidaré —dijo él, besándola apasionadamente en la boca—. Nunca.

Ryder no recordaba haberse sentido tan mal en su vida. No podía apartar la imagen de Bridget. Habían compartido momentos muy felices, cuando ella había estado jugando con los niños o gozando entre sus brazos, pero no podía olvidar sus lágrimas y sus reproches.

Al llegar a casa, se desabrochó la camisa. Había hecho mucho calor aquel día.

—Hola, amigo —le dijo Marshall nada más entrar por la puerta—. No tienes buen aspecto. ¿Te has dejado hoy a algún paciente en la mesa del quirófano?

Ryder miró a su amigo que sostenía a uno de los gemelos, mientras Suzanne le cambiaba los pañales al otro.

—No, no he perdido a ninguno. Solo tengo algunos problemas. Siento llegar tarde.

Marshall frunció el ceño y miró fijamente a su mujer.

—Suzy, ¿qué te parece si te ayudo a acostar a los niños y te quedas un rato arriba cuidándoles? Ryder y yo vamos a tomar una cerveza mientras vemos un rato el partido de béisbol.

—Está bien —respondió ella—. Les pondré un poco de música y les leeré un cuento.

Marshall dio un beso a su esposa y luego llevaron a los niños arriba.

Cuando bajó un par de minutos después, Ryder le estaba esperando con dos cervezas.

—Te advierto que no quiero hablar de ello —dijo Ryder mientras se hundía en el sofá.

—Está bien —replicó Marshall poniendo el canal de deportes y viendo contrariado que el equipo de Dallas estaba perdiendo—. Si es que no pueden jugar tan juntos —dijo muy enfadado.

—Lo que necesitan es otro *pitcher* —dijo Ryder.

—Lo que necesitan es cambiar el equipo entero.

Se hizo un largo silencio mientras los dos hombres aparentaban seguir viendo el partido.

—Suzanne me ha dicho que tu princesa se va a pasar hoy por aquí para darles unos regalos a los niños antes de marcharse a Champagne o como demonios se llame el país ese donde vive.

—Chantaine —le corrigió él.

—Me da igual cómo se llame —dijo Marshall—. Suzanne, me dijo que vería a los niños en el porche, pero que no pasaría adentro.

—Esto es una pesadilla —replicó Ryder mirando al techo—. A ver si se acaba de una vez.

—En tus manos está. Pídele que se case contigo —dijo Marshall echando un trago de cerveza—. Buen punto —añadió luego muy entusiasmado mirando el partido de la televisión.

—Eso no es posible. Ella es una princesa al servicio de su país. Yo trabajo dieciocho horas al día y tengo dos niños a mi cargo. ¿Qué mujer en su sano juicio aceptaría ese tipo de vida?

—Creo que el problema es que te faltan agallas para decirle lo que ella está deseando oír.

—¿Agallas? ¿Tú me hablas de agallas? Agallas es lo que hay tener para dejarla marchar.

—Umm... —dijo Marshall—. No sé si te he dicho que Suzanne y yo vamos a tener un bebé.

—¿Ya está embarazada? —preguntó Ryder.

—No. Aún no sabemos cómo vamos a tenerlo. Pero lo tendremos. Te hablé de ello el otro día, pero por lo que veo no me escuchaste. Hay muchas maneras de tener un bebé hoy en día: fecundación in vitro, madres de alquiler, adopción… Veremos a ver qué pasa.

—¿Tú como lo ves? —preguntó Ryder.

—Ya te dije que hay muchas maneras de cascar una nuez. Siempre hay varias soluciones para un problema. Por ejemplo, en tu caso, podrías pedirle a Bridget que se viniera a vivir aquí o ir tú a su país una temporada. ¡Demonios! ¿No se necesitan médicos en su país? Pues, si la quieres de verdad, vete a Champagne con ella y ejerce allí tu profesión.

—Chantaine —le corrigió Ryder de nuevo, sin considerar siquiera su idea.

—De cualquier modo, vas a tener que reorganizar tu vida —dijo Marshall—. Cuando esos bebés crezcan van a necesitar poder contar con su padre más tiempo del que ahora les dedicas.

Ryder meditó largo rato sobre las palabras de su amigo. Había dedicado su vida a la profesión médica, pero tras la muerte de su hermano, todo había cambiado. Se preguntó qué le habría respondido ella si le hubiera pedido que se quedara o que se casase con él. Era todo muy confuso e incluso absurdo. ¿Cómo iba a abandonar su puesto en el hospital que tanto trabajo y esfuerzo le había costado conseguir? ¿Cómo iba a viajar por medio mundo con los gemelos llevando una vida completamente diferente a la que había llevado hasta entonces?

No. Su amigo Marshall estaba un poco loco porque había encontrado a la mujer de sus sueños y había conseguido casarse con ella.

—Al menos, compartiremos juntas nuestras desgracias —dijo Bridget a Phillipa, ajustándose las grandes gafas de sol oscuras, mientras se dirigían al aeropuerto.

Con esas gafas podía disimular las huellas del dolor y la amargura que reflejaban sus ojos.

—Hubiera sido mejor ir en el jet privado —dijo Phillipa.

—Sí —replicó Bridget—. Pero Stefan siempre lo tiene reservado para sus actos oficiales. Además, se supone que debe ser más económico viajar en un vuelo regular. Espero que no nos pongan una de esas películas tristes en las que acabas llorando, como *Los puentes de Madison*.

—A mí nunca me han gustado las películas tristes. Sé que algunas personas dicen que se desahogan llorando, pero yo las odio.

—Yo también —dijo Bridget.

—No es mi intención molestarte, pero, ¿le has preguntado alguna vez al doctor McCall si quería que te quedaras con él?

—Me dijo que nuestra relación no tenía ningún futuro. Ni siquiera quiso discutir la posibilidad de que pudiéramos volver a vernos después de mi regreso a Chantaine —dijo Bridget con un nudo en la garganta por la emoción—. No, no hay ninguna esperanza.

—Lo siento mucho —le dijo su hermana agarrándole la mano—. Te vi tan ilusionada que pensé que podía ser el hombre de tu vida.

Bridget, llena de emoción, le apretó la mano a Pippa con fuerza.

—Afortunadamente, tengo una hermana maravillosa.

—Alteza —dijo Raoul, acercándose a ella—. Disculpe la interrupción, pero el doctor McCall ha llegado al aeropuerto y desea hablar con usted. Debo advertirle que queda poco tiem…

—Hablaré con él —dijo Bridget con el corazón en un puño, pero llena de esperanza.

Unos segundos después, que a ella le parecieron siglos, Ryder se presentó allí.

—Hola —dijo mirándola a los ojos.

A ella le latía el corazón tan fuerte que casi no podía respirar.

—Hola. ¿Qué te trae por aquí?

—Dijiste que necesitaban un nuevo director médico en tu país. Me preguntaba si yo podría…

—¿Perdón? ¿Me estás pidiendo un puesto de trabajo? —dijo ella con cara de incredulidad.

—Sí, supongo que sí.

Bridget dudó entre arrojarse en sus brazos o tratar de mantener el control de la situación. Se mordió finalmente el labio inferior por dentro.

—¿Quieres que hable con Stefan? Estoy segura de que le gustaría saber la noticia.

—Está bien —replicó Ryder— Pero, dime, ¿cómo lo ves tú?, ¿qué te parece que me vaya con los gemelos a Chantaine?

Bridget estaba tan emocionada que tenía miedo de que pudieran fallarle las piernas. Se agarró al respaldo de una silla.

—Me gustaría mucho. Sería para mí la mayor ilusión del mundo.

—¿Tanto como para casarte conmigo?

Ella se quedó sin aliento, como si no diera crédito a lo que acababa de oír.

—¿Perdón?

Ryder se acercó a ella y le tomó las manos entre las suyas.

—Te amo. Quiero pasar el resto de mi vida contigo y quiero que mis hijos sean tuyos. Sé que es algo precipitado, pero…

—Sí —dijo ella, con los ojos llenos de lágrimas y el corazón rebosante de felicidad—. Sí, sí, sí.

Ryder la estrechó entre sus brazos y ella se apretó a él con todas sus fuerzas. Su eterno sueño de encontrar a un hombre que la amase solo por ella misma se había hecho realidad.

Cinco meses después, Bridget estaba junto a Ryder en la capilla de la iglesia más antigua de Chantaine. Sus hermanas se secaban las lágrimas con un pañuelo. Stefan había dado su aprobación. Estaba muy orgulloso de que una de sus hermanas hubiera hecho al fin un matrimonio provechoso para su país. Con Ryder como director médico, había una larga lista de solicitudes de residentes que querían ir a trabajar a Chantaine. Eve le dirigió también una sonrisa de aprobación. Los gemelos se pusieron a correr por el pasillo de la iglesia, mientras el hermano menor de la familia y Raoul trataban de agarrarlos.

Leyeron los votos delante del sacerdote. Ryder lo hizo con voz fuerte y clara, mirándola a los ojos sin ninguna reserva. Ella sabía que podría contar con aquel hombre para el resto de su vida. Igual que ella estaba dispuesta a entregarse a él en cuerpo y alma.

Ryder estaba feliz. No podía creer que todo hubiera salido tan bien. Se sentía muy a gusto con su nuevo trabajo y cada día que pasaba estaba más enamorada de ella.

A pesar de todos sus esfuerzos, Bridget no había conseguido que Ryder le dijera dónde iban a pasar la luna de miel. Después de todo, mientras no la llevase a un desierto, sabía que, a su lado, sería feliz en cualquier sitio.

Con los gemelos gritando y correteando por el pasillo de la nave central, se escuchó la voz del sacerdote muy solemne.

—Yo os declaro marido y mujer. Puede besar a la novia.

Ryder tomó el rostro de Bridget entre sus manos, con el mismo cuidado que si fuera la joya más preciada de la corona británica y la besó suavemente en la boca. Ella le devolvió el beso, poniendo en él todo su corazón. Se oyó entonces una salva de aplausos. Ella se volvió hacia los numerosos testigos que estaban sentados en un lateral de la capilla y miró a los gemelos. Ryder debió pensar lo mismo que ella y llamó a los niños.

—Tyler, Travis. Venid aquí.

Los dos iban con un traje corto de color azul pálido y se acercaron muy obedientes. Bridget tomó a Tyler en brazos, mientras Ryder hacía lo propio con Travis.

El sacerdote los miró con gesto indulgente y una sonrisa de complicidad.

—Damas y caballeros, que Dios bendiga esta unión.

Mientras los asistentes al acto aplaudían emocionados, Ryder se inclinó hacia ella.

—Alteza, voy a llevarte de luna de miel a Italia.